W0372278

DRESSLER

Markus Stromiedel

DER TORWÄCHTER

Die verlorene Stadt

Dressler Verlag · Hamburg

MIX
Papier aus verantwortungsvollen Quellen
FSC® C014496

Deutsche Erstausgabe
© Dressler Verlag GmbH, Hamburg 2013
Alle Rechte vorbehalten
Einbandillustration: Helge Vogt
Satz: Dörlemann Satz, Lemförde
Druck: GGP Media GmbH, Pößneck
Printed 2013
ISBN 978-3-7915-1944-9

www.dressler-verlag.de

Prolog

Die plötzliche Hitze traf Simon wie ein Schlag. Er riss den Mund auf und sog den Atem ein wie ein Ertrinkender, der verzweifelt nach Luft ringt. Nach zwei, drei Atemzügen ging es besser. Dann kam der Schmerz. Er kroch in seinen Körper hinein, vom Kopf abwärts in den Rumpf und weiter bis zu den Spitzen seiner Finger, den Enden seiner Zehen.

Wo war er?

Simon blieb liegen, bis die Schmerzen nachließen und er unter seinen Händen feuchte Erde spürte. Der satte Geruch von Moder stieg ihm in die Nase. Vorsichtig bewegte er seine Arme, seine Beine. Dann richtete er sich auf und blinzelte in das Licht.

Um ihn herum war es grün. Großblättrige Pflanzen wucherten unter gewaltigen Bäumen, Schlingpflanzen hingen von den Ästen herab und bedeckten die Stämme. Dazwischen öffneten sich Blüten in allen Formen und Farben. Der Boden dampfte, wie Nebel hingen die Wassertröpfchen in der Luft. Ein vielstimmiges Kreischen und Zetern erfüllte das Dickicht.

Mühsam stand Simon auf. Es fiel ihm schwer, seinen Körper zu beherrschen, doch mit jeder Bewegung ging es besser. Seine Haut war feucht, der Dunst kroch in seine Kleidung und durchnässte den Stoff.

Wie kam er hierher?

Erst jetzt sah Simon, dass er sich in einer Senke befand. Wände aus Backstein lugten durch das wuchernde Grün. Er kletterte an einer Liane aus der Vertiefung. Auch oben entdeckte er Mauerreste im Dickicht der Pflanzen. Moos überzog die Trümmer, Schlingpflanzen schoben ihre Triebe in jede Ritze. Der Dschungel umklammerte alles mit festem Griff.

Ein Funkeln ließ ihn aufmerken: Es war ein Lichtschein, er schwebte über der Mulde. Das Licht verblasste, Simon kam es vor, als hörte er von weit her ein Klacken, so als ob eine Tür zufallen würde. Das Leuchten erlosch.

Das Weltentor! Die Erinnerung durchzuckte ihn wie ein heißer Blitz. Jetzt wusste er wieder, was geschehen war! Er war durch ein Weltentor geflohen, hierher an diesen fremden Ort. Doch er hatte das Tor nicht alleine passiert. Sein Großvater war bei ihm gewesen.

Eilig kletterte Simon zurück in die Senke und durchsuchte das Unterholz. Er fand seinen Großvater unter einer fetten Sumpfpflanze. Simon riss die Blätter zur Seite und beugte sich über ihn. »Opa!« Der Alte sah ausgemergelt aus, er war am Ende seiner Kraft. Simon rüttelte ihn. »Opa, wach auf!«

Die Lider des Alten zitterten, dann, unendlich langsam, öffneten sich seine Augen. Sein Großvater schien überrascht zu sein, mit gerunzelter Stirn blickte er in den Blätterhimmel. Endlich erkannte er seinen Enkel. Er lächelte. »Hast du es geschafft?« Seine Stimme war schwach und heiser, Simon musste sich über ihn beugen, um die Worte zu verstehen. »Wo sind wir? Wo ist Ashakida?«

Simon antwortete nicht.

Der Alte tastete nach Simons Hand, er spürte die Sorge, die seinen Enkel erfüllte. »Was ist geschehen?« Er hustete.

Simon holte eine Flasche mit Wasser aus seinem Rucksack. Der Großvater trank in kleinen Schlucken, bis er Simons Arm beiseiteschob. »Jetzt sag endlich: Was ist passiert?«

Stumm steckte Simon die Wasserflasche in den Rucksack zurück.

So viel war geschehen. Wo sollte er beginnen?

Er dachte an die Nacht am Rand des Dorfes zurück, an die Stunden am Lagerfeuer, nachdem er tagelang suchend durch den Ort gestreift war. Auf einmal war alles wieder da: seine Sorgen, die Angst, die Einsamkeit.

Sogar der Geruch des Feuers stieg in seine Nase …

I

Das Haus brannte. Die Flammen schlugen aus den Fenstern, sie leckten aus dem Dach und loderten aus dem Schornstein. Gerade sprangen die ersten Feuerzungen hinauf in die alten Olivenbäume, die ihre Äste über dem Anwesen ausgebreitet hatten. Als wären sie glühende Eichhörnchen, huschten die Flammen über das knorrige Holz und vermehrten sich, bis die Bäume wie riesige Fackeln brannten. Die Nacht war hell wie der Tag.

Erschrocken starrte Simon auf das Feuer. Die Hitze nahm immer mehr zu, je höher die Flammen tanzten. Er wich zurück und sah sich suchend um. Warum half ihm denn keiner? Der Brand musste kilometerweit zu sehen sein! Doch außer ihm war niemand hier, der Platz vor dem Haus war leer. Auch auf der Auffahrt und im Garten entdeckte er niemanden.

Da bemerkte Simon etwas Merkwürdiges: Gleich hinter dem schmiedeeisernen Tor auf der anderen Seite der Mauer, die das Grundstück des Großvaters umgab, war alles wie erstarrt, so als wäre die ganze Welt ringsherum in einem großen Block aus Eis eingefroren.

Was passierte hier?

»Hilfe!«

Simon fuhr herum: Er kannte die Stimme, es war die seines Vaters.

»Simon, ich bin hier!«

Jetzt entdeckte er ihn. Sein Vater lag in der Scheune, auf einer freien Fläche zwischen den Flammen, über sich das brennende Dach. Jeden Moment konnten die Dachbalken nachgeben und ihn unter sich begraben.

Simon lief zur Scheune, den Arm schützend vor das Gesicht gelegt. Die Hitze war unerträglich, doch er ging unbeirrt weiter. Erstaunt bemerkte er, dass die Flammen vor ihm zurückwichen. Doch ihm blieb keine Zeit, sich zu wundern: Im Dach krachte es, dann fiel ein brennender Balken herab. Funken stoben, Asche wirbelte auf. Sein Vater schrie, Simon stürzte zu ihm. Er war entsetzt, als er ihn sah. Zwar hatte der Balken seinen Vater verfehlt, doch seine Haut war verbrannt und seine Kleidung qualmte.

Ohne nachzudenken, packte Simon seinen Vater, wuchtete ihn hoch und trug ihn aus dem brennenden Haus. Gerade als sie die Wiese erreicht hatten, krachte es erneut, und das Dach der Scheune stürzte ein.

Erschöpft ließ sich Simon in das Gras fallen.

Sein Vater neben ihm regte sich, er schlug die Augen auf und sah ihn an. Er lächelte. Simon stutzte: Wie war das möglich? Die Brandwunden auf der Haut seines Vaters waren verschwunden und auch seine Kleidung trug keine Spuren des Feuers. »Papa …« Verblüfft sah Simon auf: Die Flammen waren erloschen, die Scheune, die eben noch gebrannt hatte, war unbeschädigt, so als hätte in ihr nie ein Feuer gewütet.

»Das hast du gut gemacht.« Behutsam strich ihm sein Vater eine Haarsträhne aus der Stirn. »Du bist jetzt so weit. Du bist ein Torwächter.«

»Nein!« Simon schüttelte abwehrend den Kopf. Er wollte kein Torwächter sein!

»Doch, Simon. Es ist unsere Aufgabe. Dein Großvater war ein Torwächter und auch ich war einer. Nun musst du die Tore zwischen den Welten bewachen.«

»Aber warum hast du mir nie etwas davon gesagt?«

Sein Vater antwortete nicht. Er lächelte traurig. Seine Haut wurde rissig und begann zu bröckeln. Erschrocken begriff Simon, dass sich der Körper seines Vater vor seinen Augen aufzulösen begann.

»Geh jetzt.« Sein Vater wies auf das Weltentor, das sich auf der Wiese geöffnet hatte, eine leuchtende, sanft pulsierende Fläche, die von einem Türrahmen eingefasst war. Simon beachtete es nicht. Er sah entsetzt, dass die Haut seines Vaters immer dünner wurde, genau wie die Kleidung, die mehr und mehr zerfiel. Ein Windstoß trieb den Staub fort, der von dem bröckelnden Körper herabrieselte. Sein Vater war inzwischen kaum noch zu sehen. »Geh, Simon! Finde deinen Großvater. Nur so kannst du uns alle retten!«

»Papa!« Simon war verzweifelt. »Papa, bleib hier!«

»Du wirst es schaffen, Simon! Vertrau dir.« Ein letzter Windstoß, dann war sein Vater verschwunden. Nur noch seine Stimme strich über das Gras, dessen Spitzen knisternd vereisten.

Simon wich zurück. Die Kälte, die in die Welt eingefallen

war, hatte die Mauer überwunden und kam langsam näher. Hastig sah er um sich. Das Eis hatte ihn umzingelt, ihn und das Weltentor, dessen Leuchten schwächer wurde. Simon hörte ein Knarren, wie von einer Tür, deren Scharniere rostig waren. Das Weltentor fiel zu!

Simon rannte los, er stürzte auf das Tor zu, das Knirschen des Eises hinter sich. Er schloss die Augen und sprang. Im gleichen Moment hörte er, wie das Tor ins Schloss fiel. Das Leuchten erlosch, das Weltentor verschwand, nur der leere Türrahmen blieb zurück. Simon prallte hart auf den Boden des Gartens. Entsetzt schrie er auf.

Das Knistern wurde lauter. Als er sich umdrehte, sah er gerade noch, wie das Eis auf ihn zukroch und ihn erfasste …

Mit einem Schrei fuhr Simon hoch. Sein Herz klopfte ihm bis zum Hals. Er brauchte eine Weile, bis er sich zurechtfand. Das Eis, das ihn gerade noch hatte verschlingen wollen, war fort, ebenso der Garten, die Scheune und das Haus. Er hatte geträumt! Erleichtert ließ sich Simon zurück auf sein Lager sinken. Langsam beruhigte sich sein Herzschlag wieder.

Ein sanfter Tritt traf seine Seite. Ashakida lag neben ihm, auch die Leopardin träumte unruhig, sie bewegte ihre Läufe im Schlaf. Simon rückte zu ihr und strich behutsam über ihr helles, geflecktes Fell. Sie fauchte, ohne zu erwachen, doch sie entspannte sich unter seiner Hand. Ruhig schlief sie weiter. Simon betrachtete sie nachdenklich, dann schob er die Folie zurück, mit der er sich zugedeckt hatte, und stand auf, um ein Stück Holz in das nur noch glimmende Lagerfeuer zu legen.

Das trockene Holz knackte und begann zu qualmen, bis nach einer Weile eine Flamme am Rand des Scheits aufzüngelte. Bald brannte das Feuer wieder hell, das Licht erleuchtete die Ruine, in der sie ihr Nachtlager aufgeschlagen hatten.

Doch Simon zögerte, sich wieder hinzulegen. Er hatte Angst davor, einzuschlafen. Noch einmal wollte er nicht vom brennenden Haus des Großvaters träumen, und auch nicht von seinem Vater, sosehr er ihn auch vermisste. Der Anblick, wie er sich aufgelöst hatte, war furchtbar gewesen.

Ein Windstoß trieb durch die Ruinen und ein herber Duft mischte sich in den Qualm des Feuers. Es roch nach Meer, es war ein vertrauter Geruch, der ihn an das Dorf seines Großvaters erinnerte. Kurz entschlossen warf Simon den Ast fort, mit dem er das Feuer geschürt hatte, und ging hinunter zum Strand. Die Küste war nicht weit, er hörte das leise Rauschen der Wellen, die an das Ufer rollten.

Die Gasse schlängelte sich den Hügel hinab. Der Weg war steil, Simon kannte ihn gut, er war ihn in seiner Welt oft gegangen. Für einen Augenblick stellte er sich die Gassen seines Dorfes vor: die Hitze zwischen den ockerfarbenen Mauern, die Menschen, die entspannt vor ihren Häusern standen und redeten, die Oleanderbüsche, die in den Gärten blühten. Kurz kam es ihm vor, als würde er den Duft aus der Bäckerei unten am Hafen riechen. Doch in dieser Welt gab es keinen Oleander und auch keine duftende Bäckerei und schon gar keine entspannt plaudernden Menschen. Die Straßen des Dorfes waren verlassen, statt ockerfarbener Häuser standen hier Ruinen mit rußgeschwärzten Fassaden und eingestürzten Dächern. Die Mauerreste zeichneten scharfe Linien in den Nachthimmel.

Noch nie hatte Simon sich so alleine gefühlt wie jetzt, seit er in dieser Welt angekommen war. Sicher, Ashakida begleitete ihn, die Schneeleopardin stand ihm treu zur Seite. Doch sie konnte nicht die Menschen ersetzen, die er in seiner Welt zurücklassen musste. Was hätte er gegeben, mit seiner Mutter über alles reden zu können! Wie gerne hätte er seinem Vater all die Fragen gestellt, die ihm auf der Seele brannten. Selbst seinen Bruder Tim vermisste er, obwohl sie sich doch so häufig gestritten hatten.

Und ihm fehlten seine Freunde: Tomas, Filippo, Luc und natürlich Ira, das Mädchen aus dem Dorf und der erstaunlichste Mensch, den Simon je kennengelernt hatte. Es zog ihm das Herz zusammen, wenn er daran dachte, wie sie am Weltentor getrennt worden waren.

Wütend kickte Simon einen Stein die Gasse hinab: Bis vor einer Woche hatte er nicht gewusst, dass es diese Weltentore gab, geschweige denn, dass er zur Familie der Torwächter gehörte. Warum hatten seine Eltern nicht mit ihm geredet? Alles wäre anders gekommen! Jetzt war sein Zuhause zerstört, nur er hatte sich gemeinsam mit Ashakida durch ein Weltentor hierher retten können.

Hatte sich seine Familie vor Drhan in Sicherheit bringen können? Lebten seine Freunde noch? Simon wusste es nicht. Verzweiflung mischte sich in seine Wut.

Simon musste an die Legende denken, die Ashakida ihm erzählt hatte: wie Drhan einst der Göttin Aphyr den Krieg erklärt hatte, ein Krieg, an dessen Ende die Zeit zersplitterte und sieben Parallelwelten entstanden waren. Seither gab es sieben Welten, die sich glichen und doch verschieden waren, weil sie sich seit dem Tag der Trennung unterschiedlich weiterentwickelten. Simon hatte der Geschichte nicht glauben wollen. Jetzt wusste er es besser. »Avaritia« hieß die Parallelwelt, in der sie gelandet waren, nachdem sie das Weltentor durchschritten hatten. Die Küste, das Dorf, die Menschen, die hier lebten, alles war fast so wie in seiner Welt, in der er zu Hause war. Und zugleich war alles anders. Denn in dieser Welt herrschte Drhan, und seine dunkle Macht hatte die Menschen von Avaritia ins Elend gestürzt.

Der Strand unterhalb der Uferstraße war menschenleer. Simon blickte über das Wasser. Dort drüben, am anderen Ende der Bucht, lag die Stadt, von der aus Drhan seine Truppen befehligte. Umgeben von Fabriken mit qualmenden Schloten, ragten Hochhäuser in den Nachthimmel, düstere Wolkenkratzer, deren Spitzen tagsüber in einer Dunstglocke verschwanden. Eine Mauer begrenzte den stinkenden Moloch. Über allem thronte der Tower, ein riesiger Turm, größer als jedes Gebäude, das Simon bisher gesehen hatte. Ein Schauer lief über seinen Rücken. Noch immer zog ihn der Tower magisch an, obwohl er wusste, dass dort die Soldaten auf ihn lauerten, er hatte es erlebt.

Ob sein Großvater dort war? Auch er hatte nach Avaritia fliehen müssen, genau wie Simon. Doch hier im Ruinendorf war er nicht, Simon hatte ihn in den vergangenen Tagen überall gesucht. Er musste ihn finden, egal, wo er war! Denn sein

Opa war der Schlüssel zu allem. Simon hoffte, dass er mit dem Wissen des Großvaters wiedergutmachen konnte, was geschehen war. Nur dann konnte er seine Familie und seine Freunde retten. Nur dann konnte er wieder nach Hause.

Er hatte Angst vor dem, was vor ihm lag.

Der Kies oberhalb des Strandes knirschte, Ashakida huschte heran. Simon freute sich, sie zu sehen, auch wenn er fürchtete, dass die Leopardin ärgerlich sein würde, weil er nachts alleine an den Strand gegangen war.

Und tatsächlich, Ashakida sah angespannt aus.

Simon wollte gerade zu einer Entschuldigung ansetzen, als sie ihn mit einem leisen Fauchen unterbrach. Sie sah hinauf zum Dorf, Simon folgte ihrem Blick.

Vier Gestalten schlichen durch die Dunkelheit.

2

Simon folgte der Leopardin, so leise er konnte, hinauf zum Dorf. Ashakida war ein Stück vorgelaufen, sie wartete auf ihn am Rand des Kiesstreifens, der den Strand von der Uferstraße trennte. Mit ihren leuchtenden Augen deutete sie auf eine Stelle, an der er lautlos den Kies überqueren konnte. Dann schlichen sie gemeinsam in das Gewirr aus Treppen und Gassen, das die Häuserruinen durchzog.

Die vier Gestalten waren im Licht des Mondes gut zu erkennen, sie gingen vor ihnen die Straße hinauf und näherten sich ihrem Nachtlager. Simon konnte das Flackern des Feuers sehen, an dem er und die Leopardin noch vor einer Stunde fest geschlafen hatten. Ashakida neben ihm knurrte leise, ihre Nackenhaare hatten sich aufgestellt. Plötzlich schnupperte sie. Der Wind vom Meer war abgeflaut, seit sie im Windschatten der Häuser gingen, und jetzt nahm Ashakida Witterung auf. Was sie roch, schien sie zu amüsieren. »Komm.« Mit langen Sprüngen lief sie auf die Gestalten zu. Simon folgte ihr.

Die vier fuhren herum, als die Leopardin heransprintete. Simon erkannte nun ebenfalls, wer vor ihnen durch das nächtliche Dorf schlich, und nun war auch er erleichtert: Es waren

Ira, Luc, Tomas und Filippo. Die vier trugen nicht nur dieselben Namen wie seine Freunde zu Hause, sondern sie sahen auch genauso aus wie sie. Noch immer verblüffte es Simon, sie hier zu sehen.

Ashakida sprang zwischen die vier Jugendlichen und fauchte freundlich zur Begrüßung. Die drei Jungen wichen unsicher zurück, doch Ira freute sich beim Anblick der Leopardin. Sie streckte sogar ihre Hand aus, um über das Fell der Raubkatze zu streichen. Ashakida ließ es zu.

Simon kam hinzu, ein wenig außer Atem, er hatte vergeblich versucht, mit der Leopardin mitzuhalten. Mit ernstem Blick sahen die vier ihn an.

»Was ist passiert? Warum seid ihr hier?«

Ira antwortete für sie. »Wir suchen dich!«

Simon betrachtete sie nachdenklich. Obwohl er Ira und die anderen erst vor ein paar Tagen kennengelernt hatte, war sie ihm auf eine eigenartige Weise vertraut. Immer wieder musste er sich sagen, dass sie nicht seine Freundin war, seine Ira, die das Weltentor nicht durchgelassen hatte. Denn sie glich der Ira in seiner Welt bis ins Detail. Selbst die winzigen Lachfalten waren dieselben.

»Was starrst du mich so an?« Das Mädchen runzelte die Stirn. »Ist was?«

»Nein, nichts«, log Simon und lenkte eilig ab: »Und warum sucht ihr mich?«

»Weil alle auf den Beinen sind.« Filippo grinste ihn an und seine Stupsnase kräuselte sich. »Großes Powwow in der Markthalle.«

Simon verstand kein Wort.

»Unsere Eltern treffen sich am Versammlungsort«, sagte Tomas.

»Nicht nur unsere Eltern«, ergänzte der kleine Luc und hob den Finger, offenbar nahm er die Dinge sehr genau. »*Alle* Erwachsenen aus dem Dorf treffen sich.«

Filippo lachte frech. »Alle außer Iras Oma. Die sitzt in ihrem Zimmer und kichert.« Er kassierte von Ira einen Nasenstüber für seinen Kommentar, was Filippos Fröhlichkeit nicht minderte.

Simon hatte ihnen erstaunt zugehört. »Aber was hat das alles mit mir zu tun?«

»Kannst du dir das nicht denken?« Filippo sah ihn mit großen Augen an. »Die treffen sich wegen dir!«

»Wegen mir?«

Ira nickte. »Außer uns lebt niemand an der Küste, sagen sie, nur unser Dorf ist bewohnt. Ist doch klar, dass die Erwachsenen nervös werden, wenn ein Fremder auftaucht.«

Ashakida hatte still zugehört. Jetzt legte sie ihren Kopf schief und fauchte leise, ihre leuchtenden Augen auf Simon gerichtet. Sie wirkte nachdenklich. »Wir sollten wissen, was sie besprechen.« Sie sah zu Ira. »Danke, dass ihr uns gewarnt habt.« Ohne eine Antwort abzuwarten, huschte sie davon. Sekunden später war ihr Körper mit der Dunkelheit verschmolzen.

»Und jetzt?« Simon schaute die anderen fragend an.

Luc blickte unruhig zum Mond, der ein Stück weitergezogen war. »Ich muss nach Hause. Ich kriege riesigen Ärger, wenn meine Eltern mitbekommen, dass ich mich nachts heimlich weggeschlichen habe.«

Filippo zuckte mit den Schultern. »Meine Tante bemerkt nie was. Und mein Vater …« Er verstummte.

Einen Moment lang sagte keiner etwas.

Simon beobachtete unauffällig Ira, er konnte nicht anders, so fasziniert war er von der Ähnlichkeit zwischen ihr und der Ira in seiner Welt: Ihr Blick, ihr Lachen, der Klang ihrer Stimme, alles war ihm vertraut. Er wusste sogar, wie sie sich durch die Haare fuhr und die Augen niederschlug, wenn sie verlegen war.

Tomas bemerkte seinen Blick und seine Augenbrauen zogen sich zusammen. Er drehte sich zu den anderen um. »Ich glaube, es ist besser, wenn er hier verschwindet.«

»Warum das denn?«, fragte Filippo.

»Warum sollten wir ihm trauen? Glaubst du, die Erwachsenen treffen sich ohne Grund?« Tomas sah Simon misstrauisch an. »Jetzt sag schon: Woher kommst du wirklich?«

»Aber das hab ich euch doch erzählt.« Simon ärgerte sich, dass Tomas an seinen Worten zweifelte. »Ich bin durch ein Weltentor hierher geflohen.«

Tomas schnaubte spöttisch durch seine Nasenlöcher.

Filippo grinste breit. »Jetzt mal ehrlich: Das ist doch ein Scherz, oder? Das mit diesem Weltentor hast du dir doch ausgedacht.«

»Nein! Das ist die Wahrheit!«

Filippo riss die Augen auf. »Du meinst wirklich, es gibt sieben Welten, die alle so ähnlich sind wie unsere? Das heißt ja, dass es mich sieben Mal gibt! Wow!« Er lachte ungläubig, der Gedanke war für ihn unvorstellbar. »Erzähl mir von mir. Wie bin ich so?«

»In meiner Welt schlägt dich dein Vater. Tut er das hier auch?« Simon hatte spontan gesagt, was ihm als Erstes in den Kopf gekommen war.

Filippo starrte ihn mit offenem Mund an, sein Lachen war wie weggewischt. »Woher weißt du das?«

Simon erzählte, wie der Filippo in seiner Welt in dem Versteck unter dem Dach des Abbruchhauses lebte, um seinem Vater nicht begegnen zu müssen.

Filippo hörte ihm mit großen Augen zu. Dann seufzte er. »Das würde ich mich niemals trauen ...« Er verstummte.

Tomas betrachtete Simon herausfordernd. »Und dich, gibt es dich auch sieben Mal? Ist doch komisch. Dann müssten wir dich doch eigentlich kennen, weil dein Doppelgänger hier im Dorf lebt.«

Simon wusste nicht, was er antworten sollte. Die gleiche Frage hatte er sich auch schon gestellt. Doch niemand hier schien ihn zu kennen, und er hatte in dieser Welt auch keine Spur von seiner Familie gefunden.

Luc zog nervös an Tomas' Ärmel. »Ich muss los! Komm, lass uns gehen.«

Tomas zögerte. Er sah zu Ira, die keine Anstalten machte, mit ihnen zu kommen. »Geht vor«, sagte sie, »ich komme nach. Meiner Oma ist es egal, was ich tue.«

»Jetzt mach schon, Tomas«, bettelte Luc. »Komm!« Und er zog ihn mit sich. Tomas folgte ihm widerstrebend. Filippo schloss sich den beiden an, nicht ohne Simon vorher das Versprechen abzunehmen, ihnen am nächsten Tag mehr von seiner Welt zu erzählen. Bald waren die drei in der Dunkelheit verschwunden, Simon und Ira waren allein.

Sie setzten sich an das Lagerfeuer. Das Holz knackte leise, ein paar Funken stoben auf. Keiner der beiden sagte etwas. Schließlich brach Ira ihr Schweigen. »Ganz schön verrückt, deine Geschichte …«

Simon zuckte mit den Schultern. Sie hatte ja recht, er konnte es selbst kaum fassen.

Er traute sich nicht, sie zu fragen, ob sie ihm glaubte.

»Und jetzt? Was hast du vor?« Sie betrachtete ihn forschend.

»Das weißt du doch. Ich suche meinen Großvater. Er muss hier irgendwo sein.« Simon, der ihre Zweifel spürte, erinnerte sich an das Skizzenbuch, das er aus dem Atelier unter dem Dach mitgenommen hatte. Er holte es aus seinem Rucksack und gab es ihr. »Das gehört ihm. Er hat es für mich zurückgelassen, bevor er verschwunden ist. Ich glaube, dass das Bilder von den verschiedenen Welten sind.«

Ira schlug das Buch auf. Eine der ersten Skizzen war ein Selbstporträt seines Großvaters, er durchschritt gerade ein Weltentor. Nachdenklich betrachtete Simon die Zeichnung. Sein Großvater hatte sich freundlich dargestellt, mit einem verschmitzten Lächeln unter den weiß gelockten Haaren. Genau so hatte Simon ihn in Erinnerung. Er musste an den vergangenen Sommer denken, als er die Sommerferien mit ihm verbracht hatte. Sein Großvater hatte ihm viele Dinge beigebracht, die ihm jetzt nützten, sogar Spuren konnte Simon nun lesen. Damals hatte er nicht geahnt, dass ihn sein Opa auf seine Zeit als Torwächter vorbereitete. Es war einfach nur ein toller Sommer gewesen.

Ira hatte die Seiten des Skizzenbuches weitergeblättert, jetzt stutzte sie bei einer Zeichnung. »Das ist unsere Stadt!« Sie wies auf eine mit groben Strichen auf das Papier geworfene Skizze. Das Bild zeigte Drhans Reich auf der anderen Seite der Bucht, deutlich war die matt glänzende Mauer zu erkennen, die das Stadtzentrum umgab. Auch der Tower erhob sich aus dem Moloch von Schloten und Hochhäusern, so hoch und so mächtig, wie Simon ihn vorhin gesehen hatte.

»Glaubst du mir jetzt?«

Plötzlich hörten sie hinter sich Schritte, Steine knirschten unter schweren Stiefeln. Erschrocken fuhren sie herum. Ein Mann stand vor ihnen, sehr groß und breitschultrig, er trug schwarze Kleidung, die ihn mit der Nacht verschwimmen ließen. Feindselig starrte der Hüne Simon an. »Los! Mitkommen.«

3

Simon wich zurück, als der Mann auf ihn zukam. Ira neben ihm war wie erstarrt. Sie hielt das Skizzenbuch fest mit ihren Händen umklammert. Simon unterdrückte den Wunsch zu fliehen, er schubste Ira zur Seite, um sie aus ihrer Versteinerung zu lösen. »Lauf!«, schrie er, bevor er aufsprang und direkt auf den Riesen zustürzte, um Ira die Flucht zu erleichtern.

Der Hüne war verblüfft von dem Angriff. Er versuchte, Simon festzuhalten, doch der schlug in letzter Sekunde einen Haken und tauchte unter den Armen des Mannes hindurch. So schnell er konnte, rannte Simon davon. Der Hüne wirbelte herum und setzte ihm nach, Simon hörte seine Schritte hinter sich, sie kamen rasch näher. Gerade als er den Rand des Platzes erreicht hatte, packte ihn sein Verfolger und warf ihn zu Boden. Dreck wirbelte auf und drang in Simons Mund, er hustete, doch der Mann, der nun auf ihm kniete, ließ nicht locker. Ohne Rücksicht riss er Simons Arme nach hinten und fesselte sie mit einem Paar Handschellen. Erst dann zog er ihn hoch.

Simon hustete und spuckte Dreck direkt vor die Füße des Mannes. Dabei sah er sich unauffällig um. Ira war verschwunden, wie vom Erdboden verschluckt.

Der Hüne betrachtete ihn verächtlich. Dann, ohne ein Wort

zu sagen, packte er Simons Arm und zerrte ihn mit sich. Simon schrie auf, der Griff war fest wie ein Schraubstock. Sie gingen zurück zum Lagerfeuer, der Mann schnappte sich Simons Rucksack, warf ihn sich über die Schulter und löschte mit ein paar Tritten die Flammen. Dann, ohne Simons Protest zu beachten, zog er ihn mit sich in die Gassen des Dorfes hinein. Glasscherben knirschten unter ihren Füßen.

Simon warf seinem Begleiter einen unauffälligen Blick zu. Er kannte den Mann, er war einer der Dorfbewohner. Auf der Suche nach seinem Großvater hatte er ihn häufiger unten am Hafen gesehen, zusammen mit einem sehr alten weißhaarigen Mann.

»Warum tust du das?« Simon hustete kurz und spuckte ein paar Sandkörner aus. »Wohin gehen wir?«

Der Hüne schwieg.

Simon versuchte es noch einmal, doch der Mann beantwortete keine seiner Fragen.

Nach einer Weile bogen sie in eine schmale Straße ein, sie schlängelte sich zwischen den Ruinen den Hang hinab und endete an einer Treppe. Simon kannte die Abkürzung, sie führte direkt hinunter zum Hafen. Schweigend stiegen sie die Stufen hinab. Die Häuser, an denen sie vorbeikamen, wirkten verlassen, auch aus den Kellergewölben, in denen die Menschen lebten, drang kein Lichtschein. Außer ihnen schien niemand wach zu sein. Doch da hörte Simon das Stimmengemurmel, das der Wind zu ihnen herübertrug. Es waren die Dorfbewohner, die sich in der alten Markthalle am Rand des Hafenkais versammelt hatten. Sie erwarteten ihn dort.

Als Simon an der Seite des Hünen das verfallene Gebäude betrat, wurde das Stimmengemurmel leiser, es verwandelte sich in ein Wispern, ein Raunen, bis es schließlich ganz erstarb. Ein kleines Mädchen kicherte. Dann war nur noch der Wind zu hören, der vom Meer herüberkam und der durch die zerbrochenen Fenster in das Innere der Halle wehte. Einige Nächte zuvor hatte Simon genau hier mit Ashakida sein Lager aufgeschlagen. Es war dunkel und kalt gewesen, und sie hatten sich nicht getraut, ein Feuer anzuzünden. Diesmal erhellten Fackeln die Halle und zwischen den herabgestürzten Dachbalken standen Männer und Frauen mit ausgezehrten Gesichtern und betrachteten ihn neugierig. Das Flackern der Flammen ließ die Schatten in den Ecken tanzen.

Der Hüne bahnte ihnen einen Weg durch die Menge, bis sie die Mitte der Halle erreicht hatten. Eine schwarzhaarige Frau und der alte Mann mit den schneeweißen Haaren, den Simon schon häufiger gesehen hatte, erwarteten sie dort. Sie musterten Simon aufmerksam. Der Hüne löste seine Handfessel und stieß ihn auf eine von Trümmern befreite Fläche. Niemand sagte ein Wort.

Die Frau, sie war schmal und hochgewachsen, trat vor. Sie schien noch nicht alt zu sein, ihr Gesicht war ohne Falten, doch ihre schwarzen Haare waren von weißen Strähnen durchsetzt. Sie trug zerschlissene, aber sorgfältig geflickte Kleidung, eine goldfarbene Brosche hielt einen grob gewebten Umhang, mit dem sie sich vor der Nachtkälte schützte. Sie war die Anführerin der Dorfbewohner. Neben ihr stand der weißhaarige alte Mann.

»Wie heißt du?« Die Frau musterte Simon aufmerksam.

Er räusperte sich und sagte seinen Namen.

»Und woher kommst du?«

Wie sollte er ihnen das erklären? Sie würden ihm niemals glauben, dass er aus einer Parallelwelt stammte, die dieser glich, nur dass die Häuser unzerstört waren. Simon fiel die Feuerwand ein, die sein Dorf umgeben hatte, als er vor Drhan durch das Weltentor hierher geflohen war. Vermutlich sah seine Welt inzwischen genauso zerstört aus wie die, in der er sich jetzt befand.

»Also?« Die Anführerin sah ihn ungeduldig an.

Simon räusperte sich noch einmal. »Ich komme …«, begann er zögernd, »aus einem Dorf ein Stück weiter die Küste hinauf. Ich bin auf der Suche nach meinem Großvater.« Zumindest das Letzte war nicht gelogen.

»Was für ein Dorf?«

»Ich weiß nicht, wie es heißt.«

Das Misstrauen in den Gesichtern der Dorfbewohner blieb. Simon merkte selbst, wie unglaubwürdig er sich anhörte.

Der Alte mit den schneeweißen Haaren mischte sich ein. »Die Dörfer entlang der Küste sind alle verlassen. Wir sind die Einzigen, die hier draußen noch leben.« Argwöhnisch kam er näher. »Wer hat dich geschickt? Kommst du aus der Stadt?«

Simon beschloss, es mit der Wahrheit zu versuchen. Er schüttelte den Kopf. »Ich bin auf der Flucht vor Drhan.«

Ein aufgeregtes Raunen ging durch die Menge.

»Er hat«, fuhr Simon fort, »das Dorf meiner Familie zerstört. Nur ich konnte fliehen. Und jetzt ist er hinter mir her.«

Der Weißhaarige warf einen Blick zurück zur Anführerin, bevor er Simon weiter fragte: »Warum sollte Drhan dich verfolgen? Du bist nur ein Junge.«

»Ich habe mich gegen ihn gestellt und ihn aufgehalten, als er mein Dorf bedroht hat.«

»Du?« Die Stimme des Alten überschlug sich. Dann lachte er, während seine Augen misstrauisch funkelten. »Niemand stellt sich gegen Drhan und hält ihn auf. Zumindest hat keiner, der es je versucht hat, das überlebt.«

Simon holte tief Luft. Dann erzählte er die ganze Geschichte, begonnen bei ihrem Umzug in das Dorf seines Vaters bis hin zu seiner Flucht durch das Weltentor. Die Menge wurde unruhig.

Als er mit seinem Bericht fertig war, verstummte das Wispern, niemand sagte ein Wort. Nur das Flüstern des Windes, der über die Mauerreste der Markthalle strich, füllte die Stille.

»So ein Blödsinn!« Der Alte mit den schneeweißen Haaren spuckte aus. »Familie der Torwächter, sieben Welten, zersplitterte Zeit – das sind doch alles Märchen!« Er blickte Simon herausfordernd an. »Wo ist denn dieses Weltentor? Zeig es uns! Dann glaub ich dir.« Er lachte keckernd, während er Simon lauernd beobachtete.

Hilflos hob Simon seine Schultern. »Es ist verschlossen. Von dieser Seite aus kann ich das Tor nicht öffnen.«

»So ein Pech aber auch …« Der Alte lachte hämisch. »Jetzt kannst du uns deine schöne Geschichte leider nicht beweisen.«

»Aber sie ist wahr!« Simon war ärgerlich, dass der Alte ihn verspottete.

»Und wie willst du das geschafft haben, alleine?«

Simon zögerte. Von Ashakida hatte er nichts erzählt – er hatte das Gefühl, sie würden ihn endgültig für verrückt erklären, wenn er behauptete, dass eine sprechende Leopardin ihn begleitete.

Sein Schweigen war den Dorfbewohnern Antwort genug.

Der Weißhaarige zog die Anführerin zur Seite. Die beiden flüsterten leise, sie schienen zu streiten. Der Alte setzte sich durch. Zufrieden wandte er sich Simon zu. »Tut mir leid, aber wir glauben dir nicht. Du bleibst bei uns, bis wir wissen, was du hier willst.« Er gab dem Mann, der Simon hergeführt hatte, ein Zeichen. »Bring ihn ins Amt.«

Ohne die Miene zu verziehen, trat der Hüne zu Simon, packte ihn und zerrte ihn mit sich.

4

Der Wind hatte zugenommen, als sie die Markthalle verließen. Sand trieb durch die Luft. Am Himmel waren Wolken aufgezogen, schwarze, an den Rändern gezackte Fetzen, die sich immer wieder vor den Mond schoben. Der Wechsel aus Licht und Schatten ließ die Überreste des Dorfes noch düsterer erscheinen.

Hilflos stolperte Simon die Straße hinauf. Die Hand des Hünen umklammerte ihn fest. Simon hatte das Gefühl, sein Begleiter war seit dem Urteil des Alten noch gröber geworden.

»Wohin bringst du mich?«

Der Hüne antwortete nicht.

Simon fragte nicht weiter, er hatte eine Ahnung, welches das Ziel ihrer nächtlichen Wanderung sein würde. Und tatsächlich, bald öffnete sich vor ihnen der Marktplatz des Ortes. Die Piazza oberhalb des Hafens war das Dorfzentrum, mit der Kirche, der Kneipe, ein paar Geschäften und dem Gemeindeamt. Zumindest war das so in seinem Dorf gewesen.

Doch auch wenn er den Marktplatz erkannte, die Gebäude ringsherum erkannte er nicht. In dieser Welt waren die Häuser am Rand der Piazza verfallen. Nur der Turm der Kirche ragte düster in den Himmel, rußgeschwärzt und ohne Dach. Eine von der Hitze des Feuers verformte Glocke lag unterhalb des Turmes in den Trümmern.

Simon sah sich um. Er hatte das Gefühl, beobachtet zu werden, entdeckte aber niemanden. Der Marktplatz schien verlassen zu sein, genau wie die Straßen, durch die sie hergekommen waren.

Wortlos zerrte der Hüne Simon die Treppe hinauf, die einst zum Eingang des Gemeindeamtes geführt hatte und die nun auf halber Strecke in den Trümmern endete. Dann ließ er Simons Arm los. »Bücken.« Es war das erste Wort seines Begleiters, seit sie von der Markthalle aufgebrochen waren.

Simon beugte seinen Rücken und kletterte durch das Loch, das in die Außenmauer der Ruine gebrochen worden war. Der Hüne folgte ihm.

Es dauerte etwas, bis sich Simons Augen an die Dunkelheit gewöhnt hatten. Nach einer Weile erkannte er Umrisse. Sie befanden sich in einem fensterlosen Raum, in dem ein paar alte Büromöbel standen, ein zerschlissener Cocktailsessel, ein nierenförmiger Tisch. Sterne funkelten durch die brüchige Decke zu ihnen herab.

Der Hüne hatte eine Fackel aus seiner Tasche geholt, die er nun anzündete. Im flackernden Schein der Flamme sah Simon eine Treppe, die hinab in die Tiefe führte.

Der Hüne stieß ihn zu der Öffnung. »Dort hinunter.«

Simon schluckte. Dort unten war kein Licht, die Stufen verschwanden in der Dunkelheit. Muffiger Geruch drang aus der Öffnung. Um nichts in der Welt wollte er dort hinuntergehen! Doch es gab keine Möglichkeit zu fliehen: Der Hüne versperrte mit seinem Körper den einzigen Ausgang, und die Decke des Raumes, in der einige größere Löcher klafften, war zu hoch, als dass er hätte hinaufklettern können.

»Worauf wartest du? Los!«

Simon spürte die Hand des Hünen in seinem Rücken, unerbittlich schob sie ihn auf die Öffnung zu. Er wehrte sich, doch es war sinnlos. Seine Füße ertasteten die erste Stufe, dann die zweite, er musste weitergehen, wenn er nicht stürzen wollte. Schritt für Schritt stiegen sie hinab in die Tiefe. Der Hüne blieb dicht hinter ihm, das Feuer seiner Fackel drängte die Dunkelheit in den Kellerraum zurück.

Der Boden des Kellers bestand aus hart getretener Erde, eine Wolke aus feinem Staub wirbelte auf, als sie ihn betraten. Simon sah sich um, soweit es der Feuerschein zuließ: Der Raum im Fundament des Gebäudes schien unzerstört, er war schmal und lang mit einer gewölbten Decke und Mauern aus grob gefügten Feldsteinen. Eine Ratte huschte davon, als das Licht auf sie fiel.

»Können wir nicht wieder hochgehen?« Bittend sah Simon seinen Begleiter an. »Ich lauf auch nicht weg, versprochen!«

Der Hüne lachte nur, dann traf Simon erneut ein Stoß in den Rücken und trieb ihn in die Tiefe des Kellers. Bald sah Simon ein Gitter in der Dunkelheit aufblinken, es trennte den Raum in zwei Hälften. Eine Tür war in die Stäbe eingelassen, sie stand offen, ein Schlüssel steckte im Schloss.

»Dort hinein.«

Simon rechnete damit, dass der Hüne ihn erneut voranstoßen würde, doch sein Begleiter wartete, bis er von selbst durch die Öffnung getreten war. Krachend fiel die Tür hinter ihm ins Schloss.

Der Hüne zog den Schlüssel ab und ging zurück zur Treppe. Simon war entsetzt. »Du kannst mich doch nicht im Dunkeln zurücklassen!«

Wortlos ging der Hüne weiter.

»Lass mir wenigstens die Fackel da!«

Der Hüne reagierte nicht auf Simons Worte. Ohne zurückzuschauen, stieg er die Treppe hinauf und nahm das Licht mit sich. Die Dunkelheit legte sich wie ein schwerer Vorhang über den Raum.

Simons Sinne waren bis zum Äußersten gespannt. Er stand in der Finsternis und horchte. Die Schritte des Hünen waren verklungen, offenbar hatte er den Raum oberhalb des Kellers verlassen. Vermutlich war sein Begleiter auf dem Weg zurück zur Versammlung der Dorfbewohner, die dort gerade berieten, was sie mit dem fremden Jungen tun sollten.

Doch still war es nicht. Von überall her waren Geräusche zu hören: hier ein Schaben, dort ein Trippeln, so als ob das Dunkel gefüllt wäre mit vielen Tieren, die vorsichtig näher kamen. Simon wollte sich lieber nicht vorstellen, wer oder was dort alles lauerte. Allein der Gedanke an die Ratte, die er gesehen hatte, genügte ihm. »Haut ab!«, brüllte er und trampelte mit den Füßen auf, so fest er konnte. Mit hastigen Trippelschritten huschten die Wesen davon. Staub wirbelte auf, Simon spürte es, als er Luft holte. Hustend trat er zur Seite, bis er gegen das Gitter stieß und sich dort festhielt.

Er horchte. Nun war es still, absolut still.

Simon lehnte den Rücken an das Gitter und ließ sich langsam auf den Boden hinabgleiten, bis seine Hände die festgestampfte Erde ertasteten. Er setzte sich. Verzweifelt legte er das Gesicht in seine Hände. Er sollte der Torwächter sein? Der Nachfolger seines Großvaters und seines Vaters? Simon musste lachen, obwohl ihm nicht danach zumute war. Er war nur ein Junge, gefangen in einem Keller, in einer Welt weit weg von der seinen. Sein Großvater war irgendwo in dieser Welt verschwunden. Und seine Familie war vielleicht schon tot. Und alles war seine Schuld! Simon dachte an seinen Vater, der ins Krankenhaus gebracht worden war, bevor das Eis kam, er dachte an seine Mutter und seinen Bruder, die im brennenden Dorf zurückgeblieben waren. Er spürte einen Kloß im Hals. Simon schluckte ihn herunter und zog die Nase hoch.

Plötzlich hörte er hinter sich ein Fauchen.

5

Simon fuhr herum. Angestrengt lauschte er in die Dunkelheit. Er hörte nichts außer dem Klopfen seines Herzens. Oder war da ein Atmen, ganz nah vor ihm? Auf einmal glommen zwei Punkte in der Dunkelheit auf. Simon erschrak, doch fast im gleichen Augenblick erkannte er, was da leuchtete.

»Ashakida!«

Ein leises Knurren antwortete ihm.

Simon trat vor und streckte seine Hand aus, bis er auf der anderen Seite des Gitters den warmen, weichen Körper der Leopardin ertastete. Er hatte nicht bemerkt, wie sie in den Keller gekommen war.

Die Leopardin stupste ihren Kopf gegen seine Hand. Ihre Stimme klang amüsiert. »Kaum lasse ich dich alleine, schon kommst du in Schwierigkeiten.« Sonderlich besorgt schien sie nicht zu sein.

Simon spürte, wie sie an das Gitter trat und ihren Körper etwas drehte, um ihn zwischen zwei Stäben hindurchzuschieben. Zuerst glitt ihr Kopf und dann ihr Rumpf durch den Zwischenraum, bis sie bei ihm auf der anderen Seite war.

Simon war froh, nicht mehr alleine zu sein. »Wo warst du?«

»Das weißt du doch. Bei der Versammlung der Dorfbewohner.«

»Aber warum hast du nichts gemacht? Hast du nicht mitbekommen, dass mich dieser Typ abgegriffen hat?«

Ashakida gähnte. »Leider erst, als er dich schon hatte.« Sie streckte sich.

Simon war ärgerlich, wie wenig das alles die Leopardin zu bewegen schien. »Du holst mich doch hier raus, oder?«

»Warum sollte ich?« Ashakida drehte sich einmal im Kreis und ließ sich auf dem Boden nieder. Simon spürte ihr Fell an seinem Bein hinabgleiten.

»Aber ich kann doch nicht hierbleiben!«

»Warum nicht? Hier ist es trocken, einigermaßen sauber und sicher bist du hier auch.«

Simon war anderer Meinung, er musste an die Geräusche denken, die er in der Dunkelheit gehört hatte.

Als hätte sie seine Gedanken gelesen, schoss die Leopardin plötzlich hoch und sprang mit einem Satz von ihm fort. Ein Quieken ertönte, etwas schrie in Todesangst auf und eilte davon, mit langen Sprüngen, die sich in der Tiefe des Raumes verloren.

»Jetzt ist es sicher.« Ashakida schnurrte zufrieden und legte sich wieder neben ihn.

Einen Moment lang blieb Simon in der Dunkelheit stehen. Dann setzte er sich auf den Boden und lehnte sich an sie. Vielleicht, dachte Simon, hatte sie recht, und es war das Beste, sie ruhten sich aus.

Simon spürte, wie der Atem der Leopardin ruhiger wurde. Es wurde wieder dunkel, sie hatte ihre Augen geschlossen.

»Wie kommst du darauf, dass wir hier sicher sind?« Simon gefiel der Gedanke überhaupt nicht, eingesperrt zu sein. Er konnte sich ja nicht so wie Ashakida durch die Gitterstäbe zwängen.

Die Leopardin seufzte und öffnete ihre Augen wieder. »Die Dorfbewohner haben dich eingesperrt, weil sie Angst vor dir haben. Nicht, weil sie dir etwas antun wollen.«

»Und woher weißt du das?«

»Erstens habe ich ihre Versammlung belauscht. Und zweitens, hast du nicht ihre Gefühle gelesen?«

Ihre Frage war berechtigt. In seiner Aufregung hatte er vollkommen vergessen, dass er empfinden konnte, was andere fühlten. Erst vor wenigen Tagen, noch in seiner alten Welt, hatte er diese Fähigkeit entdeckt. Er beherrschte sie noch nicht richtig, und er bezweifelte, dass ihm das bei den Dorfbewohnern gelungen wäre, so angespannt, wie er bei ihrem Tribunal in der Markthalle gewesen war. Außerdem hätte er einen von ihnen berühren müssen, was schwierig gewesen wäre. Simon ärgerte sich. Er hätte es wenigstens versuchen müssen.

»Aber ich habe es getan«, fuhr die Leopardin fort. »Und ich sage dir, sie haben Angst vor dir.«

»Und was sollen wir jetzt tun?«

»Warten.« Ashakida reckte sich.

»Aber warum holst du mich hier nicht raus?«

»Wie soll ich die Gittertür aufschließen? Mit meiner Schwanzspitze? Oder meinen Barthaaren?«

Simon war nicht zum Lachen zumute. Er hatte gehofft, dass er mit Ashakidas Hilfe das Gitter überwinden konnte, durch irgendeinen Trick oder ein Talent, von dem sie ihm noch nichts erzählt hatte. In den vergangenen Tagen waren so viele unglaubliche Dinge geschehen, dass Simon nichts erstaunt hätte.

Ashakida seufzte. »Um das mal klarzustellen: Ich kann nicht zaubern. Ich kann keine Wunder vollbringen! Ich bin in dieser Welt einfach nur eine Leopardin.«

Simon erinnerte sie an ihre Fähigkeit, den Fluss der Zeit zu stoppen, und sie konnte auch die Gefühle anderer lesen, wenn auch nicht so gut wie er.

Ashakida nickte. »Und das war's dann auch schon. Die Zeit anhalten, das kann ich übrigens nicht allzu oft, das kostet unwahrscheinlich viel Kraft. Und jetzt lass mich endlich schlafen.« Sie schloss ihre Augen.

Simon horchte in die Dunkelheit, bevor er sich auf den Boden legte. Eine Weile suchte er auf der harten Erde nach einer bequemen Schlafposition, doch erst als die Leopardin genervt knurrte und ihn an sich zog, sodass ihr Bauch seinen Rücken wärmte, kam er ein wenig zur Ruhe.

Doch er fand keinen Schlaf. Ashakida hinter ihm atmete bald ruhig und gleichmäßig, Simon hingegen schossen immer wieder die Bilder der vergangenen Tage durch den Kopf. Sein Großvater war fest der Meinung gewesen, dass sein Enkel etwas Besonderes sei, Salvatore, der Auserwählte. Simon glaubte nicht daran. Was hatte er bisher geschafft? Sicher, er hatte Drhan aufgehalten, zumindest eine Zeit lang. Doch klar war auch: Wäre Simon nicht gewesen, dann wäre Drhan niemals in seine Welt eingedrungen.

Ashakida hinter ihm regte sich. Sie fühlte mit ihm. Sie

fauchte, und es klang nicht bedrohlich, sondern aufmunternd. »Mach dir keine Sorgen«, flüsterte sie in sein Ohr, »alles ist vorbestimmt. Alles hat seinen Sinn. Du wirst es schaffen, ich weiß es.«

Auch wenn Simon ihren Worten nicht glauben mochte, tat es ihm gut, ihre Zuversicht zu spüren. Er rutschte noch näher an die Leopardin heran. Ashakida knurrte, doch sie rückte nicht von ihm ab. Ihr gleichmäßiger Atem beruhigte Simon, das Heben und Senken ihres Brustkorbes, die Wärme ihres Körpers. Endlich schlief er ein.

6

Simon schreckte hoch, etwas hatte ihn geweckt.

Er hatte von seinen Eltern geträumt, von seinem Bruder, vom Haus am Meer, so vertraut und so wirklich, als wäre nie etwas geschehen. Doch sein vom harten Boden schmerzender Körper machte ihm klar, dass dies hier die Wirklichkeit war. Er seufzte und setzte sich auf.

Das Schwarz der Dunkelheit war einem schemenhaften Grau gewichen, durch winzige Ritzen in der Decke drang Licht zu ihm herab. Auch durch die Treppenöffnung fiel ein Lichtschein in den Keller. Offenbar war die Nacht vorbei, draußen wurde es hell. Ashakida war fort, er war allein in dem leeren Gewölbe unterhalb des Gemeindeamtes. Die Tür des Gitters, das den Raum in zwei Hälften teilte, war immer noch fest verschlossen.

Was hatte ihn geweckt?

Dann hörte er es: Stimmen wisperten, Schritte huschten über Steinstufen, ein Scharren ertönte, jemand kletterte durch das Loch in der Außenmauer in den Raum über ihn. Die Bohlen knarrten leise.

Simon horchte angespannt. Das war nicht der Hüne, sein Schritt war schwerer gewesen. »Hallo! Wer ist da?«

Keine Antwort. Stattdessen erhellte ein helles Leuchten die Öffnung in der Kellerdecke. Es war kein Fackelschein, sondern das gebündelte Licht einer künstlichen Lichtquelle. Zwei Füße tauchten am Rand der Treppe auf, kurz darauf hüpfte eine vertraute Gestalt die Stufen hinunter. Es war Ira. Sie ließ den Strahl ihrer Taschenlampe durch den Raum fahren, bis sie ihn auf seinem Gesicht stoppte. »Nun sieh mal an, wer da ist …« Ihre Stimme klang spöttisch.

Geblendet hob Simon seine Hand vor die Augen. »Dreh den verdammten Lichtstrahl weg!«

Ira senkte die Lampe und wandte sich zurück zur Treppe. »Ihr könnt runterkommen.«

Kurz darauf kamen Tomas und Filippo die Stufen hinab. Die beiden trugen Rucksäcke und hatten zusammengerollte Decken unter dem Arm. Die unheimliche Atmosphäre des Kellers schien sie zu beeindrucken, während Ira gelassen an das Gitter schlenderte. »Na, du bist ja ein Held. Kommst durch ein Weltentor, aber lässt dich von den Erwachsenen abgreifen.« Sie kicherte.

Simon gab sich keine Blöße. »Ist doch ein guter Schlafplatz. Nicht so kalt wie draußen.«

»Na klar. Und so saugemütlich … Hast du Hunger?« Ira wartete seine Antwort nicht ab. Sie bedeutete den anderen, die Rucksäcke abzusetzen und zu öffnen. Die drei taten es, dann breiteten sie die Decken auf dem Boden aus. Auch ihm schoben sie eine Decke durch die Gitterstäbe. Simon nahm sie verblüfft. »Ich dachte, ihr holt mich hier raus!«

»Würd ich ja gerne. Aber ich hab keinen Schlüssel.« Ira griff in den Rucksack und holte Brot und einen streng riechenden Laib Käse hervor.

»Und deshalb essen wir?«

Sie grinste. »Willst du lieber hungern?« Sie nahm ihm die Decke ab, die er immer noch festhielt, und breitete sie, so gut es ging, auf seiner Seite der Gitterstäbe auf dem Boden aus.

»Was ist mit meinem Skizzenbuch?«, fragte Simon.

»Das ist sicher bei mir zu Hause. Du kriegt es, wenn du hier raus bist. Ich rede mit Sophia.«

»Sophia?«

»Unsere Anführerin. Die mit den schwarzen Haaren. Sie wird dich freilassen, da bin ich mir sicher. Das hätte sie gestern schon gemacht, wenn Victor nicht gewesen wäre. So, und jetzt setz dich.«

Tomas hatte inzwischen Kerzen aufgestellt und angezündet, das Licht der Flammen tauchte ihre Gesichter in warmes Licht. Filippo saß schon auf einer der Decken, er griff nach dem Käse und säbelte sich mit seinem Taschenmesser ein dickes Stück ab. »Ich weiß ja nicht, wie es euch geht, aber ich hab einen gigantischen Hunger.« Voller Vorfreude angelte er sich das Brot, ein schwerer grauer Teigklumpen, und hieb mit dem Messerschaft einen Brocken heraus. Filippos unbeschwerte Art steckte an, und bald saßen sie alle auf den Decken und aßen und redeten, Simon auf der einen Seite des Gitters, die drei Besucher auf der anderen.

»Und jetzt erzähl uns, wie es in deiner Welt aussieht!« Filippo war kaum zu verstehen, sein Mund war vollgestopft mit Brot und Käse.

Simon begann zu berichten: von dem Dorf seines Großvaters, in das sie gezogen waren, von den alten sandbraunen Häusern und den Gärten voller blühender Oleanderbüsche, von dem heißen Wind, der über das Meer gekommen war, und von den Menschen, die in der Mittagshitze in ihren Häusern Schutz gesucht und am Abend die Straßen des Dorfes bevölkert hatten. Er schwärmte vom leckeren Kuchen in der Bäckerei am Hafen, beschrieb das Haus des Großvaters und die alte Scheune unter den Olivenbäumen, erzählte von seiner Familie und von den anderen Menschen, denen er begegnet war, zuletzt von Filippos Tante in ihrem kleinen Supermarkt, die in einem fort redete und ihm immer das Haar zerwuschelt hatte.

Filippo riss seine Augen auf: »Echt? Durch die Haare wühlen? Das macht meine Tante auch immer. Ist voll peinlich!«

Die anderen lachten und auch Simon musste grinsen.

»Aber«, fuhr Filippo fort, »was ist ein Supermarkt?«

Simon erzählte es ihm. Filippo und die anderen lauschten ungläubig. Ein Laden, in dem man alles bekommen konnte, was man wollte, davon hatten sie noch nie etwas gehört.

Dann berichteten sie ihm von ihrer Welt, von ihren Familien, ihren Eltern. Simon erwartete, dass Ira von ihrem Vater erzählte, doch in dieser Welt war sie bei ihrer Großmutter aufgewachsen, einer alten weisen Frau.

Gespannt fragte Simon nach: »Deine Oma, kann die heilen und kennt sie sich gut mit Kräutern aus?«

Ira nickte überrascht. »Ja, das stimmt. Sie ist eine Heilerin. Woher weißt du das?«

»Das ist sie in meiner Welt auch.«

»Und ist sie bei euch genauso durchgeknallt wie bei uns?« Filippo kassierte einen Nasenstüber von Ira für seine Frage. Doch Ira war genauso gespannt auf Simons Antwort wie die anderen.

Simon musste an seine erste Begegnung mit der Alten denken, an ihren wirren und erschrockenen Blick, als sie ihn erkannt hatte. Iras Großmutter war die Erste in seiner Welt gewesen, die ihn Salvatore genannt hatte.

Er nickte. »Irgendwie schon.«

Grinsend sah Filippo zu Ira. »Was hab ich gesagt?« Er streckte seinen Arm durch das Gitter, winkelte ihn an und hielt ihn Simon entgegen. Simon kapierte nicht sofort, dass er seinen Unterarm gegen den von Filippo drücken sollte, es war wohl so etwas wie ein Ritual zwischen Freunden, Simon kannte etwas Ähnliches auch aus seiner Welt.

»Und meine Eltern?« Ira lachte nicht mit, ihr Blick war ernst und ein wenig traurig. »Hast du auch die Eltern deiner Ira kennengelernt?«

Simon schüttelte den Kopf. »Sie hatte nur noch ihren Vater. Ich hab ihn nie gesehen. Er war krank oder so was.« Er erinnerte sich noch gut an die ungeduldige Stimme, die durch das Treppenhaus gerufen hatte.

Ira nickte enttäuscht.

Danach beantworteten sie Simons Fragen zu ihrer Welt. Seit sie zurückdenken konnten, war das Dorf, in dem sie aufwuchsen, zerstört. Ein großes Feuer hatte lange vor ihrer Geburt die Hauser vernichtet, seither lebten die Menschen in den Kellern der Ruinen. Sie versorgten sich selber, so gut es ging: mit den

Tieren, die sie sich hielten, mit den wenigen Fischen, die es noch im Meer gab, und mit dem Gemüse, das sie auf den trockenen Feldern rings um das Dorf zogen.

»Und was ist außerhalb des Dorfes? Wie sieht es in der Stadt aus, drüben, am anderen Ende der Bucht?«

Alle zuckten zusammen, als Simon diese Frage stellte.

Niemand im Dorf sprach über die Stadt, jeder fürchtete sich vor dem Ort, in dem Drhan herrschte. Von klein auf hatten sie gelernt, dass Drhan die Macht war, die alles zerstörte, wenn man sich gegen sie stellte. Dass sie nicht in das ummauerte Zentrum der Stadt durften, war selbstverständlich, niemand von ihnen wäre auf diese Idee gekommen. Doch darüber hinaus hatten ihnen die Eltern streng verboten, die Stadtviertel außerhalb der Mauer zu betreten. Die verlassene Vorstadt reichte bis dicht an das Dorf heran.

»Mein Vater sagt, da draußen ist alles zerstört«, erzählte Tomas. »Die ganze Vorstadt ist eine Ruinenwüste. Niemand kann da leben.«

»Und warum?«

Ira beantwortete Simons Frage. »Weil Drhan dort herrscht.«

»Und außerdem gibt es dort Geister«, ergänzte Filippo.

Simon sah ihn ungläubig an. »Das meint du nicht ernst.«

»Klar mein ich das ernst! Lucs Mutter hat das gesagt. Du kannst Luc fragen, der sagt das auch.«

Simon war noch nicht überzeugt. »Aber woher wisst ihr das alles?«

Tomas sah auf. »Von Victor. Der fährt manchmal in die Vorstadt.«

»Obwohl Drhan dort herrscht?« Simon war verblüfft.

Tomas zuckte mit den Schultern. Er berichtete, dass der Dorfälteste ab und zu mit dem Wagen das Dorf verließ und mit Waren zurückkam: Schuhe, Kleidung, Töpfe, all jene Dinge, die sie nicht selbst herstellen oder sich beschaffen konnten.

Simon fand das alles merkwürdig. »Aber wo holt er die Sachen her, wenn doch alles zerstört ist?«

Niemand konnte seine Frage beantworten. Das war immer schon so gewesen, erzählten sie, keiner von ihnen hatte bis jetzt darüber nachgedacht.

Plötzlich waren Schritte zu hören, jemand hastete die Treppe zum Gemeindeamt hinauf und stürzte in den Raum über ihnen. »Wo seid ihr?« Es war Lucs Stimme.

»Hier unten!« Ira, die so wie die anderen beim Geräusch der Schritte zusammengezuckt war, eilte zur Treppe, um Luc zu leuchten. Wenig später rannte er die Stufen hinab in den Keller. Er sah besorgt aus. »Sie kommen, um ihn zu holen!«

Ira runzelte die Stirn. »Wer wird geholt?«

»Na, Simon!« Aufgeregt erzählte Luc, was er auf dem Weg hierher beobachtet hatte. »Die betanken den Wagen!«

Ira war blass geworden. »Das machen sie nur, wenn sie in die Stadt wollen …«

Luc nickte und berichtete, dass der Dorfälteste den Hünen aufgefordert hatte, erst den Wagen zur Markthalle zu fahren und dann Simon zu holen. Das konnte nur eines bedeuten: Sie wollten ihn aus dem Dorf fortbringen.

Ihnen blieb keine Zeit, einen Plan zu schmieden, denn draußen stieg schon jemand mit schweren Schritten die Treppe zum

Gemeindeamt hinauf: Der Hüne kam! Alarmiert sahen sich die fünf Jugendlichen an. Keiner sagte ein Wort, jeder wusste, was zu tun war. Sekunden später waren die Sachen zusammengerafft und in den Rucksäcken verstaut, die Kerzen wurden gelöscht, und die vier schlichen zur Kellertreppe, um sich darunter zu verstecken. Simon legte sich auf den Boden und stellte sich schlafend.

Keinen Augenblick zu früh. Im Schein seiner Fackel stieg der Hüne die Kellertreppe hinab.

7

Den Kopf auf seinen Armen, lag Simon auf dem Boden und lauschte den schweren Schritten, die sich seinem Gefängnis näherten. Es wurde hell im Keller, er sah es hinter seinen geschlossenen Lidern. Qualm stach in seine Nase. Simon hustete und tat so, als würde er gerade erst aufwachen.

Der Hüne stand auf der anderen Seite des Gitters und starrte ihn misstrauisch an. »Steh auf.« Er griff an seinen Gürtel, knüpfte den dort festgebundenen Schlüssel ab und schob ihn in das Schloss der Gittertür, um es zu entriegeln.

Die Tür schwang auf.

»Mitkommen.«

Simon tat so, als folgte er der Aufforderung. Doch er wollte nicht mitkommen, das war ihm nach Lucs Warnung klar geworden. Mit angespanntem Körper beobachtete er den Hünen aus den Augenwinkeln. Kurz bevor die Hand des Mannes ihn ergreifen konnte, duckte sich Simon unter dem ausgestreckten Arm hindurch. Diesmal jedoch ließ sich der Hüne nicht austricksen. Seine großen Hände packten Simon und rissen ihn herum. Wütend starrte der breitschultrige Mann ihn an, sein Gesicht ganz nah an dem von Simon. »Tu das nie wieder!«

Sie verließen das Gemeindeamt und gingen die Treppe

zum Marktplatz hinunter. Der Hüne hielt Simons Oberarm fest umklammert, er schob ihn voran, während sie die Stufen hinabstiegen. Simon musste aufpassen, um nicht zu stolpern. Kurz glaubte er, ein Flüstern und leise Schritte hinter sich zu hören, doch er drehte sich nicht um. Falls Ira und die anderen ihnen nachschlichen, wollte er sie nicht verraten.

Die Sonne war tatsächlich schon aufgegangen, sie stand über der Hügelkette und wärmte die staubigen Gassen. Doch es war kein Mensch in den Straßen unterwegs, das Dorf wirkte wie ausgestorben, so wie jeden Tag, seit Simon hier angekommen war. Nur aus den Kellergewölben, in denen die Bewohner lebten, stieg Rauch auf, er stammte von den Kochstellen, die früh am Morgen eingeheizt wurden.

Der Hüne zerrte ihn mit sich, mit festem Griff. Simon rang seine Furcht nieder und konzentrierte sich. Solange sein Bewacher ihn berührte, musste er die Gelegenheit nutzen und herausbekommen, was die Dorfbewohner vorhatten. Es war leichter als erwartet, der Hüne wehrte sich nicht. Vermutlich merkte er noch nicht einmal, dass Simon in seine Gefühle eindrang.

Ashakida hatte recht gehabt. Der Mann, so groß und kräftig er war, hatte Angst vor ihm. Doch Simon spürte noch etwas: Wut, weil er fast schon wieder übertölpelt worden war, und eine wilde Entschlossenheit, seinen Auftrag zu erfüllen. Wohin der Hüne ihn bringen wollte, das sah Simon nicht.

Sie gingen die Hauptstraße hinunter, dann bogen sie in einen schmalen Weg ein, der hinab zum Hafen führte. Das Meer glitzerte zu ihnen herauf. Simon konnte die beiden verfallenen Molen sehen, die das Hafenbecken vor den Winterstürmen schützten.

Der Wind, der über das Wasser strich, hatte in der Nacht gedreht, er roch nun faulig, vermischt mit einem bitter schmeckenden Dunst. Er kam aus dem Zentrum der Stadt auf der anderen Seite der Bucht. Düster und schwelend erhob sich Drhans Reich in den Morgen, ein stinkendes Geschwür, das sich in die Küste gefressen hatte. Wie ein schwarzer Obelisk ragte der Tower inmitten der Hochhaustürme in den Himmel. Selbst im blassen Licht der Morgensonne sah die Stadt unheimlich aus. Die Mauer, die die Stadt umgab, glänzte, so als sei sie aus Metall und nicht aus Stein oder Beton. Simon musste an die Befestigungsmauer einer mittelalterlichen Siedlung denken. Oder sah er die Mauer eines Gefängnisses?

Der Hüne gönnte der Stadt keinen Blick. Schweigend führte er ihn die Straße hinunter. Bald hatten sie den Hafen erreicht. Ein paar Fischer waren auf dem Kai unterwegs, sie trugen Netze und leere Kisten zu ihren Booten, wenig Vertrauen erweckende Kähne, die in der Dünung dümpelten. Misstrauisch sahen die Männer zu ihnen herüber. Eine verhärmt aussehende Frau zog einen Handwagen mit frisch gebackenen Brotlaiben über das Pflaster. Sie warf Simon einen feindseligen Blick zu.

Jetzt erkannte Simon, wohin ihn der Hüne brachte. Direkt vor dem Eingang der verfallenen Markthalle stand ein uralter Geländewagen, seine Blechhaut war zerdellt und voller Rost. Ein bärtiger Arbeiter war dabei, den Tank des Fahrzeugs aus einem Benzinkanister zu befüllen.

Luc hatte recht gehabt. Sie wollten ihn fortbringen!

»Los, weiter!«

Der Hüne versetzte Simon einen Stoß in den Rücken und trieb ihn auf den Wagen zu. Simon erinnerte das Gefährt an den Geländewagen, den sein Großvater gehabt hatte. Allerdings befand sich bei diesem Auto statt einer Rückbank ein großer geschlossener Kasten hinter dem Fahrerhaus. Die Blechbox hatte keine Fenster, nur eine vergitterte Öffnung in der Seitenwand und eine Tür auf der Rückseite. Die beiden Türflügel standen weit offen. Simon sah eine schäbige Decke auf dem Boden der Ladefläche liegen.

»Steig ein.«

Simon schüttelte den Kopf. Um nichts in der Welt würde er in diese Box klettern. Der Hüne grunzte ungehalten und zerrte ihn zum Wagen, um ihn in den Kasten zu stoßen. Die Decke dämpfte Simons Aufprall.

Hastig rappelte Simon sich wieder auf. »Nein! Nicht die Tür zumachen!«

Es war, als hätte er nichts gesagt: Der Hüne schloss den ersten der beiden Türflügel, dann packte er den zweiten Griff, um die Tür zuzuschlagen.

Wo war Ashakida?

Da hörte Simon einen Ruf: »Warte!« Er kannte die Stimme. Ira lief den Kai entlang, gemeinsam mit der Anführerin der Dorfbewohner, offenbar hatte Ira sie alarmiert. »Stopp! Nicht wegfahren!«

Der Hüne reagierte nicht. Krachend fiel die Tür ins Schloss.

8

Simon brauchte einen Moment, bis sich seine Augen an das Halbdunkel im Inneren des Wagens gewöhnt hatten. Von draußen war immer noch Iras Stimme zu hören, und die des Hünen, der knapp antwortete. Dann mischte sich eine dritte Stimme ein. Sekunden später knirschte das Schloss und einer der Türflügel schwang auf.

Die Anführerin der Dorfbewohner stand vor dem Wagen. Sie trug dieselbe Kleidung wie am Abend zuvor, nur ihre schwarzen Haare waren noch zerzaust von der Nacht, offenbar hatte Ira sie aus dem Bett geholt.

Mit gerunzelter Stirn sah die Schwarzhaarige erst Simon und dann den Hünen an. »Wer hat dir gesagt, dass du ihn wegbringen sollst?«

Eine gebeugte Gestalt betrat den Platz, es war der Alte vom Vorabend. Sein schneeweißes Haar leuchtete in der Sonne. Herausfordernd blickte er die Anführerin der Dorfbewohner an. »Ich«, sagte er knapp. Bevor jemand etwas erwidern konnte, wandte er sich dem Hünen zu. »Schaff das Mädchen weg.«

Der Hüne nickte und schloss erneut die Tür von Simons Gefängnis. Dann griff er nach Iras Arm, um sie wegzuführen. Ira wehrte sich, doch gegen den Griff des Mannes hatte sie keine Chance.

Der Alte wartete, bis Ira außer Hörweite war, dann wandte er sich wieder der Frau zu. Seine Stimme klang kalt und sein Blick war fest. »Du weißt, wo wir ihn hinbringen werden.«

»Das darfst du nicht!«

»Tatsächlich?«

»Das habe ich nicht erlaubt. Ich bin die gewählte Anführerin.«

»Und ich bin der Älteste hier im Dorf.« Der Alte kam näher. Ein harter Zug lag um seinen Mund. »Du weißt, warum wir es tun müssen, Sophia. Du kennst den Auftrag, den wir von Drhan bekommen haben.«

Die Schwarzhaarige zögerte. »Er muss es ja nicht erfahren.«

»Ist das dein Ernst? Drhan erfährt alles! Es ist nur eine Frage der Zeit. Außerdem gehen unsere Vorräte zur Neige.«

»Aber er ist so jung, Victor! Fast noch ein Kind!«

»Und genau deshalb bringst du uns in Gefahr. Weil du Mitleid hast.« Der Alte spuckte verächtlich aus. »Es geht hier nicht um dich, Sophia, sondern um uns alle! Du kennst Drhans Macht! Wenn wir uns gegen ihn stellen, wird er uns vernichten.«

Simon hatte dem Gespräch gebannt zugehört. Die Worte des Alten hatten bestätigt, was er schon befürchtet hatte: Sie wollten ihn in das Stadtzentrum bringen, um ihn Drhan auszuliefern! Er musste fliehen!

Fieberhaft sah sich Simon um. Die Ladebox war aus mehreren Blechen zusammengeschweißt und schien stabil zu sein.

Bis auf die beiden Hecktüren und das vergitterte Fenster gab es keine Öffnung – solange die Tür fest verschlossen war, hatte er keine Chance, aus dem Wagen zu entkommen. Was sollte er nur tun?

Der Dorfälteste hatte derweil den Streit für sich entschieden. Der Blick der schwarzhaarigen Frau war traurig und voller Mitleid, als sie die Tür der Box noch einmal öffnete und Simon ansah. Sie seufzte. »Es tut mir leid, mein Junge. Leb wohl.« Dann nickte sie dem Hünen zu, der inzwischen zurückgekommen war.

Ohne die Miene zu verziehen, drehte sich der Mann zu Simon um. »Finger weg, sonst sind sie ab.«

Simon wich zurück. Irgendetwas musste er tun! Der Hüne versetzte dem Türflügel einen Stoß. Da ertasteten Simons Finger die Decke, die auf dem Boden lag. Ohne nachzudenken, packte er den Stofffetzen und schob ihn in den Türspalt, kurz bevor die Tür krachend zufiel. Mit einem schabenden Geräusch verhakte sich die Decke im Schloss und klemmte zwischen den Türflügeln fest.

Simon hielt die Luft an. Hatte jemand etwas gemerkt? Doch die Stimmen draußen vor dem Wagen blieben ruhig, niemand entriegelte die Tür, um die eingeklemmte Decke zu entfernen. Dann hörte er Schritte, die Fahrertür öffnete und schloss sich wieder, offenbar war der Hüne eingestiegen.

Der Motor erwachte zum Leben, die Karosserie des Geländefahrzeugs schüttelte sich, die Ladebox vibrierte dröhnend. Simon spürte, wie sie anfuhren. Er hatte Mühe, sich festzuhalten, der Wagen schlingerte heftig, während sie durch die kurvenreichen Gassen des Dorfes fuhren. Schließlich wurde die Fahrt ruhiger. Sie hatten das Dorf verlassen, die Räder rollten über eine glatt asphaltierte Straße.

Im Halbdunkel seines Gefängnisses tastete sich Simon zur Tür. Er rüttelte an ihr, er drückte und er zog, doch es gelang ihm nicht, sie zu öffnen, trotz der im Schloss eingeklemmten Decke.

Der Motor wurde lauter, der Wagen beschleunigte. Durch das vergitterte Fenster sah Simon, wie sie sich in rasender Fahrt der Stadt näherten. Er war verzweifelt. Was sollte er nur tun?

Da entdeckte er etwas, das sein Herz klopfen ließ, er hätte es im Dämmerlicht fast nicht bemerkt. Jemand hatte etwas an der Innenwand der Transportbox in das Blech geritzt, ein Zeichen. Es war das Bild eines blühenden Rosenbusches. Zwar war es hastig und mit groben Strichen in das Blech gekerbt, doch Simon erkannte das Symbol, das die Tore zwischen den Welten markierte. Aufgeregt strich er über die Gravur. Kurz vermutete er, ein Weltentor entdeckt zu haben, aber es gab nirgendwo einen jener Dorne aus Metall, die die Tore kennzeichneten und mit denen sich die Übergänge zwischen den Welten öffnen ließen.

Warum war der Rosenbusch hier in die Wand geritzt? Wer immer das Bild hier hinterlassen hatte, wusste von den Weltentoren.

Plötzlich stutzte Simon. Direkt neben dem Bild gab es weitere Kerben im Blech, er spürte sie unter den Kuppen seiner Finger. Kleine Brocken aus Staub und Schmutz rieselten herab, als er mit dem Daumennagel die Vertiefungen entlangfuhr. Die

Kerben waren mit Dreck aufgefüllt, so als sollten sie getarnt werden. Eilig kratzte Simon den Schmutz aus den Ritzen. Ein Buchstabe tauchte auf, dann ein zweiter, ein dritter. Als das erste Wort an der Wand zu lesen war, ließ Simon die Hand sinken. Er starrte auf die Inschrift. So wie das Bild des Rosenbusches waren die Buchstaben hastig in das Metall geritzt worden und deshalb sehr kantig, doch Simon konnte das Wort, das sie bildeten, gut erkennen: Es war sein Name.

9

Überrascht starrte Simon die Inschrift neben dem Rosenbusch an: SIMON. Sein Name. Wer hatte ihn dort eingeritzt? Niemand hier wusste, wie er hieß, außer Ira und ihren Freunden. Und niemand außer ihm und Ashakida kannte das Zeichen des blühenden Rosenbusches.

Es gab nur einen Menschen, der das getan haben konnte: sein Großvater. Er war hier gewesen, in dieser Box, und er hatte ihm eine Nachricht hinterlassen.

Eilig machte Simon weiter, Buchstabe für Buchstabe löste er den Dreck. Von ihrer Tarnung befreit, blitzten die Kerben metallisch. Lange konnte die Schrift dort noch nicht stehen, sonst wären die eingeritzten Buchstaben rostig gewesen, so wie die gesamte Wand im Inneren der Box. Sein Großvater musste erst vor Kurzem hier gewesen sein. War auch er von den Dorfbewohnern hier hineingesteckt worden? Wohin hatten sie ihn gebracht? Hatten sie ihn auch an Drhan ausgeliefert?

Endlich hatte Simon den Schmutz auch aus der letzten Furche hervorgeholt. Er beugte sich vor, um die Worte zu entziffern: »Folge mir nicht! Flieh!«

Simon setzte sich auf den Boden. Nachdenklich strich er über die Kerben in der Metallwand. Warum hatte sein Großvater diese Nachricht hinterlassen? Hatte er geahnt, dass Simon nach Avaritia fliehen würde? Hatte er vorhergesehen, dass die Dorfbewohner ihn in diesen Wagen sperren und an Drhan ausliefern würden? Simon war klar, dass es besser war, seinem Opa nicht zu folgen, und genauso klar war, dass er aus dieser Box fliehen musste! Nur wie? Hatte sein Großvater einen Weg hinaus gefunden?

Im gleichen Moment rumpelte es und ein heftiger Stoß erschütterte den Wagen. Eines der Räder war durch ein Schlagloch gefahren. Simon taumelte zur Seite und prallte gegen die Tür. Das Fahrzeug schlingerte und die Reifen schlitterten quietschend über den Asphalt. Der Hüne im Fahrerhaus fluchte, Simon hörte seine Stimme leise durch die Wand. Noch ein paarmal schwankte der Aufbau hin und her, dann fing sich der Wagen wieder.

Simon rappelte sich auf und rieb seine schmerzende Schulter.

Da bemerkte er einen Lichtschimmer, der gerade eben noch nicht da gewesen war. Durch den Stoß hatte sich eine Lücke zwischen den beiden Türen aufgetan. Sonnenlicht fiel durch den Spalt, Staub tanzte in dem feinen Strahl. Simons Herz klopfte. War das Schloss nicht fest verriegelt? Vielleicht hatte die Decke doch verhindert, dass der Mechanismus arretiert war.

Kurz entschlossen ließ sich Simon noch einmal gegen die Tür fallen. Ein dumpfer Stoß erschütterte den Aufbau. Die Türen blieben verschlossen. Stattdessen hämmerte der Hüne mit seiner Faust gegen die Rückwand des Fahrerhauses. »Ruhe dahinten! Sonst komme ich und sorge dafür, dass du still bist.«

Der Wagen rumpelte erneut, die Karosserie zitterte, Steine schlugen von unten gegen den Aufbau. Die Asphaltstrecke, auf der sie bis hierher gefahren waren, war zu Ende, eine Piste aus Sand und Schotter ersetzte die glatte Fahrbahn. Es war ein provisorisches Verbindungsstück, Simon sah es, als er einen Blick aus dem Gitterfenster werfen konnte. Nach einigen Hundert Metern endete die Schotterpiste und mündete in einer breiten, mehrspurigen Straße, es war die Autobahn, die durch die Vorstadt zum Stadtzentrum führte.

Simon erkannte seine Chance. Bei dem Lärm, den die aufwirbelnden Steine verursachten, würde der Hüne seinen Ausbruchversuch nicht bemerken. Er ließ sich gegen die Tür fallen, dann ein zweites, ein drittes Mal. Das Blech zitterte, doch die Tür blieb fest verschlossen. Simon blickte aus dem Fenster: Die Piste war fast zu Ende, ihm blieben nur noch wenige Sekunden. Schnell trat er an die Rückwand der Box und lehnte sich an sie, dann stieß er sich ab und sprang gegen den Türflügel. Mit voller Wucht prallte seine Schulter gegen das Metall. Im gleichen Augenblick holperte der Wagen über eine Bodenwelle, die Karosserie dröhnte und die Tür knarrte. Einer der Türflügel öffnete sich, Simon taumelte ins Leere. Er schrie auf, während er hinauskippte, der aufschwingenden Tür hinterher. In letzter Sekunde ertasteten seine Finger den Türgriff, er klammerte sich daran fest, während seine andere Hand nach der Oberseite der Tür griff. Seine Beine verloren ihren Halt, er schwang hinaus, jetzt hing er in der Luft. Dicht unter ihm raste die Straße vorbei, aufwirbelnde Steinchen prasselten gegen seine Beine.

Der Hüne im Fahrerhaus schien nichts zu bemerken.

Ein weiterer Schlag erschütterte den Wagen. Sie hatten das Ende der Sandpiste erreicht und bogen auf die verlassene Autobahn ein. Simon stöhnte, als die Schwerkraft seinen Körper mit sich zog. Fast hätte er losgelassen, doch mit letzter Kraft krallte er sich an der Tür fest. Die Reifen quietschten, als der Hüne den Wagen auf die Asphaltstraße lenkte. Von der Fliehkraft in Bewegung gesetzt, schwang die Tür zurück, Simon raste wieder auf die Box zu. Im letzten Augenblick, kurz bevor seine Finger im Türspalt zerquetscht worden wären, ließ er los. Er schleuderte in das Innere der Box, knallte schmerzhaft gegen die Wand, taumelte zu Boden. Krachend fiel hinter ihm die Tür in das Schloss, Simon schrie entsetzt auf.

»Ruhe dahinten! Oder soll ich zu dir kommen und für Ruhe sorgen?« Die wütende Stimme des Hünen drang durch die Wand.

Simon reagierte nicht. Er lag auf dem Boden seines Gefängnisses, den Kopf verzweifelt in seinen Armen vergraben. Er zitterte am ganzen Körper. Die Tür war zugefallen, sein einziger Fluchtweg war versperrt. Was sollte er jetzt bloß tun?

Der Wagen fuhr nun ruhig und gleichmäßig, die Räder sirrten leise auf dem glatten Asphalt. Langsam beruhigte sich Simon wieder und das Zittern ließ nach.

Da hörte Simon ein leises Knarren, wie von einem Fensterladen, der sachte im Wind hin und her schwingt. Er hob den Kopf. Das Knarren kam von der Tür, von jenem Türflügel, den er aufgebrochen hatte und mit dem er aus dem Wagen geschwungen war.

Und dann sah er es: Die Tür bewegte sich.

10

Simon hielt vor Aufregung die Luft an. Er dachte schon, dass er sich geirrt hatte, doch dann knarrte es erneut, und der Türflügel bewegte sich in seinen Scharnieren. Ein Band aus gleißendem Sonnenlicht blitzte in der Dunkelheit auf. Behutsam, als könne eine zu hastige Berührung das Schloss wieder verschließen, legte Simon seine Hand auf das rostige Metall und drückte den Spalt weiter auf.

Sie fuhren auf einer Autobahn oberhalb der Küste, die gut ausgebaute Straße schlängelte sich durch die verlassenen Vororte der Stadt. Simon kannte diese Strecke. Schon einmal war er hier entlanggefahren, in seiner Welt, gemeinsam mit seiner Mutter. Damals hatte ihn die Vorstadt beeindruckt. Die Straßen waren gefüllt und lebendig gewesen, voller Autos und Menschen. In dieser Welt jedoch waren die Straßen der Vorstadt menschenleer, und die Häuser, an denen sie vorbeifuhren, wirkten wie ausgestorben. Der Geländewagen war das einzige Fahrzeug auf der Autobahn. Simon bedrückte der Anblick. Wo waren all die Menschen, die einst hier gewohnt hatten?

Ein Schlagloch schüttelte den Wagen durch und riss Simon aus seinen Gedanken. Die Zeit wurde knapp. Irgendwie musste es ihm gelingen, den Wagen unbemerkt zu verlassen.

Sachte drückte Simon die Tür weiter auf, wobei er darauf achtete, dass sie nicht im Seitenspiegel des Fahrers zu sehen war. Dann arretierte er den Türflügel mit einem Haken, der an dem Metall angebracht war. Jetzt konnte die Tür nicht wieder zufallen. Simon holte tief Luft und trat an die Türöffnung. Der Fahrtwind erfasste ihn und zerrte an seinen Haaren. Dicht unter ihm raste die Straße vorbei. Simon war flau im Magen. Ihn schützte kein Geländer, und er stellte sich vor, wie er durch die offene Tür stürzte und auf die Straße prallte. Eines war klar: Bei diesem Tempo war es unmöglich abzuspringen. Der Wagen musste stoppen oder wenigstens langsamer werden – solange sie fuhren, hatte er keine Chance zu entkommen.

Simon überlegte noch, was er tun konnte, als der Hüne plötzlich das Tempo verringerte. Der Motor jaulte auf, die Bremsen quietschten, Staub wirbelte in die Luft. Dann stand das Auto, eingehüllt in einer Wolke aus feinem Sand. Die Fahrertür öffnete sich und der Hüne stieg aus. Simon biss sich auf die Lippen: Würde er die offene Tür entdecken?

Sand knirschte, die Schritte des Hünen entfernten sich.

Simon lugte aus der Tür des Geländewagens. Sie hatten ihr Ziel erreicht. Simon entdeckte in einiger Entfernung die Mauer, die das Zentrum der Stadt umgab. Zu seinem Erstaunen führte die Stadtmauer quer über die Straße – die Autobahn endete direkt vor der matt glänzenden Wand. Nun sah er auch den Hünen, er stand vor einem Tor, das sich in der Fläche geöffnet hatte, und sprach mit einem Soldaten. Simon erkannte sofort die graue Uniform. Der Soldat gehörte zu den

Männern, die der Tower ausschickte. Simon konnte sich noch gut an seine erste Begegnung mit ihnen erinnern. Er war in seiner Welt zum Tower gefahren, gemeinsam mit Ira und ihren Freunden. Noch einmal wollte er den Soldaten nicht über den Weg laufen.

Eilig löste er den Haken, der den Türflügel festhielt, und kletterte aus der Box. So leise er konnte, drückte er die Tür ins Schloss. Dann kroch er unter den Wagen. Niemand bemerkte etwas.

Die Stimmen wurden lauter, der Hüne kam mit dem Soldaten zurück zum Wagen. Geistesgegenwärtig huschte Simon hinter eines der Räder. Die Tür zur Ladebox wurde geöffnet, das Knarren der Scharniere ließ die Blechhaut des Wagens erzittern. Ein aufgeregter Ruf ertönte.

Jetzt oder nie! Ohne sich umzusehen, verließ Simon sein Versteck und rannte quer über die Straße bis zu einer von trockenem Gestrüpp überwucherten Leitplanke. Eilig kroch er unter ihr hindurch und versteckte sich. Jeden Moment rechnete Simon damit, dass er entdeckt würde. Doch niemand setzte ihm nach, die Männer hatten ihn nicht bemerkt.

Simon wartete einen Augenblick, dann linste er vorsichtig hinter der Leitplanke hervor. Gerade blickte der Soldat in die Transportbox des Geländewagens. Er sah ärgerlich aus und glaubte, verspottet zu werden. Auch der Hüne war verwirrt. Aufgeregt redete er auf den Soldaten ein. Der Uniformierte hörte ihm nicht zu. Er griff nach dem Arm des Hünen und führte ihn durch das Tor in das Innere der Stadt. Ein leises Summen ertönte, als sich das Tor schloss. Es war, als ergieße sich ein Wasserfall über die Öffnung. Wenig später wirkte die Mauer wie unberührt.

Simon blieb eine Weile in seinem Versteck, bevor er sich aus der Deckung wagte. Er kletterte unter der Leitplanke hindurch und verharrte auf der sandbedeckten Fahrbahn, jederzeit zur Flucht bereit. Es blieb still bis auf das Säuseln des Windes und das leise Knacken des Geländewagens, dessen Motor abkühlte.

Was sollte er nun tun? Fliehen, das war Simons erster Gedanke. Doch etwas hielt ihn zurück: die Stadtmauer. Ihr Anblick beherrschte alles – Simon hatte das Gefühl, als würde sie ihn anziehen. Die Mauer war so hoch, dass die umliegenden Häuser klein wirkten. Die Sonnenstrahlen, die auf ihrer Oberfläche gebrochen wurden, ließen die umliegenden Ruinen funkeln. Noch niemals zuvor hatte Simon so etwas gesehen.

Langsam ging er auf die Stadtmauer zu. Jetzt, da er sich ihr näherte, wirkte die Wand noch größer und höher. Es kam ihm vor, als habe ihr Erbauer keine Rücksicht auf die Menschen genommen, die hier gelebt hatten. Das Bauwerk kreuzte Straßen und Plätze und durchschnitt sogar Häuser, als habe jemand mit einem riesigen Messer eine Linie gezogen und die Mauer in den Spalt hineingestellt.

Eine Armlänge vor der Wand entfernt blieb Simon stehen. Sie schien aus Metall zu sein, doch als er genau hinsah, kam es ihm vor, als würde sich die Oberfläche leicht bewegen, so als ob sie flüssig sei. Sein Magen kribbelte, und er spürte die Kälte, die von der matt glänzenden Fläche herabfiel. Genau so hatte es sich angefühlt, als er das erste Mal vor dem Tower gestanden hatte. Langsam hob er seine Hand. Doch er zwang sich, die Fläche nicht zu berühren. Er musste daran zurückdenken, wie er die goldene Oberfläche des Towers angefasst hatte: Ein Tor hatte sich geöffnet und die Soldaten hatten sich auf ihn gestürzt. Besser, er verdrückte sich, bevor er Drhans Männer auf sich aufmerksam machte.

Plötzlich liefen feine Wellen über die Stadtmauer, der Abschnitt direkt vor ihm pulsierte. Simon wich zurück. Nun erinnerte ihn die Wand an einen See, in den jemand Steine geworfen hatte und dessen eben noch glatte Oberfläche unruhig zitterte. Ein Summen ertönte. Die Wellen ordneten sich zu einem Rechteck, groß wie ein Fußballtor. Muster peitschten über die Fläche, das Rechteck floss auseinander und wurde immer dünner, bis es sich mit einem leisen Zischen auflöste.

Ein Tor öffnete sich.

II

Simon stand wie erstarrt. Der Anblick des sich öffnenden Tores war so beeindruckend, dass er fast die Gefahr vergaß, in der er schwebte. Im letzten Moment, die Wand löste sich gerade auf, rannte er zur Seite und verbarg sich direkt neben der Öffnung. Noch konnte ihn niemand sehen. Doch sobald jemand durch das Tor trat, würde er entdeckt werden.

Eilig sah er sich um, während er sorgsam darauf achtete, die Mauer nicht zu berühren. Nirgendwo entdeckte er ein Versteck: Die Leitplanke, hinter der er vorhin gehockt hatte, befand sich auf der anderen Seite der Toröffnung. Auf dieser Seite grenzte die Autobahn an die fensterlose Brandmauer eines Hauses, die Leitplanke war direkt an den Stein geschraubt. Es blieb nur der Geländewagen, der vor dem Tor stand. Doch das war der letzte Ort, an dem sich Simon verbergen wollte.

Aus der Stadt waren Stimmen zu hören.

Simons Herz raste. Er musste etwas tun – hier zu warten hieße, mit absoluter Sicherheit entdeckt zu werden!

Die Nachricht, die sein Großvater an der Blechhaut des Wagens für ihn hinterlassen hatte, schoss Simon durch den Kopf. Niemand hatte die Schrift entdeckt, weil sein Großvater sie getarnt hatte.

Er musste sich tarnen, das war seine einzige Chance!

Die Stimmen wurden lauter, dann hörte er Schritte, jemand näherte sich dem Tor.

Simon ließ sich auf den Boden fallen. So leise er konnte, wälzte er sich in dem staubfeinen Sand, den der Wind an der Stadtmauer zusammengeweht hatte. Momente später war seine Kleidung sandgrau. Auch seine Haut verlor ihre Farbe, als er Hände und Gesicht mit dem Staub einrieb. Er zog seine Kapuze über seine Haare und legte sich flach auf den Boden, direkt an der Mauer.

Jetzt trat der Hüne durch die Toröffnung, seine Schritte knirschten auf dem Asphalt. Ohne innezuhalten, ging der Mann zum Geländewagen. Simon hörte die Tür des Fahrzeugs, sie öffnete sich quietschend.

Der Hüne schien ihn nicht entdeckt zu haben!

Vorsichtig drehte Simon den Kopf, um hinüber zum Wagen zu sehen.

Der Hüne saß schon hinter dem Lenkrad, er wollte gerade die Tür wieder schließen, als er aus dem Augenwinkel Simons Bewegung wahrnahm. Ruckartig fuhr er herum.

Simon erstarrte.

Mit gerunzelter Stirn blickte der Hüne zur Stadtmauer. Dann stieg er langsam wieder aus.

Regungslos, die Augen geschlossen, horchte Simon auf die Schritte des Hünen. Sie kamen langsam näher. Simon rührte sich nicht. Das Geräusch der Schritte verstummte, und es war still, bis auf das leise Säuseln des Windes, der durch die verlassenen Häuser strich.

Simon zögerte. Nach einer Weile, die ihm endlos vorkam, öffnete er ein Augenlid einen Spalt weit. Was er sah, ließ ihn zusammenzucken. Der Hüne stand ein paar Meter vor ihm und starrte ihn mit einem zufriedenen Grinsen auf dem Gesicht an. Er hatte ihn entdeckt!

Simon sprang auf. Der Hüne drehte sich um. »Hierher«, brüllte er, »ich hab ihn! Er ist hier vor der Mauer!«

Aus der Stadt waren Rufe zu hören, Befehle wurden gebrüllt, jemand näherte sich im Laufschritt. Die Soldaten kamen!

Gehetzt sah Simon um sich. Er saß in der Falle! Hinter ihm war die Stadtmauer, neben ihm die Brandmauer, vor ihm stand der Hüne – es gab keine Möglichkeit zu fliehen. Der erste der Soldaten kam durch das Tor.

Simon wich zurück. Er stolperte und fiel zu Boden.

Die Soldaten stürzten auf ihn zu. An die Brandmauer gelehnt, blickte Simon auf die näher kommenden Männer. Es war vorbei.

Dann geschah es: Die Zeit blieb stehen, nur einen winzigen Moment lang, als sei sie kurz aus dem Tritt geraten. Simon zuckte zusammen. Erneut ruckte die Zeit. Der Soldat, der als Erster auf ihn zustürzte, stand wie erstarrt, auch die anderen beiden, die nach ihm kamen, blieben regungslos stehen. Einen Lidschlag später bewegten sie sich wieder. Mit verzerrten Gesichtern stürzten sie auf ihn zu.

Simon sprang auf. Es gab nur eine, die so etwas konnte. »Ashakida!« Verzweifelt brüllte er ihren Namen. »Ashakida, hilf mir! Schnell!«

Auf einmal stoppten die Soldaten mitten in der Bewegung

ihren Lauf, sie standen ohne Regung da, so als wären sie tiefgefroren. Auch der Hüne, der ihn gerade greifen wollte, war erstarrt.

Simon hatte abwehrend seine Hände gehoben, jetzt ließ er seine Arme sinken. Es war totenstill, nichts rührte sich. Der Wind schwieg, das Geräusch des Meeres war verstummt. Eine Staubwolke, die eine Böe auf der anderen Seite der Autobahn gerade noch aufgewirbelt hatte, hing starr wir ein hingewischter Farbfleck über der Fahrbahn.

Simon holte tief Luft, dann ging er Schritt für Schritt an den regungslosen Männern vorbei.

Er entdeckte Ashakida im Fenster eines Hauses nahe der Autobahn. Die Leopardin sah zu ihm hinüber, sie wirkte angespannt, ihr Gesicht war verzerrt. »Beeil dich.« Er konnte ihre Stimme kaum verstehen.

So schnell es ging, rannte Simon über die Straße, er duckte sich unter der Leitplanke hindurch und stieg die Böschung zum Eingang des Hauses hinauf. Kaum war er durch die Fensteröffnung geklettert, entspannte sich der Körper der Leopardin. Simon hörte, wie der Wind wieder säuselte und das Meer an das Ufer brandete. Dann tönten die überraschten Rufe des Hünen und der Soldaten über die Straße.

Schwer atmend blickte Ashakida zu Simon. Sie sah ärgerlich aus, doch Simon spürte, dass sie erleichtert war.

»Danke.«

Die Leopardin antwortete nicht. Sie wandte sich um und schaute durch das Fenster hinüber zur Stadtmauer. Auch Simon trat vorsichtig an die Fensteröffnung und linste hinaus.

Die Soldaten und der Hüne waren weitergestürzt und hatten verblüfft vor der Mauer gestoppt, jetzt starrten sie auf die Stelle, an der Simon eben noch gelegen hatte. Für sie war Simon von der einen auf die andere Sekunde verschwunden.

Simon musste leise kichern, als er die fassungslosen Gesichter der Männer sah.

Ashakida fauchte ärgerlich. Simon verstummte.

Schweigend sahen sie zu, wie die Soldaten den Hünen packten und in die Stadt zerrten. Der Hüne protestierte, doch die Männer beachteten seine Rufe nicht. Sekunden später schloss sich das Tor hinter ihnen.

Simon war erleichtert. Er blickte zu Ashakida und lächelte. »Das war knapp.«

Die Leopardin erwiderte stumm seinen Blick.

Dann brach sie zusammen.

12

Die Sonne stand hoch am Himmel, als Simon endlich die Küste erreichte. Das Meer glitzerte, als hätte jemand Edelsteine in die Bucht geworfen, das Sonnenlicht brach sich funkelnd in Tausenden kleinen Wellen. Simon beachtete das Schauspiel nicht. Erschöpft von dem langen Weg, ließ er den Karren mit dem regungslosen Körper der Leopardin an der Uferstraße stehen und rannte durch den glühenden Sand hinunter zum Ufer, wo er aus seinen Händen eine Schale formte und sie in das Meer tauchte. Dann eilte er zurück zu Ashakida und ließ kühles Meerwasser über ihr Gesicht laufen. Er lief ein paarmal hin und her, bis er kurzerhand seinen Pulli auszog, um ihn in die Brandung zu tauchen und vollgesogen hinauf zur Straße zu bringen. Besorgt rieb er das Fell der Leopardin mit dem nassen Stoff ab.

Er hätte es wissen müssen. Es war anstrengend für sie, die Zeit anzuhalten – jedes Mal, wenn sie den Zeitenlauf gestoppt hatte, war sie anschließend dünner gewesen. Simon ärgerte sich, dass er seinen Rucksack nicht bei sich hatte. Sein Großvater hatte eine Kräutermischung für Ashakida zurückgelassen, genau für diesen Augenblick. Doch der Rucksack war im Dorf, und so konnte Simon nur den Körper der Leopardin kühlen und hoffen, dass ihr das helfen würde.

Nach einer Weile begann sie sich zu regen. Sie jaulte leise und öffnete die Augen. »Wo hast du mich hingebracht?«

»Nicht reden …« Simon legte beruhigend seine Hand auf ihren Körper und beschattete mit der anderen ihre Augen, um sie vor dem Sonnenlicht zu schützen. Dann erzählte er ihr, wo sie waren und was geschehen war.

Nachdem Ashakida zusammengebrochen war, hatte Simon versucht, sie ins Dorf zu bringen. Doch schon nach wenigen Metern hatte er erkannt, dass er es nicht schaffen würde, die Leopardin den ganzen Weg zurück zu tragen. Sie war zu schwer für ihn. Schließlich hatte er sie mit einem Handkarren, den er in der verfallenen Großmarkthalle entdeckt hatte, durch die verlassene Vorstadt gezogen. Der Weg durch die menschenleeren Straßen war unheimlich gewesen. Anders als die Erwachsenen es Ira und ihren Freunden erzählt hatten, waren die Häuser nicht zerstört. Vielmehr sahen sie so aus, als wären ihre Bewohner nur kurz fortgegangen. Alles wirkte eigenartig altmodisch, wie aus einer anderen Zeit. Am auffälligsten waren die Autos, die an den Straßenrändern standen. Manche waren klein, andere hingegen lang gestreckt und mit seltsamen Heckflossen an den Kotflügeln. Simon hatte solche Straßenkreuzer schon einmal in einem Museum gesehen. Nach einigen Stunden Fußmarsch hatte er schließlich den Strand erreicht. Simon war froh, endlich den heißen Körper der Leopardin kühlen zu können.

Ashakida fauchte leise, sie schien Schmerzen zu haben. Ein Zittern ging durch ihren Körper. Sie öffnete die Augen und richtete sich auf.

»Nein, nicht! Bleib liegen!« Behutsam drückte Simon die Leopardin zurück auf den Karren. Zu seiner Überraschung schnappte Ashakida mit den Zähnen nach seiner Hand, ohne zuzubeißen. Doch es reichte, dass Simon zurückzuckte. »Was soll das?«

»Wir gehen zurück ins Dorf. Es ist zu gefährlich hier.« Die Leopardin erhob sich mühsam und kletterte von dem Karren.

»Aber hier ist niemand! Du musst dich ausruhen.«

Ashakida fauchte ungehalten. »Ich muss auf dich aufpassen.«

Simon merkte, wie er ärgerlich wurde. Er hasste es, wie ein Kind behandelt zu werden. »Das kann ich selber! Ich komme gut alleine klar.«

Die Leopardin lachte auf. »Das habe ich gesehen. Wäre ich nicht gekommen, hätten dich die Soldaten geschnappt und in die Stadt gebracht!«

»Wärst du heute Morgen nicht verschwunden, hätten die Dorfbewohner mich überhaupt nicht in das Auto sperren können.«

Ashakida knurrte wütend. »Ich habe die Gegend erkundet. Schon vergessen? Wir sind hier in Drhans Welt.«

»Ja, und? Ich wär niemals hierhergekommen, wenn du mich nicht gedrängt hättest!«

»Glaubst du, ich bin freiwillig hier?« Ashakidas Zähne blitzten auf. Sie war streitlustig wie Simon. »Drhan hätte dich getötet, wenn wir nicht hierhergekommen wären. Und wessen Schuld war das? Deine! Du hast deine Welt zerstört, nicht ich.«

Der Vorwurf der Leopardin traf Simon wie ein Schlag in die

Magengrube. Ashakida hatte recht und trotzdem war ihr Vorwurf unfair. »Du weißt, dass ich das nicht gewollt habe!«

»Getan hast du es trotzdem.«

»Ja. Weil mir niemand etwas gesagt hat! Ihr wusstet lange vor mir, dass ich ein Torwächter bin.«

Die Leopardin wandte sich ab. »Dir nichts zu sagen, war nicht meine Entscheidung.«

»Na toll!« Simon bebte vor Wut. »Und du wirfst mir vor, dass ich Drhan in meine Welt gelassen habe.« Er stand ärgerlich auf. »Ein Wort von dir und es wäre nicht passiert! Also: Wer trägt die Verantwortung für diesen ganzen Mist hier?«

Ashakida antwortete nicht, sah ihn stumm an. Dann wandte sie sich ab und ging davon.

Simon hielt sie nicht zurück. Er war zu wütend, um sich einzugestehen, dass auch er unfair gewesen war: Ashakida hatte genauso wenig Schuld an allem, was passiert war. Im Gegenteil, sie hatte ihm geholfen und ihm mehr als ein Mal das Leben gerettet. Wenn jemand Schuld hatte, dann seine Eltern und mehr noch sein Großvater. Sie hätten ihm schon vor langer Zeit sagen müssen, welche Aufgabe vor ihm lag und welche Verantwortung auf seinen Schultern lasten würde. Sicher, sie hatten es gut gemeint, Simon war das klar. Sie hatten ihm eine unbeschwerte Kindheit schenken wollen. Doch der Preis für dieses Geschenk war zu hoch gewesen.

Simon sah der Leopardin nach. Sie ging den Strand hinunter, direkt am Wasser entlang. Ihr Körper sah schmal aus, ihre Schritte wirkten müde. Die Gischt umspülte ihre Pfoten.

Der Anblick ließ seine Wut verrauchen. Sie tat ihm leid, und er bekam ein schlechtes Gewissen, mit ihr gestritten zu haben. Ashakida war so wie er in dieser Welt gestrandet, sie gehörte nicht hierher, genauso wenig, wie er hierher gehörte. Sie mussten zusammenhalten.

»Warte!« Simon lief ihr nach.

Ashakida blieb stehen, ohne sich umzudrehen.

Simon erreichte sie, noch ein wenig außer Atem. Es fiel ihm schwer, sich bei ihr zu entschuldigen. »Ich …« Er stockte. »Ich wollte dir nicht wehtun. Es tut mir leid.«

Ashakida rührte sich nicht. Simon dachte schon, sie hätte ihn nicht gehört, als die Leopardin tief seufzte. Sie sah ihn traurig an. »Es ist nicht schlimm, dass du das zu mir gesagt hast. Schlimm ist, dass du recht hast.«

Simon wollte widersprechen, doch sie fiel ihm ins Wort. »Ich hätte mich deinem Großvater widersetzen können. Ich hätte einfach mit dir reden sollen. Dir alles erklären. Dir das Weltentor zeigen müssen.« Sie verstummte.

Simon betrachtete sie bedrückt. Er fühlte, wie sie litt. Ausnahmsweise ließ sie es zu, dass er in ihre Gefühle eintauchte. Simon glaubte schon, sie sei zu schwach, sich zu wehren. Doch dann merkte er, dass sie sich ihm öffnete. Sie suchte seine Nähe.

Sanft strich er mit seiner Hand über ihr Fell. Ashakida erschauerte unter seiner Berührung. Dann entzog sie sich ihm.

Aufmunternd knuffte Simon ihr in die Seite. »Lass uns zurück ins Dorf gehen. Dort sind die Kräuter, die dir mein Großvater zusammengemischt hat.«

Ashakida verzog das Gesicht. »Das Gebräu stinkt eklig.«

»Finde ich nicht. Außerdem hilft es.«

»Du musst ja auch nicht in der Brühe baden. Das Fell riecht stundenlang nach dem Zeug.« Sie seufzte erneut. »Vielleicht kann Iras Oma was für mich zusammenmischen. Was mit Lavendelöl oder Rosenwasser, den Duft mag ich.«

Simon war erstaunt. »Warum willst du denn unbedingt gut riechen?«

»Benutzen in eurer Welt die Mädchen kein Parfüm?«

Simon erwiderte entgeistert ihren Blick. Ihm kam es vor, als amüsiere Ashakida sein erstaunter Gesichtsausdruck.

Sanft stupste sie ihn mit der Schnauze an. »Komm.«

Gemeinsam gingen sie den Strand hinunter.

13

Es war schon spät, als sie das Dorf erreichten. Die Sonne, die während des Tages die Küste mit ihrer Hitze versengt hatte, hing nun wie ein glühender Feuerball dicht über dem Horizont. Das Meer, der Himmel, die Ruinen, alles war leuchtend rot überzogen. Simon bemerkte es nicht. Besorgt beobachtete er Ashakida, die sich neben ihm durch den Sand schleppte. Immer wieder hatte sie sich geweigert, sich von ihm tragen zu lassen, obwohl sie kaum noch laufen konnte.

Simon blieb stehen. »Ich geh keinen Schritt weiter.«

Ashakida drehte sich erstaunt zu ihm um. »Was ist denn jetzt los?«

»Entweder du lässt mich dich tragen oder wir übernachten hier.«

Die Leopardin zögerte. Es war das erste Mal an diesem Tag, dass sie nicht sofort widersprach. »Du kannst mich hier auch alleine lassen und die Kräuter holen …«

»Klar. Und dazu einen Herd und einen Kochtopf und sauberes Wasser und eine Badewanne …« Ohne noch einmal zu fragen, griff er mit beiden Armen unter ihren Körper und hob sie hoch. Er ächzte unter ihrem Gewicht, doch Simon biss die Zähne zusammen und stapfte durch den immer noch warmen

Sand dem Dorf entgegen. Die Leopardin zappelte kurz, dann lehnte sie sich erschöpft an ihn und schloss die Augen.

Er erreichte den Hafen und lief an der bröckelnden Mole entlang. Es roch nach Rauch, irgendwo brannte ein Herdfeuer. Träge dümpelten die am Kai vertäuten Fischerboote in der Dünung. Die Fassaden der zerstörten Gebäude glühten im Licht der untergehenden Sonne. Simon blieb stehen. Bis hierher waren sie gekommen. Doch wohin sollte er nun gehen?

Da mischte sich in den Geruch von verbranntem Holz ein verlockender Duft, der seinen Magen zusammenziehen ließ: der Duft von frisch gebackenem Brot. Simons Blick wanderte an der Häuserreihe entlang. Bei ihm zu Hause war dort an der Ecke die Bäckerei gewesen. Vielleicht wurde auch hier im gleichen Haus Brot gebacken. Kurz entschlossen ging er weiter.

Auf den ersten Blick wies nichts darauf hin, dass in dem Eckhaus eine Bäckerei sein könnte. Das Dach war eingestürzt, ein Baum wuchs aus einer leeren Fensteröffnung. Angestrahlt von der Abendsonne, sah die Ruine eigenartig schön aus, wie das Werk eines modernen Künstlers, der aus Steinen und wild wuchernden Pflanzen ein gewaltiges Objekt geschaffen hatte. Als Simon näher kam, wurde der Geruch nach frischem Brot stärker. Nun entdeckte er auch das Ofenrohr, das zwischen den überwachsenen Steinen der Ruine aus der Decke des Kellergewölbes emporragte. Es war dicker als die anderen Kaminrohre, die Simon in den Ruinen gesehen hatte. Eine kräftige Rauchsäule stieg aus der Öffnung. Dort unten befeuerte jemand einen Ofen.

Simon trat mit Ashakida auf dem Arm durch die leere Türöffnung in das Innere der Ruine. Herabgestürzte Dachbalken lagen zwischen Steinbrocken und austreibenden Büschen. Eine Fledermaus flatterte zwischen den Mauern umher.

Simon suchte noch nach dem Eingang in das Kellergewölbe, als sich plötzlich hinter einem Mauervorsprung eine Klappe im Boden öffnete und ein Mädchen hinauf an die Oberfläche stieg. Sie stutzte, als sie ihn sah. Simon kannte das Mädchen. In seiner Welt war sie die Freundin seines Bruders gewesen.

Sie schaute ihn neugierig an. »Du bist der Junge, der gestern bei der Versammlung der Erwachsenen war«, stellte sie fest und lächelte.

Simon lächelte zurück. »Und du bist Maria.« Auch das war keine Frage, sondern eine Feststellung.

Das Mädchen war nicht überrascht. Weder, dass Simon ihren Namen kannte, noch, dass er eine Leopardin auf dem Arm trug und vollkommen verdreckt war. Ohne Scheu kam sie näher. Sie war etwas älter als er und so wie die Maria in seiner Welt trug sie ihre dunklen Haare lang und offen.

»Hast du Hunger?«

Simon nickte, und prompt knurrte sein Magen. Er wies auf die Leopardin in seinen Armen. »Sie braucht Hilfe.« Ashakida knurrte leise bei seinen Worten. Ihre Bewegungen wurden immer schwächer. Simon fürchtete, dass ihnen nicht mehr viel Zeit blieb. Er musste seinen Rucksack finden, in dem die Heilkräuter waren. Doch was sollte er tun, wenn der Dorfälteste seine Sachen an sich genommen hatte? Er konnte ja nicht einfach zu ihm gehen und ihn bitten, den Rucksack wieder herauszugeben.

Da kam ihm ein Gedanke. »Iras Oma, wo finde ich die?«

Maria betrachtete ihn nachdenklich, bevor sie eine Entscheidung traf. »Warte hier.« Sie drehte sich um und verschwand zwischen den Mauerresten, um kurz darauf mit einem Handwagen und einem Kanten Brot zurückzukehren. »Ich bring dich zu Iras Großmutter.«

Vorsichtig bettete Simon die Leopardin auf die Ladefläche des Wagens. Nachdem ihm Maria das Brotstück gegeben hatte, zogen sie den Karren gemeinsam aus der Ruine hinaus zur Dorfstraße. Ashakida jaulte leise, als die Räder über die Steine polterten. Erst suchte sie in dem rüttelnden Gefährt nach Halt, schließlich lag sie einfach nur noch da und ließ sich durchschütteln. Simon glaubte schon, dass sie nicht mehr lebte, als er erleichtert entdeckte, dass sich ihr Brustkorb leicht hob und wieder senkte.

Der Weg hinauf in das Dorf war steil. Maria mied die Hauptstraße und wählte schmale Gassen für ihren Weg. Ob sie die Strecke abkürzen oder nicht gesehen werden wollte, wusste Simon nicht, und er fragte auch nicht danach. Irgendwie war er befangen in ihrer Gegenwart.

Er musste an seinen Bruder denken.

»Hast du einen Freund?« Kaum hatte Simon die Frage ausgesprochen, merkte er schon, wie er rot wurde.

Entgeistert sah Maria ihn an. Sie war bestimmt drei Jahre älter als er – Mädchen in ihrem Alter sprachen eigentlich nicht mit jüngeren Jungs. Man fragte sie auch nicht nach ihrem Freund, schon gar nicht in so einer Situation.

»Warum willst du das denn wissen?«

Simons Kopf glühte. »Ich meine ...«, stotterte er und suchte nach Worten, »ich frag nicht wegen mir, sondern wegen meinem Bruder.« Er verstummte, ärgerlich auf sich selbst. Die Sache wurde immer schlimmer.

Ashakida hinten im Karren kicherte leise. Simon war erleichtert – sie war bei Bewusstsein!

»Und wer ist dein Bruder?«

»Wie bitte?« Simon verstand Marias Frage nicht sofort.

Sie antwortete geduldig. »Na, du hast doch gerade von deinem Bruder gesprochen.«

Simon nickte. Was sollte er ihr sagen? »Der ist nicht hier. Er heißt Tim.« Kurz wurde er traurig, als er an ihn dachte. »Du würdest ihn sicher mögen.« Simon verstummte und warf Maria einen scheuen Blick zu. Dann schwieg er, und auch Maria sagte eine ganze Weile kein Wort, während sie den Karren den Hügel hinaufzogen.

Es wurde dunkel, draußen über dem Meer ging die Sonne unter. Schatten krochen zwischen die Ruinen. Die meisten Häuser und Straßen erkannte Simon wieder, sie ähnelten denen in seinem Dorf. Doch manches hier hatte sich anders weiterentwickelt, nachdem die Welten aufgesplittert und voneinander getrennt worden waren. So hatte es im Dorf seines Großvaters gleich hinter der Kirche einen kleinen Park gegeben, in dem trockene Palmen ihre Blätter abwarfen. In dieser Welt war die Fläche bebaut, ein hässliches Gebäude versperrte die Abkürzung, die Simon gehen wollte.

Endlich erreichten sie die Gasse, in der Ira mit ihrer Großmutter lebte. Maria stoppte den Wagen auf dem kleinen Platz vor dem Haus. So wie in seiner Welt gab es auch hier einen ausgetrockneten Brunnen, doch der steinernen Figur auf dem Podest fehlte der Kopf, auch gab es keine Inschrift, jemand hatte sie weggemeißelt. Direkt gegenüber führte eine Treppe hinauf zu einer verwitterten Tür in der Fassade der Ruine. Der Eingang zum Keller, erinnerte sich Simon, war gleich dahinter, am Ende der Haupthalle.

Maria sah hinauf zum Portal. »Da ist ein Türklopfer. Benutze ihn, sie hören ihn auch unten.«

Simon nickte stumm. Behutsam nahm er Ashakida auf den Arm. Er sah Maria an. Er war noch immer ein wenig verlegen. »Danke.«

Sie strich sich ihre Haare aus der Stirn und legte den Kopf schief, als sie seinen Blick erwiderte. Sie lächelte. »Du bist schon seltsam. Aber irgendwie mag ich dich.« Sie nahm den Griff des Karrens in die Hand, winkte ihm ein letztes Mal, dann ging sie davon. Rumpelnd rollte der Handwagen hinter ihr her.

Simon stieg die Treppe hinauf. Durch die Fensterhöhlen konnte er in das Haus blicken. Niemals wäre er auf die Idee gekommen, dass hier jemand lebte. Vorsichtig legte er Ashakida auf die oberste Stufe, dann hob er den Türklopfer und ließ ihn auf das Holz fallen. Ein lautes Wummern dröhnte durch die Dämmerung. Eine Weile blieb es still. Endlich hörte er ein Knarren, so als ob jemand eine Klappe geöffnet hatte. Schritte ertönten, sie schlurften über den Steinboden. Ein Schlüssel drehte sich im Schloss, einer der Türflügel öffnete sich. Iras Oma stand in der Tür, Simon erkannte sie sofort. Fragend sah sie ihn an. Dann wandelte sich ihr Blick. Sie erschrak und stolperte einen Schritt zurück. Alle Farbe wich aus ihrem Gesicht. Ihre Hand tastete nach Halt.

Kurz fürchtete Simon, dass sie die Tür zuschlagen könnte. Er ging auf sie zu. »Ich brauche Ihre Hilfe!«

Sie antwortete nicht, starrte ihn entsetzt an. Ihre Stimme war nicht mehr als ein Krächzen, als sie sprach. »Du bist wieder da …, Salvatore.«

14

Simon erstarrte, als er diesen Namen hörte: Sein Großvater hatte ihn so genannt. Woher wusste die Alte in dieser Welt diesen Namen? Doch er hatte keine Zeit nachzufragen, Ashakida war wichtiger, ihr musste geholfen werden.

Behutsam hob er die Leopardin auf und trug sie über die Schwelle. »Wo kann ich sie hinbringen?«

Zu seiner Verblüffung stellte ihm die Alte keine Fragen. Wortlos eilte sie durch die ehemalige Eingangshalle zum Eingang in das Kellergewölbe. Die Treppenöffnung war mit einer Abdeckung aus Brettern geschützt, sie war zur Seite geklappt und gab die Stufen frei. Die Alte ging voran, Simon folgte ihr die Stufen hinab. Iras Oma schloss die Klappe hinter ihnen.

»Bring sie in die Küche.«

Er folgte der Anweisung. Der Raum, der vom Flur am Ende der Treppe abging, war blitzsauber und geräumiger, als er ihn aus seiner Welt in Erinnerung hatte. Ein Feuer brannte im Herd, die Flammen leckten aus der offenen Ofenklappe und erhellten den Raum. In der Mitte stand ein großer Tisch.

Vorsichtig legte Simon die Leopardin auf der Tischplatte ab. »Sie muss gebadet werden«, setzte er an, »mit Kräutern.« Er wollte der Alten gerade erklären, dass er nicht wusste, was für eine Kräutermischung der Leopardin helfen würde, als sie ihm das Wort abschnitt. »Ich weiß, was sie braucht.«

Simon war verblüfft. »Woher wissen Sie das?«

Die Alte wuchtete einen Topf mit Wasser auf den Herd. »Du hast es mir selbst gesagt. Schon vergessen?«

Simon starrte sie an: Wie konnte er ihr etwas gesagt haben, was er selbst nicht wusste? Und vor allem, wann? In dieser Welt war er Iras Großmutter noch nie begegnet. Sie musste sich irren.

Doch danach sah es nicht aus. Zielstrebig ging die Alte zu einem Kräuterregal, um Tontöpfe auszuwählen und sie neben einer Waage aufzustellen. Anschließend wog sie sorgfältig die Mischung ab und gab sie in eine Zinkwanne. Als sie die Kräuter mit heißem Wasser übergoss, zog jener Geruch durch den Raum, den Simon schon kannte.

Ashakida schnupperte ein wenig und seufzte, ohne ihre Augen zu öffnen.

»Komm, hilf mir.« Die Alte winkte Simon zu sich. Gemeinsam hoben sie die Leopardin in die Wanne. Ashakida fauchte. Dann bleckte sie die Zähne und streckte sich. Ein Schauer lief durch ihren Körper.

Eine Weile lag sie mit geschlossenen Augen im Wasser. Endlich schlug sie die Augen auf. Sie wirkte ein wenig verlegen, als sie Simon ansah. »Kannst du uns alleine lassen?«

Simon nickte stumm und ging zur Tür.

»Geh zu Ira«, rief ihm die Alte nach, »sie zeigt dir, wo du dich waschen kannst.«

Leise verließ Simon die Küche.

Hinter der Küchentür öffnete sich ein langer Gang. Kerzen brannten in Mauernischen. Simon konnte sich nicht recht entscheiden, ob die Atmosphäre gemütlich oder unheimlich war.

»Ira?«

Keine Antwort.

Er rief noch einmal. Als es still blieb, öffnete er nacheinander die Türen, die von dem Flur abgingen. Er entdeckte einen Abstellraum, die Kammer, in der Iras Großmutter schlief, und zuletzt das Bad. Ira selbst fand er nicht. Simon war nicht böse darüber. Er war froh, den Staub und Dreck der letzten Tage abwaschen zu können, und dabei war er lieber alleine.

Simon entzündete an einer der Kerzen im Flur eine Öllampe, die auf einem Tischchen im Gang bereitstand. Die Lampe leuchtete hell, und als er sie mit in das Bad genommen und auf dem Waschtisch abgestellt hatte, konnte er genug sehen, um nach Seife und einem Handtuch zu suchen. Er entdeckte beides in einem wackeligen Schrank, in dem auch einige ausgeblichene Waschlappen lagen. Schließlich füllte er aus einem Fass eine Waschschüssel mit Wasser und zog sich aus, nicht ohne noch einmal überprüft zu haben, ob die Tür wirklich fest verriegelt war.

Es tat gut, den Schmutz der vergangenen Tage loszuwerden. Waschen war ihm früher immer überflüssig vorgekommen, eine lästige Pflicht, zu der ihn seine Mutter genötigt hatte. Jetzt genoss er das Gefühl, den Staub von seiner Haut zu spülen. Es war, als lege er mit dem Dreck auch die Sorgen der vergangenen Tage ab, auch wenn das natürlich nicht stimmte, Simon wusste das. Doch der Gedanke gefiel ihm. Zuletzt wusch er sich seine Haare, so gut das mit dem wenigen Wasser in der Waschschüssel ging. Als er sich wieder angezogen hatte, fühlte er sich viel besser.

Nachdem er das schmutzige Wasser in den Ausfluss gegossen und das Bad wieder aufgeräumt hatte, trat Simon zurück in den Flur. Unschlüssig blieb er stehen. Er war sich nicht sicher, ob er schon wieder zurück zur Küche gehen sollte. Ashakida oder Iras Großmutter würden ihn bestimmt holen, wenn sie fertig waren. Besser, er störte sie nicht.

Simon überlegte noch, was er tun sollte, als ihm am Ende des Gangs, verdeckt durch einen Mauervorsprung, eine weitere Tür auffiel. Sie war schmaler als die anderen und schloss bündig mit der Wand ab, deshalb war sie ihm nicht sofort aufgefallen. Er ging zu ihr und klopfte. Als niemand antwortete, drückte er die Klinke hinunter.

Der Raum hinter der Tür war sehr klein, eine Schlafkammer, nur mit dem Nötigsten ausgestattet. Anders als in den übrigen Räumen des Kellergewölbes war es hier nicht dunkel, obwohl keine Kerze brannte und auch kein Ofenfeuer loderte. Erst als Simon die Öffnung in der Decke entdeckte, begriff er, dass das Licht von außen kam: An der höchsten Stelle des Gewölbebogens gab es eine Luke, sie stand offen, und der Mond, der über der Hügelkette aufgegangen war, leuchtete durch den eingestürzten Dachstuhl des Hauses bis zu ihm herab. Simon trat unter die Öffnung und sah hinauf. Die Vorstellung, in einem Keller zu stehen und in den Himmel blicken zu können, war irgendwie eigenartig.

»Hallo! Ist da jemand?«

Niemand antwortete.

Simon zögerte. Was sollte er tun? Er hatte Iras Zimmer gefunden – die Zwille, mit der sie ihn bei ihrer ersten Begegnung beschossen hatte, lag auf dem Kopfkissen des Bettes. Es war seltsam, hier zu sein, ohne dass auch Ira da war, Simon hatte das Gefühl, etwas Verbotenes zu tun. Doch er wusste nicht, wo er sonst hingehen sollte. Also setzte er sich auf das Bett, um auf sie zu warten.

Iras Zimmer sah ganz anders aus als die Zimmer der Mädchen, die er sonst kannte. Es war karg eingerichtet, mit schlichten, grob gezimmerten Möbeln. Simon musste an eine Mönchszelle in einem Kloster denken. Es gab ein Bett und darüber ein Regal, in der Ecke standen ein winziger Tisch mit einem Stuhl und daneben eine schulterhohe Kommode, in der ihre gesamte Wäsche sein musste, denn es gab keinen anderen Schrank. An einem Haken an der Tür hingen eine Jacke und ein einziges Kleid. Die weißen Wände des Raumes waren schmucklos, bis auf die Zeichnung einer jagenden Wildkatze, die direkt in den Kalkputz der Mauer gekratzt und mit Farbe ausgemalt worden war.

Simon stand auf und bewunderte die elegante Form des Raubtiers. Es erinnerte ihn ein wenig an Ashakida. Dann ließ er seinen Blick über das Regalbrett wandern. Einige vergilbt aussehende Bücher standen dort. Simon entzifferte die Titel, er kannte keinen einzigen davon. Am Ende der Reihe entdeckte er das Skizzenbuch seines Großvaters, wie versprochen hatte Ira es sicher für ihn verwahrt. Erleichtert zog er es hervor und legte es vor sich auf das Regal. Dann sah er sich die anderen

Gegenstände an, die Ira hier aufbewahrte. Direkt neben den Büchern standen eine Blechdose, ein kleiner, wie ein altes Fernsehgerät aussehender Guckkasten aus Plastik und eine Schale mit außergewöhnlich gefärbten Steinen. Ganz außen, am Rand des Regals, stand eine kleine Kiste aus Holz, die Ira sorgfältig mit einem Ledergurt zugebunden hatte.

Simon wollte gerade die Holzkiste in die Hand nehmen, als ihn eine Stimme zurückzucken ließ.

»Finger weg!«

Überrascht blickte er auf. Ira hockte oben am Rand der Luke und schaute zu ihm herab. Sie war erstaunt, ihn hier zu sehen. Ihr Gesicht verzog sich zu einem Lächeln. Behände schob sie ihre Beine durch die Öffnung und kletterte an der Wand hinab. Erst jetzt bemerkte Simon die faustgroßen Löcher, die in das Mauerwerk gestemmt worden waren und die sie wie eine Leiter nutzte. Ira sprang das letzte Stück hinab und drehte sich zu ihm um. Nun standen sie dicht voreinander, das Zimmer war klein, Simon konnte nicht zurückweichen.

Sie musterte ihn erfreut. Fast schien es, als wollte sie ihn umarmen, doch dann boxte sie ihm nur grinsend gegen die Brust. »Ehrlich, ich hätte nicht gedacht, dich noch mal wiederzusehen.«

Simon gab sich lässig. »Ich bin abgehauen.«

»Aus Victors Wagen? Wirklich?« Sie schien beeindruckt zu sein.

Simon schlug die Augen nieder. Nun war er doch etwas verlegen.

Ira schnupperte. »Du riechst nach meiner Oma.«

»Ich habe ihre Seife benutzt.«

Simons Antwort schien Ira nicht zu verwundern. Ohne den Blick von ihm zu lassen, kletterte sie auf das Bett und setzte sich. »Okay. Dann sag mir, was du hier willst.«

Er verstand nicht, was sie meinte.

»Na, du bist doch nicht zurückgekommen, weil meine Oma so tolle Kräuterseife siedet.«

Simon wollte gerade von Ashakida erzählen, als ihm klar wurde, dass Ira recht hatte. Die Leopardin war nicht der einzige Grund, warum er hier vor ihr stand.

Er erwiderte ihren Blick. »Ich brauche deine Hilfe. Ich muss in die Stadt.«

15

Ira unterbrach ihn kein einziges Mal, während er ihr erzählte, was er vorhatte. Als er fertig war, schüttelte sie verständnislos den Kopf. »Du spinnst.«

»Hast du eine bessere Idee?«

»Ja, klar!« Ira fand die Frage überflüssig. »Du machst gar nichts! Bleib hier im Dorf!«

»Und was ist mit meinem Großvater? Hast du ihn vergessen?«

Ira schwieg und setzte sich auf das Bett. Sie sah nachdenklich aus.

Simon setzte sich neben sie. Seit er wusste, dass sein Großvater in dem Wagen der Dorfbewohner gewesen war, machte er sich große Sorgen um ihn.

»Und du glaubst wirklich, sie haben ihn in die Stadt gebracht?« Ira blickte auf.

»Wohin sonst? Hier draußen an der Küste lebt doch sonst niemand.«

»Aber hast du keine Angst vor Drhan?«

Simon zuckte mit den Schultern. Natürlich hatte er Angst, aber das würde er vor Ira nicht zugeben.

Sie schaute ihn stumm an. Simon war das unangenehm,

doch er hielt ihren Blick aus und wartete gespannt, was sie sagen würde.

Endlich nickte sie. »Okay. Ich helfe dir. Aber nicht alleine. Ich sag den anderen Bescheid.« Ohne seine Antwort abzuwarten, nahm sie die Holzschachtel vom Regal und öffnete sie. Simon konnte einen kurzen Blick hineinwerfen: Er sah ein paar verblasste Farbfotos, einen Schlüssel und ein grau angelaufenes Schmuckstück. Obenauf lag ihre Taschenlampe. Sie war klein, mit Leuchtdioden an der Spitze. An der Seite befand sich eine Kurbel, mit der man einen Akku im Inneren aufladen konnte. Ira nahm die Lampe, legte die Sicherungsschlaufe um ihr Handgelenk und schloss die Schachtel wieder.

»Komm.«

Sie stopfte die Akkuleuchte in ihre Hosentasche und griff sich die Zwille, dann kletterte sie die Wand unter der Luke hinauf. Sekunden später war sie durch die Öffnung in der Decke des Gewölbes verschwunden.

Simon folgte ihr. Die ersten Tritte waren noch unsicher, doch als er merkte, dass die Löcher in der Mauer tatsächlich so einfach wie eine Leiter zu benutzen waren, kletterte er fast so schnell hinauf wie Ira. Die Luke war schmal, er brauchte etwas, um seinen Körper hindurchzuzwängen. Endlich stand er im ehemaligen Erdgeschoss des Hauses.

Der Raum über dem Kellergewölbe wirkte eigenartig intakt, obwohl die Decke fehlte und die Mauern rissig waren. Es gab Fenster und sogar eine Tür. Steinfliesen lagen auf dem Boden, sie glänzten im Licht des Mondes. An der Längswand des Raumes befand sich ein großer offener Kamin. Simon wusste, wo er war: Das hier musste das ehemalige Wohnzimmer des Hauses gewesen sein.

Nur Ira war nirgendwo zu sehen. Wohin war sie verschwunden?

Er rüttelte an der Tür, vergeblich, sie bewegte sich nicht. Kurz vermutete Simon, dass Ira den Ausgang benutzt und hinter sich abgeschlossen hatte. Dann sah er die verrosteten Scharniere. Diese Tür hatte seit vielen Jahren niemand mehr geöffnet. Auch durch die Fenster konnte sie nicht geklettert sein, sie waren von innen verriegelt. Er suchte die Wand ab. Es gab keine Trittlöcher, so wie sie Ira in die Wand ihrer Kammer geschlagen hatte.

Plötzlich hörte er sie leise hinter sich kichern. Simon fuhr herum. Wo war sie? Erneut lachte sie, und diesmal folgte er ihrem Lachen bis zum Kamin, eine große Feuerstelle mit einer wuchtigen Umrandung aus Sandstein. Simon bückte sich unter dem Kaminsims hindurch und sah hinauf in den Schacht. Tatsächlich, Ira war dort oben, sie lugte über den Rand des Schornsteins zu ihm herab und lächelte ihn an. »Brauchst du eine Extraeinladung?«

Wortlos griff Simon nach der untersten Sprosse der Eisenleiter, die in die Wand des Kaminschachts eingelassen worden war. Die Leiter war alt und rostig, doch die Sprossen waren glatt gerieben, offenbar nutzte Ira diesen Geheimweg öfter. Er kletterte zu ihr hinauf, erreichte das Ende des Schachts und schwang ein Bein über die Kante, sodass er so wie sie rittlings auf dem Rand des Schornsteins saß.

Beeindruckt sah er sich um.

Die Ruine, in der Ira mit ihrer Großmutter lebte, war größer und auch höher als die anderen Ruinen des Dorfes, genau wie Iras Haus in seiner Welt. Fast alle Außenmauern des einst prachtvollen Gebäudes standen noch, auch der Schornstein, auf dem sie saßen, war bei dem großen Feuer nicht zerstört worden. Simon konnte über das ganze Dorf blicken, sogar das Meer und die Stadt am anderen Ende der Bucht waren von hier oben zu sehen.

Der Mond, der hinter einer Wolke verborgen gewesen war, leuchtete auf, und mit ihm erstrahlten die Mauerreste entlang der Gassen des Dorfes. Simon kam es vor, als blicke er auf ein riesiges Labyrinth. Er musste an die Sage vom Minotaurus denken, jenem fürchterlichen Monster, das in einem Irrgarten gefangen gehalten wurde, bis sich Theseus in das Innere des Labyrinths wagte und das Ungeheuer besiegte. Hier, dachte Simon und schaute hinüber zur Bucht, lebte das Monster in einem Hochhausturm inmitten einer düsteren Stadt.

Ihm fiel auf, dass er gar nicht wusste, wie Drhan aussah. Ihn sich als Ungeheuer vorzustellen, war das Einfachste.

»Komm.«

Ira ließ sich von der Kante des Schornsteins hinabrutschen und balancierte über ein Stück Mauer bis zum Rand der Ruine. Dann sprang sie auf einen tiefer liegenden Vorsprung und lief, ohne Unsicherheit zu zeigen, über ein schmales, bröckelndes Wandstück zum Nachbarhaus. Dort drehte sie sich zu Simon um. »Worauf wartest du?«

Simon schluckte. Vorsichtig rutschte er vom Rand des Kamins herab und setzte einen Fuß auf die Mauer, dann balancierte er zu ihr hinüber, die Augen fest auf sein Ziel gerichtet. Ira beobachtete ihn interessiert. Simon zwang sich, nicht hinabzusehen: Allein bei dem Gedanken an den Abgrund links und rechts von ihm zog sich sein Magen zusammen.

Er hatte Ira noch nicht erreicht, als sie schon weiterlief.

»Warte!«

Ira reagierte nicht. Simon glaubte, sie lachen zu hören. Er biss die Zähne zusammen. Er würde sich keine Blöße geben!

So schnell er konnte, folgte er ihr über die Mauerkronen, rutschte Schrägen hinab und kletterte bröckelnde Wände hinauf. Hier oben war das Dorf tatsächlich ein Irrgarten, doch selbst im Licht des Mondes fand Ira den Weg mit absoluter Sicherheit. Wenn es nicht mehr weiterging, schob sie ihren Körper durch eine Fensterhöhle in das Innere einer Ruine und kletterte hinab, um ein Stück weiter unten wieder hinaufzusteigen und ihren Weg auf den Mauerkronen fortzusetzen.

Endlich, Simon war total außer Atem, erreichten sie ihr Ziel: eine Plattform auf einem Haus nahe dem Hafen. Die steinerne Fläche musste früher einmal eine Dachterrasse gewesen sein, jetzt war sie Iras Versteck inmitten der Ruinenlandschaft: Sie hatte sich dort eine Höhle gebaut. Die Wände bestanden aus Mauerresten, die Ira gesammelt und Stein für Stein hier hinaufgebracht haben musste. Fensteröffnungen erlaubten den Blick in jede Himmelsrichtung. Ira hatte sogar ein Dach aus gewelltem Metall aufgetrieben und auf ihrer Hütte befestigt. Das Versteck war gemütlich eingerichtet, es gab einen Tisch und ein paar Holzschemel sowie ein Lager aus Decken und Kissen.

Simon war beeindruckt. »Wow! Ist ja irre.«

»Das ist unser Krähennest.«

»Und wo sind die anderen?«

»Die holen wir jetzt.«

Simon winkte ab. »Ich geh keinen Schritt mehr.« Er ließ sich auf einen Holzschemel fallen.

Ira grinste nur und zog ihre Zwille aus der Tasche ihrer Hose. Sie zielte in die Dunkelheit und schoss. Sekunden später war ein Klappern zu hören, der Stein, den sie geladen hatte, war auf ein Blech geprallt. Sie lächelte zufrieden, nahm einen weiteren Stein aus der Hosentasche und schoss aus einem anderen Fenster. Erneut klapperte ein Blech.

Simon war fasziniert. »Und du meinst, das klappt?«

»Klar. Wart's ab.«

Sie verstummte und setzte sich neben ihn. Simon wusste nicht, was er sagen sollte, also schwieg auch er.

Es war windstill, und eine Weile war nur das Gluckern der Wellen zu hören, die unten im Hafen an die Mole rollten. Simon roch den zarten Duft, der von Iras Haut ausging.

Ein leiser Pfiff ertönte, kurz darauf streckte Filippo seinen Kopf durch den Eingang der Hütte. »Da bin ich. Leider nicht der Erste.« Er musterte Simon neugierig. »Wie kommst du denn hierher? Ich dachte, du vergnügst dich mit Victor.«

Er setzte sich, und wenig später kletterten auch Tomas und Luc in das Versteck. Alle waren gespannt, warum Ira sie gerufen hatte.

»Jetzt sag schon«, drängelte Filippo. »Was liegt an?«

Ira holte tief Luft, bevor sie antwortete: »Wir bringen Simon in die Stadt.«

16

Im Haus war es still, als Simon am nächsten Morgen erwachte. Es war dunkel in der Küche, bis auf das Feuer im Ofen, es glimmte ein wenig. Durch einen winzigen Riss in der Decke fiel Licht in den Keller. Draußen wurde es hell.

Simon schlug die Decke zurück und stand auf. Leise zog er sich an, dann schöpfte er sich aus dem großen Fass neben dem Herd eine Kelle mit Wasser. Er trank und füllte sich eine zweite.

Ashakida knurrte im Schlaf und ihre Läufe zuckten, offenbar träumte sie schlecht, wie so häufig in den vergangenen Nächten. Simon ging zu ihr und streichelte sie behutsam. Das Kräuterbad hatte ihr gutgetan, die Leopardin wirkte kräftiger als noch am Abend zuvor. Ihr Fell glänzte im Schein der Glut.

Simon war froh, hier bei ihr zu sein. Eigentlich hatte Iras Großmutter vorgeschlagen, dass er in Iras Zimmer übernachten sollte und Ira bei der Alten im Bett. Doch Simon war lieber in der Küche geblieben. Nicht nur, weil er auf Ashakida aufpassen wollte. Der Gedanke, in Iras Bett zu schlafen, war ihm komisch vorgekommen.

Nach einer Weile entspannte sich die Leopardin wieder, und sie schlief ruhig weiter.

Unschlüssig saß Simon an ihrem Lager. Schließlich ging er

hinaus in den Flur. Es war still im Keller, auch Ira und ihre Großmutter schienen noch zu schlafen. Leise, um die anderen nicht zu wecken, stieg Simon die Stufen hinauf, er öffnete die Klappe über dem Ausgang ein kleines Stückchen und schob sich durch den Spalt.

Die Sonne war noch nicht aufgegangen, aber der Himmel im Osten war schon rot gefärbt, und die Sterne am Himmel verblassten. Nur noch der Morgenstern leuchtete. Simon kletterte in den ersten Stock der Ruine. Er setzte sich in eine leere Fensterhöhle und blickte über das Dorf. Die Luft roch frisch und klar. Bald würde sich die Sonne als Feuerball über die Kuppe des Hügels schieben und alles in rotes Licht tauchen.

Doch Simon hatte keinen Sinn für die Schönheit des Morgens. Er dachte an den letzten Abend zurück. Iras Freunde waren entsetzt gewesen, als Ira verkündet hatte, dass sie alle gemeinsam Richtung Stadt aufbrechen würden, um ihn zur Stadtmauer zu bringen. Filippo hatte sprachlos den Mund aufgerissen, Luc hatte vor Schreck die Luft angehalten. Selbst Tomas war blass geworden. Bis auf Streifzüge in die nahe Umgebung hatte keiner von ihnen das Dorf jemals verlassen, geschweige denn, dass sie je daran gedacht hätten, in die Vorstadt zu gehen oder gar bis in das Zentrum der Stadt vorzudringen – das Verbot der Eltern war eindeutig gewesen. Sie hatten lange diskutiert. Doch am Ende waren sich Ira und ihre Freunde einig gewesen: Sie würden Simon bis zum Rand des Stadtzentrums begleiten und ihm helfen, die Mauer zu überwinden. Danach würde er alleine zurechtkommen müssen.

Simon war froh gewesen und erleichtert. Es hatte alles so

einfach und selbstverständlich geklungen. Doch jetzt, am nächsten Morgen, kam es ihm verrückt vor, was er vorhatte.

»Folge mir nicht! Flieh!«

Simon dachte an die Botschaft seines Großvaters. Wovor hatte sein Großvater ihn warnen wollen? Machte er einen Fehler, weiter nach ihm zu suchen? Wollte sein Opa, dass er ein Weltentor fand und aus dieser Welt verschwand? Simon mochte das nicht glauben. Denn wenn er floh, dann gab es für seine Familie und seine Freunde in seiner Welt keine Hoffnung mehr. Ob sie noch lebten? Sein Herz zog sich zusammen.

Ihm fiel der Moment ein, als ihm sein Vater den Ring der Torwächter gegeben hatte. In dem Blick seines Vaters war so viel Zuversicht gewesen, so viel Vertrauen … Simon holte tief Luft. Er würde, nahm er sich vor, dieses Vertrauen nicht enttäuschen. Er würde seine Familie retten, um jeden Preis, auch wenn er im Moment keine Ahnung hatte, wie er das anstellen sollte.

Konnte er, ein dreizehnjähriger Junge, wirklich den Kampf gegen Drhan aufnehmen?

Die Sonne lugte gerade über die Hügelkette, als unten in der Eingangshalle die Bodenklappe knarrte. Iras Oma kam hinaus an das Tageslicht. Sie streckte sich zufrieden und blickte zu ihm hinauf. »Guten Morgen.« Grinsend zeigte sie ihr von Zahnlücken durchsetztes Gebiss. Simon erwiderte den Gruß.

Kurz entschlossen sprang er von seinem Aussichtsplatz und kletterte in die Ruine hinab, um der Alten in den Keller zu folgen.

Das Feuer brannte hell, als er die Küche betrat. Auf dem

Herd stand ein Topf, aus dem es leise blubberte. Teller klapperten, die Alte war dabei, den Tisch zu decken.

Simon ging zum Lager, auf dem sich Ashakida im Halbschlaf rekelte. Sie schlug die Augen auf, als er zu ihr trat.

Simon grinste: »Guten Morgen, Langschläferin!« Er knuffte sie, die Leopardin schnappte nach seiner Hand und kurz rangelten sie miteinander. Simon freute sich, dass es ihr wieder besser ging.

Dann setzten sie sich an den Tisch und frühstückten. Es gab warmen Brei, Iras Oma hatte ihn aus Getreidekörnern und wildem Honig gekocht. Er roch gewöhnungsbedürftig, aber schmeckte überraschend gut.

Ira war in die Küche gekommen, gerade als die Alte die Schalen mit dem Getreidebrei gefüllt hatte. Sie hatte Simon müde angegrinst und schweigend gegessen. Sie schien nicht viel geschlafen zu haben. Er wusste, warum. Ira dachte genau wie er an den Plan, den sie am Abend zuvor geschmiedet hatten.

Plötzlich unterbrach Ashakida ihre Mahlzeit. Sie fauchte auf und sah ihn misstrauisch an. »Was hast du vor?«

Simon war verdutzt. »Wieso?«

»Du hast vor etwas Angst. Wovor?«

Offenbar hatte sie seine Gefühle gelesen.

Ira mischte sich ein, sie sah Simon fragend an. »Hast du es ihr nicht gesagt?« Sie wandte sich der Leopardin zu. »Er will in die Stadt.«

Simon ärgerte sich. Eigentlich hatte er Ashakida von seinem Plan erst nach dem Frühstück erzählen wollen, wenn sie alleine waren. Jetzt stritten sie sich vor den Ohren der anderen.

Die Leopardin bleckte die Zähne. »In die Stadt! Das kommt überhaupt nicht infrage! Das ist viel zu gefährlich« Sie unterstrich ihre Worte mit einem ärgerlichen Knurren.

»Mein Großvater ist dort. Ich muss ihn finden.«

»Das musst du nicht! Hast du die Nachricht vergessen, die er dir hinterlassen hat?«

Simon sah die Leopardin erstaunt an. »Du meinst, ich soll einfach abhauen?«

Ashakida fauchte. »Du sollst dich in Sicherheit bringen! Das ist es, was dein Großvater gemeint hat.«

»Nein, das glaub ich nicht. Das kann er nicht gemeint haben.« Entschlossen schüttelte Simon den Kopf. »Und außerdem, selbst wenn ich fliehen wollte, ich könnte es nicht. Ich habe kein Zuhause mehr. Meine Welt ist zerstört!«

»Es gibt sieben Welten. Da wird es doch wohl irgendwo einen sicheren Platz für dich geben!« Die Leopardin sprang auf.

»Und meine Freunde? Meine Familie? Soll ich die auch im Stich lassen? Sie brauchen meine Hilfe, Ashakida! Sonst wird Drhan sie vernichten!« Simon war ärgerlich, dass ihn die Leopardin nicht unterstützte. »Beantworte mir eine Frage: Wenn es um deine Familie ginge, was würdest du tun?«

Die Leopardin schwieg. Schließlich nickte sie nachdenklich. Sie verstand ihn, sie hätte sich genauso entschieden. Sie knurrte. »Glaub ja nicht, dass du mich hier zurücklassen kannst.«

Simon protestierte, sie war noch viel zu schwach, und er wollte, dass sie sich bei Iras Großmutter erholte. Doch Ashakida unterbrach ihn mit einem ärgerlichen Fauchen. »Entweder wir gehen zusammen oder du gehst gar nicht.« Sie knurrte und ließ ihre weißen Reißzähne blitzen. »Glaub mir, wenn ich will, dass du hierbleibst, dann wirst du hierbleiben.«

Diesmal widersprach Simon nicht. Er spürte, es war ihr ernst.

»So. Und jetzt erzähl mir, was du vorhast.« Die Leopardin sprang auf ihren Stuhl und sah Simon aufmerksam an.

Gemeinsam mit Ira erzählte er ihr, was sie in der Nacht besprochen hatten. Ashakida hörte konzentriert zu, während die Alte im Hintergrund vor ihrem Kräuterregal stand und verträumt vor sich hin summte. »Wir brechen auf«, schloss Simon, »sobald ich meine Sachen habe.« Er wollte gerade hinzufügen, dass er seinen Rucksack brauchte, der vermutlich beim Dorfältesten war, als Iras Großmutter zur Tür ging und mit dem Rucksack in der Hand zurückkam.

Simon war verblüfft. Gut gelaunt erzählte die Alte, dass sie am Morgen beim Dorfältesten gewesen war und ihn um Simons Gepäck gebeten hatte.

»Und er hat dir den Rucksack einfach so gegeben?« Ira runzelte die Stirn.

Die Alte kicherte. »Warum nicht? Wir kennen uns schon sehr lange.«

Simon hatte den Rucksack geöffnet und seine Sachen durchgesehen. Alles war da, nichts fehlte, nur sein Skizzenbuch war nicht an seinem Platz. Es lag noch im Zimmer von Ira. Sie holte es schnell und gab es ihm.

Simon sah die Leopardin an. »Was brauchen wir noch, wenn wir in die Stadt gehen?«

»Ich weiß es nicht. Ich war noch niemals dort. Und auch keiner der anderen Läufer.« Sie betrachtete ihn lange: »Es ist verrückt, was du vorhast.«

Simon widersprach ihr nicht.

Gemeinsam machten sie sich daran, alles vorzubereiten. Während Ira ihre Freunde informierte, suchte ihre Großmutter einige Vorräte zusammen: ein paar Flaschen Wasser und auch ein paar Kräuter, die sie in kleine Säckchen füllte. Sie erklärte Ira und Ashakida genau, wie sie angewendet werden mussten. Auch ein wenig Kleidung packte sie für Ira ein.

Simon setzte den Rucksack auf und bedankte sich noch einmal bei der Alten. Fragend blickte er zu den anderen. »Seid ihr so weit?«

Ira und Ashakida nickten.

»Und Luc, Tomas und Filippo wissen Bescheid?«

Ira nickte erneut. Sie war ein wenig blass um die Nase. »Wir treffen uns im Krähennest.«

»Passt aufeinander auf.« Iras Großmutter betrachtete ihre Enkelin besorgt. »Die Stadt ist gefährlich.«

Ira umarmte ihre Großmutter und hielt sie eine Weile fest, dann griff sie sich ihre Tasche und trat zu Simon, der im Eingang zur Küche wartete. Auch Ashakida stand bereit.

Gemeinsam stiegen sie die Treppe hinauf. Simon musste blinzeln, als er in das Licht des beginnenden Tages trat.

»Salvatore! Warte!« Die Stimme der Alten drang aus dem Kellergewölbe, dann waren ihre Schritte auf der Treppe zu hören. »Du hast was vergessen.«

Erstaunt sah Simon zurück. Iras Oma hatte ein Päckchen in

der Hand, grau und aus fester Pappe, die an den Rändern aufgeweicht und zerfleddert war.

»Hier.« Die Alte streckte ihm das Päckchen entgegen.

Simon nahm es verdutzt entgegen. »Was ist das?«

»Ich weiß es nicht.«

»Und warum geben Sie es mir?«

Jetzt war die Alte überrascht. »Weil es deins ist.«

Simon schüttelte den Kopf. »Das gehört mir nicht.«

»Doch, ganz sicher.«

Ratlos blickte Simon die Alte an. »Und warum sind Sie sich so sicher?«

Die Alte grinste. »Weil du es mir selbst gegeben hast.«

17

Verblüfft starrte Simon erst die Alte und dann das Päckchen in seiner Hand an. Die Schachtel war alt und verstaubt, ein verknoteter Bindfaden war mehrfach um die vergilbte Pappe geschlungen. Irgendjemand hatte ein paar Worte auf den Deckel gekritzelt, die Buchstaben waren verblasst. Simon sah diese Schachtel zum ersten Mal in seinem Leben.

Er fragte noch einmal nach, doch Iras Großmutter beharrte darauf, dass er selbst ihr die Schachtel gegeben habe.

»Aber das müsste ich doch wissen!« Simon war sich sicher, dass sie sich irren musste.

Dann erkannte er seine Handschrift auf dem Deckel. Simon hatte das Gefühl, sein Mund würde austrocknen. Er ging zu einer Fensteröffnung und hielt die Schachtel ins Licht. Es gab keinen Zweifel. Diese Worte hatte er geschrieben, das war seine Schrift. ›Für Salvatore‹, stand dort und darunter: ›Nur ihm persönlich übergeben!‹

Ashakida sprang Simon nach. »Was ist los?« Sie wies auf die Schachtel. »Kennst du die?«

Simon schüttelte den Kopf. Er zeigte ihr die Schrift. Auch die Leopardin hatte für all das keine Erklärung. Sie fauchte ungeduldig. »Mach das Paket doch einfach auf.«

Doch Simon zögerte. Aufmerksam betrachtete er das Päckchen von allen Seiten. Es war leicht, und wenn er es kippte, rutschte im Inneren ein Gegenstand von der einen zur anderen Seite. Staub rieselte aus den Ritzen.

Die Alte stand an der Treppe und summte vor sich hin. Simon sah sie an. »Wann habe ich Ihnen diese Schachtel gegeben?«

Sie verstummte und blickte ins Leere, dann hob sie hilflos die Schultern. »Ich weiß es nicht mehr. Das ist schon so lange her.« Sie lächelte zufrieden. »Aber jetzt hast du sie. So wie ich es versprochen habe.«

Simon wechselte einen Blick mit Ashakida. Sie dachte dasselbe wir er: Wenn er die Gefühle der Alten lesen würde, dann könnte er herausbekommen, ob sie die Wahrheit sagte oder ob sie sich das alles ausdachte. Anders als Ashakida scheute sich Simon immer noch, seine Fähigkeit einzusetzen. Ihm kam es verboten vor, einfach in die Gefühle eines anderen Menschen einzudringen.

Simon griff nach der Hand der Alten. Iras Großmutter runzelte die Stirn und zog ihre Hand zurück. Simon zögerte, dann schloss er die Augen und konzentrierte sich. Vielleicht konnte er sich mit ihr auch ohne direkten Kontakt verbinden.

Es klappte sofort, und es klappte besser als je zuvor. Die Gefühle, die er spürte, waren so stark, dass er das Bild einer Gestalt vor sich sah.

Simon riss die Augen auf.

Die Alte lächelte unschuldig und ging zur Treppe, um hinab in das Gewölbe zu steigen. Simon blickte ihr nach.

Ashakida betrachtete ihn besorgt. »Was ist passiert?«

Simons Stimme klang heiser, als er antwortete. »Ich habe mich selbst gesehen. Ich habe ihr die Schachtel gegeben.« Er war ratlos. Wie konnte das möglich sein?

Er sprang auf und lief der Alten nach. Ira und Ashakida folgten ihm.

Iras Großmutter war in die Küche gegangen. Als Simon mit den anderen den Raum betrat, prüfte sie gerade, ob die über dem Herd hängenden Kräuterbündel schon getrocknet waren. Er ging zu ihr. »Bitte, versuchen Sie sich zu erinnern. Wann haben Sie mir versprochen, die Schachtel für mich aufzubewahren?«

»Das war in der Nacht, als das Eis kam …« Einen Moment hing die Alte ihren Gedanken nach. Dann lächelte sie. »Ich war noch jung.« Sie verstummte.

»Und dann?« Simon griff nach ihrem Arm. »Was passierte dann?«

Ihr Blick wurde ernst. »Dann kamst du … und das Feuer …«

»Aber wie kann das sein?« Simon lachte, obwohl ihm nicht zum Lachen zumute war. »Ich weiß nichts davon!«

Ashakida fauchte auf. »Jetzt unterbrich sie doch nicht dauernd.«

Die Alte schien sie nicht gehört zu haben. Sie starrte ins Leere, abgetaucht in ihre Erinnerung. »Du standest plötzlich da. Hier, in unserem Haus. Ich hab mich erschreckt. Du hast gesagt: ›Keine Angst‹ …« Sie kicherte. »Ich hab aber Angst gehabt …« Erneut verstummte sie.

Diesmal wartete Simon geduldig, bis sie weitersprach.

»Du hast mir die Schachtel gegeben. Ich musste schwören, sie gut zu verstecken und sie dir wiederzugeben, wenn du das nächste Mal kommst. Dann hast du gesagt, dass wir unser Boot nehmen und hinaus auf die Insel fahren sollen, bevor das Feuer erlischt und das Eis das Dorf erreicht …« Sie verstummte, und diesmal blieb sie still.

Leise knisterte das Feuer im Ofen.

Simon setzte sich. Ihm war flau im Magen. Das alles konnte doch nicht wirklich passiert sein! Vor vielen Jahren war hier in dieser Welt genau das Gleiche geschehen wie in seiner Welt vor ein paar Tagen. Noch einmal tauchte er in die Gefühle der Alten ein. Sie waren so intensiv wie zuvor. Erneut sah er das Bild von sich, wie er vor ihr im Kaminzimmer stand, die Schachtel in der Hand. Die Hände, die die Schachtel entgegennahmen, waren die eines jungen Mädchens.

Das war unmöglich! Wie konnte sie etwas von ihm bekommen haben, als sie jung gewesen war?

Aber das hier war eindeutig seine Schrift. Und trotzdem war diese Schachtel sehr alt. Wie passte das zusammen?

»Jetzt mach schon auf.« Neugierig griff Ira nach dem Bindfaden, um ihn aufzuknoten. Simon schob ihre Hand beiseite und löste selber den Knoten. Sorgfältig wickelte er die Schnur ab, dann stellte er die Schachtel auf den Küchentisch und hob den Deckel. Alle beugten sich gespannt vor.

Der Gegenstand im Inneren war noch einmal umhüllt, mit Seidenpapier. Es war über die Jahre brüchig geworden und zerbröselte unter Simons Fingern, als er in die Schachtel griff. Vorsichtig entfernte Simon die Reste des Papiers, bis der Inhalt des Päckchens vor ihnen auf dem Küchentisch lag. Keiner sagte etwas, jeder blickte erstaunt das seltsame Ding an. Es war ein Handschuh, zumindest traf diese Bezeichnung am ehesten auf das Objekt zu. Es war länglich, glänzte weiß und hatte die Form einer Hand, daran schloss sich eine schmale Röhre an, die vermutlich den Arm aufnehmen sollte. Das Material war weich und die Oberfläche glänzte schuppig, so als wäre sie aus der Haut einer Schlange gefertigt. Kabel führten von der einen zur anderen Seite.

Ira blickte erst den Handschuh und dann Simon fragend an.

Der hob die Schultern: Auch er hatte so etwas noch nie gesehen.

Behutsam strich Simon über die glänzende Oberfläche des Handschuhs. Dann nahm er ihn in die Hand. Er war leicht, viel leichter, als er es erwartet hatte. Das Material klickerte leise, als es sich bewegte. Simon betrachtete es genauer. Die Oberfläche war nicht geschlossen, sondern bestand aus vielen kleinen Plättchen, die wie die Schuppen einer Schlange übereinandergelegt waren und sich einzeln bewegten.

»Was ist das?« Ira berührte mit ihrer Fingerspitze die Schuppenhaut.

Simon hatte keine Ahnung. Auch Ashakida wusste nicht, was das war.

»Los, zieh es an!« Ira sah ihn gespannt an.

Doch Simon zögerte. Was würde passieren, wenn er seine Hand in das Ding schob? Ob es gefährlich war?

»Jetzt mach schon! Sonst mach ich es.«

Simon holte tief Luft. Dann steckte er seine Hand in das offene Ende und streifte es über seinen Unterarm.

Nichts geschah. Wie ein nasser Lappen hing der Handschuh an seinem Arm herab.

Plötzlich begannen der Boden und die Wände zu zittern. Alle sahen auf. Einen Augenblick dachte Simon, das Zittern würde von seinem Handschuh ausgelöst, und hastig streifte er ihn von seinem Arm. Doch das Vibrieren wurde stärker, und nun vermischte es sich mit einem Dröhnen. Jetzt erkannte Simon das Geräusch: Es waren Motoren. Draußen näherten sich schwere Fahrzeuge, sie rollten durch das Dorf und ließen das Fundament der Ruine beben.

Alle waren aufgesprungen und sahen sich an. Das Dröhnen wurde immer lauter. Die Möbel knarrten, der Ofen klapperte, die Kräutertöpfe tanzten im Regal. Ein Teller fiel vom Küchentisch und zerschellte auf dem Boden.

Plötzlich verstummte das Geräusch und es wurde still in der Küche.

Nun waren von draußen Rufe zu hören.

»Was ist da oben los?« Fragend sah Simon zu Ira.

Statt einer Antwort verließ sie die Küche und huschte die Treppe hinauf. Sekunden später kam sie zurück. »Soldaten. Draußen ist alles voller Soldaten!« Ira war kreidebleich. »Sie umstellen das Haus.«

18

Die Leopardin reagierte sofort. »Schnell! Wir müssen hier weg.« Sie schnappte nach Simon, um ihn mit sich zu zerren. »Jetzt komm schon! Jemand muss dich verraten haben.«

Sie liefen zur Tür. Ashakida wollte die Treppe hinaufspringen, doch Simon hielt sie zurück. »Nicht dort entlang. Der Geheimweg!« Er blickte zu Ira, die zögernd stehen geblieben war. »Wir gehen durch dein Zimmer.«

»Und was ist mit meiner Oma?« Besorgt sah Ira zu ihrer Großmutter.

Die schüttelte den Kopf. »Ich bin alt. Sie werden mir nichts tun.«

Die Rufe wurden lauter, Befehle wurden gebrüllt. Über ihnen hallten Schritte.

»Jetzt lauft! Schnell!« Ungehalten klopfte die Alte mit ihren Fingerknöcheln auf den Tisch.

Ira rannte los, Simon folgte ihr mit der Leopardin, doch dann kehrte er noch einmal um und rannte zurück zur Küche. Fast hätte er seinen Rucksack und den seltsamen Handschuh vergessen! Iras Oma saß leise summend am Küchentisch. Sie schien Simon nicht zu bemerken.

Ira war schon an der Wand ihres Zimmers hinaufgeklettert, als er die Kammer am Ende des Gangs erreichte. Ashakida stand hilflos auf dem Bett und blickte auf die Steiglöcher in der Mauer. »Das schaff ich nicht!«

»Du musst es versuchen!«, drängte Simon sie.

»Und wie, ohne Hände?« Wütend starrte die Leopardin ihre Vordertatzen an.

»Dann halte die Zeit an!«

»Dazu bin ich zu schwach. Geht ohne mich weiter.«

Doch Simon schüttelte den Kopf. »Das kommt gar nicht infrage.« Eilig legte er den Rucksack ab und warf ihn hinauf zum Ausstiegsloch. Ira, die oben auf sie wartete, fing ihn auf, zog ihn durch die Öffnung und stellte ihn zu ihrer Tasche. Dann schob Simon die schmale Kommode unter das Loch. Ashakida begriff seinen Plan: Sie sprang vom Bett auf das Regalbrett und schließlich auf die Kommode. Von dort war es nur noch ein kleiner Sprung bis durch die Öffnung in der Decke.

Im gleichen Moment waren aus dem Gang Schritte zu hören, die Soldaten stürzten die Treppe hinab.

»Los, beeil dich!« Ashakida sah durch den Ausstieg zu Simon zurück.

So schnell er konnte, kletterte er hinterher und schloss die Klappe, gerade als unten jemand in den Raum stürmte.

Sie horchten regungslos. Rufe ertönten, etwas polterte, dann wurde es in Iras Zimmer wieder still. Die Soldaten hatten weder die Steiglöcher noch den Ausgang entdeckt.

Mit gesträubtem Fell stand die Leopardin in dem ehemaligen Kaminzimmer des Hauses. »Wir müssen weiter. Hier sind wir nicht sicher.« Suchend sah sie sich um. »Wo geht es lang?«

Ira wies auf den Rauchfang. »Durch den Kamin.«

Ashakida stöhnte auf und folgte Simon missmutig zur Feuerstelle. Doch diesmal ging es leichter: Die Leopardin klammerte sich mit ihren Pfoten und ihren Zähnen an den Steigeisen fest und zog sich, so gut es ging, hinauf, während Simon sie von unten schob. Ira folgte ihnen, sie trug ihre Tasche und Simons Rucksack.

Endlich erreichten sie das Ende des Schachts. Erleichtert kletterte Ashakida auf den Rand des Schornsteins, und auch Simon robbte über die Kante, außer Atem von der Anstrengung. Ira schob sich neben ihn.

Was sie von hier oben sahen, war erschreckend. Die Soldaten hatten das Haus umstellt, jede Gasse ringsherum war von ihnen besetzt. Ein gepanzertes Fahrzeug mit Kettenantrieb war auf dem Platz vor dem Hauseingang in Position gefahren, die kopflose Figur oben auf dem Brunnen war herabgestürzt, eine Kette des Panzers hatte sie zermalmt. Etwas weiter entfernt hielten Transporter, gerade öffneten sich die Hecktüren, Soldaten strömten heraus und verteilten sich in den Straßen des Dorfes. Es mussten Hunderte sein. Ihre grauen Uniformen schillerten im Licht der Sonne.

»Schnell, weiter, bevor sie uns sehen!« Ira kletterte vom Schornstein herab und sprang auf das Mauerstück, das den Kamin mit der Außenwand der Ruine verband. Geschickt balancierte sie zur anderen Seite. Ohne ein Geräusch zu machen, ließ sie sich auf den tiefer liegenden Vorsprung gleiten und huschte weiter über das bröckelnde Wandstück, bis sie das Nachbargebäude erreichte.

Die Soldaten unten in der Gasse bemerkten sie nicht.

Simon folgte Ira, so leise er konnte. Sein Herz klopfte, und er war längst nicht so trittsicher wie bei seinem ersten Ausflug über die Mauerkronen des Dorfes. Er wusste, dass die Soldaten unten auf der Straße jederzeit hinaufblicken und ihn entdecken konnten, und dieses Wissen behinderte ihn. Nervös kletterte er vom Schornstein herab und balancierte über den schmalen Grat. Der Weg über das Mauerstück war nur kurz, doch für Simon dehnten sich die Sekunden. Endlich erreichte er die Außenmauer. Simon war erleichtert. Die Männer unten auf der Straße hatten ihn nicht bemerkt.

Doch dann, gerade als er auf den Vorsprung hinabrutschen und weiterlaufen wollte, geschah es: Ein Stein löste sich unter seinem Fuß. Entsetzt sah Simon, wie der Brocken aus seinem Mörtelbett brach, über die Kante rollte und hinabfiel, direkt auf die Soldaten zu. Jetzt, dachte er, war alles vorbei. Ihm wurde kalt.

Im gleichen Moment glitt Ashakida heran, Simon konnte sie kaum sehen, so schnell war sie. Lautlos, den Körper wie die Sehne eines Bogens gespannt, sprang sie an ihm vorbei in die Tiefe und fing im Sprung den fallenden Stein mit ihrem Maul auf. Simon unterdrückte einen Schrei, während er zusah, wie Ashakida auf einem Sims dicht über den Soldaten landete. Die Muskeln angespannt, fing die Leopardin den Schwung ab, bis sie ruhig auf dem schmalen Vorsprung stand. Behutsam legte sie den Stein ab. Dann schob sie sich lautlos weiter bis zur nächsten Fensteröffnung und verschwand in dem zerstörten Haus.

Simons Knie zitterten. Es dauerte etwas, bis er seine Beine so weit wieder unter Kontrolle hatte, dass er auf die Zeichen von Ira reagieren konnte und weiterkletterte.

Ira beobachtete ihn besorgt.

Diesmal ging alles glatt. Ohne weitere Zwischenfälle und unbemerkt von den Soldaten erreichte Simon das Nachbargebäude. Ira umarmte ihn, erleichtert, dass er außer Gefahr war. Als sie bemerkte, was sie tat, löste sie sich eilig aus seinen Armen.

Sie kletterten weiter, Ira führte ihn durch das Labyrinth der Ruinen. Ihr Weg war ein anderer als zuvor in der Nacht, denn Ira vermied hohe Mauern, auf denen sie schon von Weitem zu sehen gewesen wären. Nach einiger Zeit stieß Ashakida zu ihnen, sie war Simons Witterung gefolgt und hatte sie so gefunden.

Endlich erreichten sie das Versteck. Simon kletterte in das Innere der Hütte, Ashakida kroch hinterher und ließ sich auf das Lager fallen. Sie war immer noch nicht ganz bei Kräften, die Flucht hatte sie erneut geschwächt. Ira krabbelte als Letzte in das Krähennest und schloss sorgfältig die Tür hinter sich. Hastig warf sie ihr Gepäck ab und griff zur Zwille, um ihre Freunde zu warnen. Doch das war nicht nötig. Gerade als Ira den ersten Stein eingelegt hatte und das Gummi der Schleuder spannen wollte, kletterte Filippo durch den Eingang in das Versteck. Er hatte den Aufmarsch der Soldaten bemerkt und war sofort hierher aufgebrochen. Er war blass. »Was passiert da draußen?«

Sie erzählten ihm, was sie beobachtet hatten.

Kurze Zeit später krochen auch Tomas und der kleine Luc

durch den Eingang der Hütte. Alle waren geschockt von dem, was unten im Dorf geschah.

Die Soldaten waren inzwischen überall, Straße für Straße durchkämmten sie den Ort, sie brachen die Türen zu den Gewölben auf und zerrten die Bewohner hinaus auf die Straße. Mit ihren Waffen im Anschlag trieben sie die Menschen zum Hafen. Die vier Jugendlichen in ihrem Versteck sahen entsetzt zu. Sie entdeckten die Familie von Tomas, Filippo sah seinen Vater und die Familie seiner Tante. Auch Iras Oma wurde die Straße hinuntergetrieben. Einer der Soldaten stieß ihr seinen Gewehrkolben in den Rücken, sodass sie strauchelte und auf das Pflaster stürzte. Ihr Gesicht blutete, als der Soldat sie weiterzerrte.

Ira beobachtete die Szene mit versteinerter Miene.

»Da sind meine Eltern!« Aufgeregt wies Luc in eine andere Gasse, in der gerade Soldaten eine Gruppe von Männern und Frauen aus einem Haus holten. Bevor er rufen konnte, hielt Ira ihm den Mund zu. Luc wehrte sich, doch sie hielt ihn so lange fest, bis sein Körper in ihren Armen erschlaffte.

Er begann zu weinen. »Aber wir müssen doch was tun!«

»Und was sollen wir machen?« Tomas' Stimme klang bitter. Die Übermacht der Soldaten war offensichtlich.

Simon starrte hinab in das Dorf, die Lippen zu einem Strich zusammengepresst. Er haderte. Wo er auftauchte, zerstörten Drhan und seine Männer die Welt, und jeder, der ihn, den Torwächter, unterstützte, wurde bestraft. Wer war er, dass sie das taten? Wieso musste gerade er den Menschen, die ihm halfen, so viel Leid bringen?

Ashakida knurrte leise neben ihm. Sie spürte, was er fühlte, und schüttelte den Kopf. »Du trägst keine Schuld«, sagte sie behutsam.

»Aber trotzdem passiert es.«

»Du kannst es nicht verhindern.«

Simon schwieg nachdenklich.

Flieh, hatte sein Großvater in den Wagen geritzt. Diese Nachricht war an ihn gerichtet gewesen. Es ging um ihn, nicht um die Menschen da unten. Die Soldaten waren hinter ihm her, nicht hinter denen, die dort fortgebracht wurden.

Nachdenklich strich Simon mit den Fingern über den Ring, den er von seinem Vater bekommen hatte. Der Stein glänzte stumpf in seiner schlichten Fassung. Er bräuchte nur ein Weltentor finden, wusste Simon, dann könnte er gemeinsam mit Ashakida hier verschwinden. Es wäre so leicht, allem zu entfliehen.

Die Leopardin hob den Kopf. Simon spürte, dass sie seine Gefühle las, und er ließ es zu.

Ashakida nickte. »Dein Großvater hat recht. Du musst fort von hier.«

»Und dann? Was geschieht, wenn ich weglaufe? Was passiert mit den Menschen, die hier zurückbleiben? Und was passiert mit der nächsten Welt, in die ich fliehe? Zerstört Drhan sie auch?«

Die Leopardin schwieg bedrückt.

Simon wartete ihre Antwort nicht ab, denn er hatte sich entschieden: Er würde nicht weglaufen.

Auffordernd sah er Ira an. »Komm.«

19

Simon und Ira brauchten Stunden, ehe sie den Hafen erreichten. Sie gingen alleine, Ashakida war mit den anderen im Krähennest zurückgeblieben. Das Dorf war voller Soldaten, immer wieder kamen Truppentransporter und brachten uniformierte Männer, die von den Ladeflächen kletterten und sich in den Gassen verteilten. Ira gelang es, abseits der großen Straßen durch den Ort zu schleichen, bis sie unbemerkt bis dicht vor die Markthalle gekommen waren. Nur noch die Hauptstraße trennte sie vom Hafengelände, doch sie wagten es nicht, sie zu überqueren. Erst als die Sonne untergegangen war und die Hitze des Tages sich aus dem Dorf zurückzog, beschlossen sie, das sichere Labyrinth der Ruinen zu verlassen.

Die Soldaten hatten überall Feuer entzündet, an jeder Straßenkreuzung flackerten die Flammen. Aufmerksam bewachten die Männer die Umgebung. Auch in der Hauptstraße patrouillierten Drhans Kämpfer, gerade gingen zwei Uniformierte mit langsamen Schritten an der Wand vorbei, hinter der sich Simon und Ira versteckten.

Simon überlegte noch, wie sie unbemerkt die Straße überqueren könnten, als Ira ihre Zwille aus der Tasche zog und einen Steinbrocken lud. Sie schoss ihn, so weit sie konnte, in die Dunkelheit. Simon hielt den Atem an. Der Stein flog über die Soldaten hinweg und prallte klickernd gegen eine Wand. Die Männer fuhren herum und starrten in die Nacht. Im gleichen Augenblick huschten Simon und Ira hinter ihnen auf die andere Straßenseite. Sie blieben unbemerkt.

Wenig später hatten sie das Hafengelände erreicht. Der Wind roch nach Salz und Rauch, und in das Rufen der Soldaten mischte sich das Geräusch der Wellen, die gegen die Kaimauer schlugen. Die Boote der Fischer lagen zertrümmert am Ufer, die Soldaten hatten sie zerhackt, sie brauchten das Holz. Ein Feuer brannte auf dem Platz vor der Markthalle.

Simon und Ira schlichen im Schatten der Ruinen näher. Ira hatte vermutet, dass die Dorfbewohner hier festgehalten wurden, und jetzt, aus der Deckung eines verfallenen Hauses heraus, sahen sie, dass die Vermutung richtig gewesen war: Die Soldaten hatten die Menschen in die Markthalle getrieben, der Eingang war mit Stacheldraht verschlossen. Eingeschüchtert hockten die Bewohner des Dorfes auf dem Boden zwischen den Trümmern und warteten. Ira schluckte. Vergeblich bemühte sie sich, ihre Großmutter in der Menge zu entdecken, es war zu dunkel, um die Gesichter der Gefangenen zu erkennen.

Ein Geländewagen näherte sich, die Männer, die den Eingang der Halle bewachten und die am Feuer gesessen hatten, sprangen auf. Der Wagen stoppte am Rand des Feuerscheins, der Fahrer stieg aus, eilte um den Wagen herum und riss die Beifahrertür auf. Die Soldaten nahmen Haltung an. Ein Mann verließ den Wagen, offenbar war er der Kommandant der Truppe. Er war groß und sah bedrohlich aus. Die Uniform, die er trug, saß perfekt und betonte seine breiten Schultern. An seiner Brust hingen einige Orden, die Schulterklappen zierten golddurchwirkte Kordeln.

Die Soldaten hatten sich in einer Reihe aufgestellt, sie standen stramm, den Rücken durchgedrückt, die Hände an den Seiten. Niemand wagte es, den Oberbefehlshaber anzusehen.

»Rühren!«

Als wären sie Teil einer Maschine, traten alle Soldaten gleichzeitig einen Schritt zurück und legten die Hände auf dem Rücken übereinander. Dumpf warfen die Mauern den Klang ihrer Stiefel zurück.

»Meldung!«

Einer der Männer, offenbar ein Offizier, trat vor und berichtete, dass der Gesuchte noch nicht gefunden sei. Sie hätten, fuhr der Soldat fort, das Dorf umstellt, der Gesuchte könne nicht fliehen.

Der Kommandant schien von der Nachricht nicht begeistert zu sein. »Wegtreten!«, befahl er grimmig.

Der Offizier salutierte, doch er blieb stehen. »Da ist noch etwas. Der Dorfälteste will Sie sprechen.«

Der Kommandant drehte sich erstaunt um. Offenbar war der Wunsch ungewöhnlich. »Bringt ihn her.«

Der Offizier gab den Befehl an seine Soldaten weiter und trat zurück in die Reihe. Wenig später zerrten zwei Uniformierte den Dorfältesten auf den Platz. Der Alte sah furchtbar aus. Er musste gestürzt sein, vielleicht war er auch geschlagen worden, Simon wusste es nicht. Obwohl er von ihm eingesperrt worden war, tat ihm der alte Mann leid.

»Victor, mein Lieber.« Der Oberbefehlshaber musterte den Dorfältesten kühl. »Schön, dich zu sehen.« So freundlich seine Worte auch klangen, so abweisend war die Sprache seines Körpers. »Was willst du?«

»Warum werden wir eingesperrt?«

»Weil ihr den Jungen versteckt.«

»Das tun wir nicht! Ich habe euch gesagt, wo ihr ihn findet.«

Simon ballte die Faust. Der Dorfälteste hatte ihn verraten! Natürlich! Iras Großmutter hatte den Rucksack geholt, und dabei hatte sie gesagt, dass Simon bei ihr war.

»Hab keine Sorge, Victor.« Der Kommandant lächelte, während sein Blick kalt wie Eis blieb. »Wir werden den Jungen finden. Es ist nur eine Frage der Zeit.«

»Dann lasst uns frei. Und gebt mir die Sachen, die ihr uns versprochen habt: das Werkzeug, die Kochtöpfe. Und wir brauchen Kleidung.«

»Das ist nicht mehr nötig.«

»Aber wir haben eine Absprache!«

»Die ich hiermit aufkündige«, antwortete der Kommandant ungerührt, während er sich abwandte und seine Mütze abnahm, um den Staub von ihr abzuklopfen.

Der Alte war überrascht. »Aber warum?«

»Wir brauchen euch nicht mehr. Es ist vorbei.«

Entsetzt öffnete der Dorfälteste seinen Mund. »Aber wir haben immer getan, was ihr verlangt habt! Das könnt ihr nicht machen!«

»Ach ja? Können wir das nicht?« Langsam drehte sich der Uniformierte zu ihm um. Sein Blick schien den Alten zu durchbohren. »Warum, glaubst du, haben wir euch hier in diesem elenden Dorf zurückgelassen? Hast du dich nie gefragt, warum gerade ihr außerhalb der Stadt leben durftet, als Einzige an der ganzen Küste? Ich verrate es dir. Ihr hattet eine Aufgabe: uns Bescheid zu geben, wenn jemand das Weltentor durchschreitet.«

»Und das haben wir getan.«

Der Kommandant nickte zustimmend. »In der Tat, das habt ihr. Und jetzt ist der, auf den wir gewartet haben, endlich gekommen. In ein paar Stunden ist er in unserer Gewalt. Das war's.« Ohne den Alten weiter zu beachten, wandte er sich seinem Offizier zu. »Bringt ihn weg. Und lass die Wagen holen.«

Der Offizier salutierte und gab die Befehle weiter. Zwei Soldaten zerrten Victor zurück zur Markthalle, während die übrigen Uniformierten in der Dunkelheit verschwanden. Wenig später dröhnten Motoren auf, und eine Reihe von Lastwagen rollte auf den Platz. Befehle schallten durch die Nacht, dann wurde der Stacheldraht vor dem Eingang der Markthalle zurückgeschoben.

»Los. Alle rauskommen!«

Hilflos mussten Simon und Ira mit ansehen, wie die Dorfbewohner aus der Markthalle getrieben wurden. Die Soldaten ließen die Männer, Frauen und Kinder in mehreren Reihen antreten, um sie dann wie Vieh in die Lastwagen zu scheuchen. Ira entdeckte ihre Großmutter in einer der Gruppen, die auf die Ladeflächen der Transporter klettern mussten, ein Mädchen stützte sie. Die Alte sah im flackernden Licht des Feuers blass aus. Simon hörte, wie Ira ein Schluchzen unterdrückte. Er spürte ihre Hand, sie tastete nach der seinen. Simon brauchte nicht in ihre Gefühle einzutauchen, um nachzufühlen, was sie empfand.

Draußen vor der Markthalle klappten die Soldaten die Ladeklappen hoch und ließen die Motoren an. Lastwagen für Lastwagen verließ den Platz. Schließlich verklang auch das Motorengeräusch des letzten Wagens in der Dunkelheit.

Der Kommandant horchte in die Stille. Er wirkte zufrieden, als er sich umdrehte und den Offizier, der mit ihm und dem Fahrer auf dem Platz zurückgeblieben war, ansprach. »Jetzt kümmern wir uns um den Jungen.« Er lächelte kühl. »Wir kriegen ihn, keine Sorge. Alarmier die gesamte Truppe. Und dann räuchern wir ihn aus.«

20

Erschöpft und niedergeschlagen erreichten Simon und Ira das Krähennest hoch oben über den Ruinen des Dorfes. Sie waren sofort aufgebrochen, nachdem der Kommandant und der Offizier den Platz vor der Markthalle verlassen hatten. Sie wussten, die Zeit drängte, die anderen mussten gewarnt werden.

Der Weg zurück zu ihrem Versteck hatte unerträglich lange gedauert.

Ashakida war derweil wie ein gefangener Tiger in der Hütte hin- und hergelaufen, bis die anderen sie angefleht hatten, endlich damit aufzuhören. Am liebsten wäre sie Simon nachgelaufen, um ihn zu suchen, doch er hatte der Leopardin das Versprechen abgenommen, im Krähennest zu bleiben. Jetzt, als er mit Ira durch den Eingang in das Versteck krabbelte, entlud sich ihre Anspannung in Ärger. Wütend fauchte sie Simon an. Doch sie war froh, ihn zu sehen, und nach einem Schlag mit ihrer Tatze gegen seine Brust, der ihn zurücktaumeln ließ, rieb sie ihren Kopf an ihm. Simon umarmte sie.

Auch Tomas, Filippo und Luc waren erleichtert, dass Ira und Simon unversehrt zurückgekommen waren. Sie bestürmten die Rückkehrer mit Fragen, und so gut sie es konnten, erzählten die beiden, was sie gesehen und gehört hatten. Entsetzt hörten die anderen zu. Luc begann zu weinen. Als Simon und Ira mit ihrem Bericht endeten, breitete sich eine drückende Stille in der Hütte aus.

Ashakida sah auf. »Ihr seid hier nicht mehr sicher. Wir müssen weg von hier, und zwar sofort!«

Tomas nickte wortlos. Er war kreidebleich, so wie die anderen. Auch Luc und Filippo nickten.

Ira packte alles, was sie an Vorräten im Krähennest fand, in ihre Tasche und kletterte als Erste aus dem Versteck. Die anderen folgten ihr. Jeder wusste, was auf dem Spiel stand, und sie bemühten sich, lautlos und unsichtbar zu sein. Und so bemerkten die Soldaten, die in den Straßen patrouillierten, nicht die sechs Gestalten, die durch den Ort schlichen.

Sie kamen nur langsam voran, nicht nur, weil sie sich vor den Soldaten verbergen mussten. Immer wieder kletterte Ira in die aufgebrochenen Wohnungen der Dorfbewohner hinab, um dort nach Dingen zu suchen, die sie bei ihrer Flucht gebrauchen konnten. Simon begleitete sie, während die anderen oben aufpassten. Die Gewölbe sahen so aus, als wären die Bewohner nur kurz fortgegangen. Würden sie jemals wieder zurückkehren? Ira und Simon versuchten, nicht darüber nachzudenken. Ohne Vorräte würden sie nicht lange überleben – sie durften jetzt keine Scheu haben, sich zu nehmen, was sie brauchten. Doch mit jedem Gewölbekeller, den sie betraten, wurde Ira stiller.

Bald trug jeder von ihnen eine Tasche, auch Ashakida hatte ein kleines Päckchen geschultert. So leise sie konnten, schlichen sie durch die Nacht.

Es gelang Ira, die Gruppe bis dicht an die Grenze des Dorfes zu führen, sie brauchten dafür einige Stunden, das Dorf war immer noch voller Soldaten. Doch keiner der Männer bemerkte sie. Endlich erreichten sie die Straße, die sie vom Dorfrand trennte.

Hinter eine Mauer geduckt, näherten sie sich der sandbedeckten Piste. Ira ging als Erste, gefolgt von Simon, die anderen waren dicht hinter ihnen. Am Ende des Steinwalls sah Ira vorsichtig um die Ecke. Erschrocken zuckte sie zurück. Ihr Gesicht war blass geworden. Als Simon ebenfalls um das Ende des Walls lugte, begriff er, warum: Dies hier war der schlechteste Ort, den sie für ihre Flucht hatten auswählen können – Drhans Männer nutzten genau diese Straße, um ihren Nachschub in das Dorf zu transportieren. Simon ärgerte sich, dass sie den Weg nicht vom Krähennest aus hatten sehen können.

Ira wies auf einen ausgetrockneten Graben direkt neben der Straße, und einer nach dem anderen sprang in die Vertiefung, erschöpft von der langen Nacht und von dem anstrengenden Weg. Niemand sagte etwas, alle hockten sich in das Gestrüpp, das die Senke überwucherte. Jeder wusste, es war nur eine Frage der Zeit, bis sie entdeckt werden würden. Wachen patrouillierten auf der Straße, Soldaten marschierten in das Dorf, und immer wieder vibrierte der Boden, wenn Ketten- oder Truppenfahrzeuge vorbeirumpelten.

Noch beschützte sie die Dunkelheit. Doch wenn es erst einmal hell wurde, würde man sie von der Straße aus sehen.

Der Himmel im Osten begann sich langsam rot zu färben.

Ihnen blieb nicht mehr viel Zeit.

21

Behutsam, um kein Geräusch zu machen, schob Simon den Trageriemen des Rucksacks von seinen Schultern und ließ sein Gepäck zu Boden gleiten. Er drehte sich auf den Bauch und lugte über die Kante des Grabens, um die Lage zu erkunden.

Sie befanden sich am Dorfausgang am Fuße des Hügels. Simon kannte diesen Platz. In seiner Welt Gula hatte er von hier aus das Haus des Großvaters sehen können, doch hier sah er nichts, in dieser Welt brannte nachts kein Licht. Simon erkannte gerade noch die Gewächshäuser neben den Feldern, die das Dorf umgaben. Direkt gegenüber auf der anderen Seite des Weges sah er die Tankstelle, die auch in seiner Welt am Dorfausgang zu finden war. Anders als in Gula war sie hier in Avaritia unzerstört, doch sie war schon seit vielen Jahren nicht mehr in Betrieb. Die Türen der Werkstatt und des Kassenhäuschens waren vernagelt und fast alle Glasscheiben zersplittert. Unkraut rankte an den altertümlichen Zapfsäulen empor.

Simon gönnte der Tankstelle nur einen kurzen Blick. Seine Aufmerksamkeit galt der Straße und den angrenzenden Feldern. Nun begriff er, warum der Anführer der Soldaten so sicher gewesen war, ihn zu ergreifen. Seine Männer hatten das gesamte Dorf umzäunt, mit einem Stacheldrahtzaun, den sie auf Lastwagen herbeitransportiert und ausgerollt hatten. Der obere Rand des Zauns war mit messerscharfen Spitzen gekrönt. Uniformierte Männer mit automatischen Waffen und Nachtsichtgeräten patrouillierten entlang der unüberwindbaren Grenze. Direkt neben der Tankstelle befand sich eine Öffnung, die Straße führte hindurch, es war ein Checkpoint mit Panzersperren und einem Schlagbaum, vor dem Soldaten standen. Die Grenze war scharf bewacht. Die uniformierten Männer stoppten jedes Fahrzeug, das das Dorf verließ, und leuchteten mit ihren Taschenlampen in jeden Winkel der Fahrerkabinen. Mit Spiegeln kontrollierten sie die Unterseite der Fahrzeuge. Auch die Ladeflächen der Geländewagen und Militärtransporter wurden abgesucht.

Simon rutschte zurück in den Graben. Was sollten sie nur tun?

Ein Band aus Lichtpunkten glitt den Hügel hinab, es war eine Kolonne von Militärlastwagen, die sich dem Kontrollpunkt an der Tankstelle näherte. Eilig zogen die Soldaten am Checkpoint den Stacheldraht zur Seite und öffneten den Schlagbaum. Lastwagen für Lastwagen rollte in das Dorf hinein, der Boden bebte unter den schweren Fahrzeugen. Die Kolonne fuhr ein Stück und stoppte auf einem Platz direkt am Dorfrand. Befehle wurden gebrüllt, Ladeklappen entriegelt. Dann sprangen die ersten Männer hinab auf die Straße. In den Transportern waren Soldaten, sie kletterten von den Ladeflächen und nahmen in mehreren Reihen Aufstellung. Andere Lastwagen transportierten die Ausrüstung, kleine Tanks, die wie Rucksäcke getragen werden konnten und an denen Schläuche befestigt waren. Die Schläuche endeten in länglichen Handstücken mit Griffmulden. Jeder der Soldaten setzte einen der Tanks auf und probierte die Funktion des Geräts: Helle, nach Nahrung gierende Feuerzungen schossen in die Nacht. Es waren Flammenwerfer.

Nacheinander verschwanden die Soldaten in den Gassen des Dorfes. Nur die Fahrer der Lastwagen und die Männer, die den Checkpoint bewachten, blieben zurück.

Die Fahrer stiegen ein, die Motoren heulten auf und die Kolonne rollte zurück zum Kontrollpunkt. Obwohl die Lastwagen gerade erst in die abgesperrte Zone hineingefahren waren und in Sichtweite angehalten hatten, behandelten die Männer am Checkpoint sie wie alle anderen Fahrzeuge, die die Grenze des Dorfes passieren wollten. Sie stoppten die Kolonne und winkten den ersten Transporter heran, leuchteten in das Fahrerhaus, blickten mit ihren Spiegeln unter den Fahrzeugboden und kletterten auf die Ladefläche. Dann gaben sie dem Fahrer ein Zeichen, den Kontrollpunkt zu passieren, um Platz für den nächsten Wagen zu machen.

Der Fahrer zurrte an der Plane, die über die Ladefläche gespannt war, und kletterte zurück in das Fahrerhaus. Der Motor heulte auf und das Getriebe krachte. Der Wagen schoss ein Stück vorwärts, rollte ein Stück und blieb wieder stehen. Simon hörte den Fahrer fluchten. Erneut krachte das Getriebe.

Ungeduldig wandten sich die Soldaten vom Checkpoint dem zweiten Fahrzeug zu, um es zu untersuchen.

Simon hatte die Szene angespannt beobachtet. Hastig alarmierte er die anderen im Graben. Sie wussten erst nicht, was er wollte, doch Ashakida fauchte leise und sprang auf. Jetzt reagierten auch die anderen, alle machten sich bereit.

Vorsichtig schob Simon seinen Kopf wieder über den Grabenrand. Der Fahrer des ersten Wagens kämpfte noch immer mit dem Getriebe, die Zahnräder griffen nicht ineinander und knirschten fürchterlich. Die Soldaten vom Kontrollpunkt hatten inzwischen das Fahrerhaus und den Unterboden des zweiten Lastwagens inspiziert, gerade gingen sie mit dem Fahrer zum Heck, um die Ladefläche zu untersuchen. Mit ihren Taschenlampen verschwanden sie im Inneren des Fahrzeugs.

Jetzt!

Auf das Zeichen von Simon kletterten sie nacheinander aus dem Graben und liefen über die Straße, Ira als Erste, dann folgten Luc, Filippo und Tomas. Simon hastete gemeinsam mit Ashakida als Letzter über den Fahrweg und duckte sich wie die anderen in den Schatten zwischen den Lastwagen.

Niemand hatte sie bemerkt.

So schnell er konnte, kletterte Simon an der Rückwand des Transporters hinauf und schlug die Plane ein Stück zurück. Er kroch auf die Ladefläche und warf seinen Rucksack ab, dann half er den anderen. Luc, der nicht groß genug war, um alleine hochzuklettern, wurde von Tomas und Filippo hinaufgezogen, nachdem er ihnen seine Tasche gereicht hatte. Zuletzt sprang Ashakida mit einem Satz über die Ladeklappe. Simon zerrte die Plane zurück über die Öffnung und kauerte sich zu den anderen unter die Abdeckung. Jetzt musste der Wagen nur noch losfahren.

Doch nichts geschah.

Ein Lastwagen rollte draußen vorbei, dann der nächste, dann wieder einer. Die Fahrzeugkolonne, mit der die Soldaten in das Dorf gebracht worden waren, fuhr zurück in die Stadt. Nur der Wagen, in dem sie sich versteckten, blieb stehen. Dem Fahrer gelang es nicht, ihn in Gang zu setzen.

Simon stand der Schweiß auf der Stirn. Auch die anderen waren nervös. Filippo biss sich so fest auf seine Lippen, dass schon etwas Blut kam.

Noch einmal heulte der Motor auf, diesmal lauter als zuvor, der Soldat trat das Gaspedal mit aller Kraft durch. In das Jaulen hinein krachte plötzlich das Getriebe. Es knallte laut, und mit einem Satz sprang der Lastwagen nach vorne. Ira stöhnte auf, als sie mit dem Kopf gegen die Ladeklappe prallte. Auch die anderen wurden gegen die Wände der Ladefläche geschleudert. Doch niemand achtete auf den Schmerz, nur eines war wichtig: Der Wagen fuhr!

Rumpelnd passierten sie den Checkpoint, dann gelang es dem Soldaten im Fahrerhaus, den nächsten Gang einzulegen. Die Fahrt wurde etwas ruhiger. Ihre Flucht aus dem Dorf war geglückt! Simon hätte laut jubeln können!

Nach einer Weile hob er die Plane ein Stückchen hoch, um durch den Schlitz zurück zum Dorf zu blicken. Ira schob sich neben ihn und linste so wie er unter der Abdeckung hervor.

Was sie sahen, ließ sie erstarren. Überall im Ort flackerten Feuer auf, Straßenzug für Straßenzug entzündeten die Soldaten die Häuser. Der Wind heizte die Flammen an, bis die ersten Ruinen lichterloh brannten. Eine Feuerwand bildete sich, Stück für Stück fraß sie sich weiter. Es war das zweite Mal, dass im Dorf ein Feuer wütete, doch diesmal sorgten die Soldaten dafür, dass auch die Gewölbekeller ausbrannten, einer nach dem anderen.

Ira sagte kein Wort. Schweigend sah sie zu, wie ihre Heimat in Flammen aufging. Tröstend legte Simon einen Arm um sie. Er wusste, wie sie sich fühlte, und er wusste auch, dass es keinen Trost gab. Nach einer Weile legte Ira den Kopf an seine Schulter. Sie hatte Tränen in den Augen. Doch sie wandte den Blick nicht ab, so als wolle sie das Bild in ihre Erinnerung einbrennen, um es nie wieder zu vergessen.

Sie fuhren eine ganze Weile, dann machte die Straße eine Kurve und der Ort verschwand hinter einem Hügel. Nur noch der Feuerschein am Horizont erinnerte an das zerstörerische Werk der Flammen. Ira wandte ihren Blick ab. Simon spürte ihre Trauer, aber auch den Zorn, und dazu ein Gefühl, das er noch nie bei einem Menschen gespürt hatte: den Wunsch nach Rache.

Forschend sah sie ihn an. »Bist du wirklich Salvatore?«

Simon war verblüfft, mit dieser Frage hatte er nicht gerechnet.

»Meine Oma«, fuhr sie fort, »hat mir letzte Nacht die Legende vom Weltenretter erzählt.«

Simon schluckte. Er kannte die alte Sage von Ashakida.

Ira sah ihn unverwandt an. Ihre Stimme klang fest, als sie weitersprach. »Geh in die Stadt. Vernichte Drhan.« Entschlossen griff sie seine Hand. »Ich werde dich begleiten.«

22

Ihre Fahrt auf der Ladefläche dauerte keine Viertelstunde, als plötzlich das Fahrzeug wie ein Wildpferd bockte. Mit einem fürchterlichen Kreischen gab das Getriebe seinen Geist auf. Fluchend stoppte der Fahrer des Lastwagens am Straßenrand.

Alle sahen sich an, Ashakida knurrte leise. Jeder von ihnen hatte den gleichen Gedanken: Sie mussten den Wagen verlassen. Jetzt! Eilig griffen sie sich ihr Gepäck, dann kletterten sie lautlos von der Ladefläche und schlichen in die Dunkelheit. Ein Stück weiter, hinter einer abblätternden Plakatwand, versammelten sie sich und blickten zurück zu ihrem Fluchtfahrzeug. Gerade verließ der Soldat das Führerhaus, das Funkgerät in der Hand. Er hatte sie nicht bemerkt. Noch einmal fluchte der Uniformierte aus tiefstem Herzen, bevor er den Schaden meldete und seine Kameraden um Hilfe bat.

Leise schlichen sie weiter, weg von der Straße, die das Dorf mit der Stadt verband. Ira übernahm die Führung. Das Geräusch der Brandung, die irgendwo hinter den Häusern an das Ufer der Bucht stieß, half ihr dabei, an der nächsten Kreuzung die richtige Richtung einzuschlagen.

»Da entlang.« Ira wies auf eine Straße, deren Ende sich in der Dunkelheit verlor.

Filippo schluckte und auch Luc sah ängstlich aus. Doch hier konnten sie nicht bleiben und so folgten sie ihr schweigend durch die Nacht.

Bald hatten sie den Lastwagen weit hinter sich gelassen. Tiefer und tiefer drangen sie in das verlassene Stadtviertel vor. Blass hing der Mond über den Dächern. Wie Schattenmonster ragten die Fassaden der Häuser in den nächtlichen Himmel. Niemand sagte ein Wort.

Luc wurde immer unruhiger. Ängstlich blickte er zu den dunklen Fensterhöhlen hinauf. Seine Stimme zitterte, als er schließlich sprach. »Meine Mutter hat erzählt, dass hier Geister wohnen.«

Filippo lachte, doch sein Lachen klang nicht so entspannt wie sonst.

»Es sind die Geister der Menschen«, fuhr Luc fort, »die früher hier gelebt haben.«

Nun schwieg auch Filippo.

»Und wenn Kinder dort hingehen, dann kommen die Geister und holen sie.«

Ashakida fauchte. Ihre Augen funkelten in der Dunkelheit. »So ein Unsinn! Es gibt keine Geister. Und hier schon gar nicht.«

»Sicher?«

»Ganz sicher.«

Wie auf Kommando polterte irgendwo zwischen den Häusern ein Stein von einer Mauer herab. Alle bis auf die Leopardin fuhren zusammen.

Ashakida knurrte ungeduldig. »Jetzt denkt doch mal nach:

Das sind Geschichten, die sich die Erwachsenen ausgedacht haben. Die wollten nicht, dass ihr hierherkommt.«

Doch Lucs Angst war stärker als seine Vernunft. Zitternd blieb er stehen.

Simon, der Lucs Furcht spürte, als wäre es die eigene, nahm seine Hand. »Wir müssen weiter, Luc, wir dürfen hier nicht bleiben.« Aufmunternd lächelte er ihn an. »Wir passen alle auf dich auf. Okay?«

Luc nickte stumm.

Schweigend gingen sie weiter.

Mit der Zeit wurde es immer dunkler. Der Mond, der zu Beginn ihrer Wanderung noch hoch am Himmel gestanden hatte, sank immer tiefer, bald würde er hinter den Häusern verschwinden. Es konnte nicht mehr lange dauern, bis es dämmerte. Simon wusste, dass alle am Ende ihrer Kräfte waren. Sie würden sich einen Ort suchen müssen, an dem sie sich ausruhen und etwas schlafen konnten.

Ashakida knurrte zustimmend. »Eine Pause wäre jetzt gut.« Sie wies auf ein großes Gebäude am Rande des Platzes, dessen Fassade mit mächtigen Säulen verziert war. »Dort.«

Vorsichtig näherten sie sich dem Säulenportal. Die Fassade sah beeindruckend aus, und das Licht des Mondes verstärkte die Wirkung, die das Gebäude auf sie hatte. Eine Freitreppe führte hinauf zum Eingang.

Sie stiegen die Stufen hinauf und traten in den Schatten der Säulen. Ira holte ihre Taschenlampe hervor. Im Licht des Strahlers sahen sie mächtige Türen mit messingfarbenen Türklinken. Die erste Tür war verschlossen, doch die zweite, jene in der Mitte, ließ sich ein Stückchen aufziehen. Nacheinander zerrten sie an der Klinke. Erst als sie gemeinsam am Griff zogen, brach knirschend der Rost, der die Scharniere bedeckte, und der Türflügel schwang auf.

Ira streckte den Kopf durch den Spalt und leuchtete in das Innere, bevor sie in das Gebäude ging. Die anderen folgten ihr. Gespannt sahen sie sich um. Sie befanden sich in einer kleineren Halle, die von Rundbögen begrenzt war und leer zu sein schien. Hinter den Bögen öffnete sich ein weiterer Saal, er musste sehr groß sein, denn der Strahl der Taschenlampe reichte nicht bis zur gegenüberliegenden Seite. Die Luft roch muffig, Staub wirbelte bei jedem ihrer Schritte auf.

»Wo sind wir hier?« Neugierig blickte Tomas um sich. Ira und Simon zuckten mit den Schultern.

»Vielleicht in einer Schule?«, vermutete Simon.

Filippo stutzte. »Was ist eine Schule?«

Luc blickte sich ängstlich um. »Und wenn es hier doch Geister gibt?« Er rückte näher an Ira heran. Ashakida knurrte genervt.

Langsam gingen sie weiter, bis direkt vor ihnen im Lichtstrahl der Taschenlampe ein Geländer auftauchte. Sie folgten der Absperrung bis zu einem kleinen Kassenhäuschen, daneben war ein Durchlass. Nacheinander passierten sie die Stelle und gingen vorsichtig weiter. Der Klang ihrer Schritte verlor sich in der Weite des Raumes.

Tomas sah es zuerst, erschrocken fuhr er zurück. Dann schrie Filippo auf, auch Luc stieß einen entsetzten Schrei aus: Direkt vor ihnen stand ein unheimliches Wesen, groß und mächtig, ein Tier mit zwei langen Zähnen und einem gewaltigen Kopf, aus dem ein Tentakel ragte. Die Augen des Tiers blitzten im Licht der Taschenlampe.

Panisch wich Filippo zurück, er stolperte und fiel über Luc, der ebenfalls fliehen wollte. »Ira! Schnell, weg hier!«

Doch Ira regte sich nicht. Gebannt betrachtete sie den starr dastehenden Koloss. Auch Simon betrachtete das Tier fasziniert.

Iras Stimme klang heiser vor Anspannung, als sie flüsterte: »Was ist das?«

Simon sagte es ihr.

Vor ihnen stand ein riesiger Elefant.

23

Eine Weile sagte Ira kein Wort. Mit großen Augen betrachtete sie das Tier, das regungslos auf seinem Podest in der Halle stand. Auch Simon war beeindruckt: Das Tier war ausgestopft, doch es sah so lebensecht aus, als würde es gleich seine Beine bewegen und auf sie zugehen. Er versicherte den anderen, dass der Elefant nicht lebendig war, und kletterte, als alle zögerten, über die Absperrung und berührte den Rüssel.

Vorsichtig kamen die anderen näher.

»Was ist das für ein Ding?« Filippo betrachtete den Elefantenbullen misstrauisch.

Simon erzählte, was er von Elefanten wusste. Viel war es nicht. Die anderen waren trotzdem beeindruckt.

Ashakida war um den Elefanten herumgeschlichen und hatte ihn von allen Seiten betrachtet. »Die Frage ist nicht«, knurrte sie nach Simons Bericht, »was das für ein Ding ist. Die Frage ist, wo wir hier sind.«

Simon bat Ira um ihre Taschenlampe, und nachdem er noch einmal an der Kurbel gedreht und den Akku geladen hatte, ging er tiefer in den Raum hinein. Bald tauchte das nächste Tier im Licht der Lampe auf: ein Nilpferd. Direkt daneben reckte eine ausgestopfte Giraffe ihren Hals in die Höhe, auf einem weiteren hölzernen Podest thronte ein Löwe. Ein Stück weiter stand ein Gorilla, seine Hände zu Fäusten geballt, das Maul zu einem stummen Schrei aufgerissen.

Luc sah sich mit großen Augen um, ängstlich darauf bedacht, in der Nähe von Tomas und Ira zu bleiben. Auch Filippo verkniff sich jeden Witz.

Simon hatte eine Ahnung, wo sie waren. Dies hier musste ein Museum sein. Doch dieses Museum war anders als jedes, das er bisher gesehen hatte. Es wirkte wie aus einer vergangenen Zeit. Nirgendwo gab es Schautafeln oder Bildschirme, auf denen Filme gezeigt werden konnten, er entdeckte kein Ausstellungsstück, das man anfassen konnte, es gab nichts zu drehen, zu verschieben, zum Herausziehen oder Hindurchsehen. Stattdessen hingen einfache Schilder an den Podesten oder an Metallgestellen, die vor den Ausstellungsstücken standen.

Luc sah ihn mit großen Augen an: »Wo sind wir hier?«

Simon erklärte es ihm. Die anderen hörten verblüfft zu – von einem Museum hatten sie noch nie zuvor etwas gehört.

Sie legten ihr Gepäck ab, bevor sie sich auf die Suche nach einem Schlafplatz machten. Simon löste das Päckchen von Ashakidas Rücken. Doch es dauerte, bis sie einen geeigneten Platz fanden. Luc weigerte sich, sich in der Nähe der ausgestopften Tiere hinzulegen. Doch weitergehen, um in einem anderen Haus einen Schlafplatz zu suchen, wollte er auch nicht. Schließlich entdeckte Ashakida in einer Ecke der Ausstellungshalle den Nachbau eines afrikanischen Dorfes, mit einem Dorfplatz und ein paar Hütten, umgeben von einem

Zaun aus Dornengestrüpp. In einer der Hütten gab es sogar einige Schlafstellen.

Sie teilten sich einen Schlafplatz jeweils zu zweit. Simon lag mit Ashakida auf einer der Pritschen, während Ira Luc zu sich nahm. Tomas war enttäuscht, missmutig legte er sich mit Filippo auf die dritte fellbedeckte Schlafstätte.

Bald war es still in der Hütte. Allen tat es gut, sich hinzulegen und auszustrecken. Die Leopardin schlief sofort, kaum dass sie ihren Kopf auf ihre Pfoten gelegt hatte. Auch die anderen atmeten bald gleichmäßig. Doch Simon fand keine Ruhe, obwohl er todmüde war. Zu viel war geschehen, als dass er schlafen konnte, über zu viele Dinge musste er nachdenken.

Je länger er grübelte, desto seltsamer kam ihm die Welt vor, in der er sich befand. Zunächst war es ihm gar nicht aufgefallen, die Ereignisse der vergangenen Tage hatten seinen Blick abgelenkt. Doch inzwischen hatte er den Eindruck, dass er nicht nur in einer anderen Welt, sondern in einer längst vergangenen Zeit gelandet war. War es im Dorf noch verständlich gewesen, dass die Menschen nach dem großen Feuer ein karges Leben führten, in dem es vieles nicht gab, was für ihn selbstverständlich war, so wurde ihm erst jetzt richtig bewusst, wie anders diese Welt eigentlich war. Und dass, obwohl doch vieles fast identisch zu sein schien. Simon dachte an den Tag zurück, als er die bewusstlose Ashakida zum Strand gebracht hatte. Die Straßen der Vorstadt, durch die er gegangen war, hatten so ausgesehen, wie er sie von seinem Besuch in der Stadt zu Hause kannte. Aber gleichzeitig waren sie irgendwie altmodisch gewesen. Die Straßenlaternen, die Schaufenster, die Schilder am

Straßenrand, die Autos, alles war wie aus einer vergangenen Zeit. Simon musste an das Fotoalbum seiner Oma denken, mit den Bildern von ihr, als sie eine junge Frau gewesen war. Die Straßen auf den Fotos hatten ähnlich ausgesehen.

Was war hier in dieser Welt geschehen?

Als Drhan seine Heimat zerstört und Gula erobert hatte, überlegte Simon, hatte er alles mit Eis überzogen und so das Leben vernichtet. Genau das Gleiche musste auch hier in Avaritia passiert sein. Es gab nur einen Unterschied: Avaritia – die Welt, in der sie jetzt waren – hatte Drhan schon vor vielen Jahrzehnten erobert, als Iras Oma eine junge Frau gewesen war. Von diesem Tag an lebte niemand mehr hier draußen in der Vorstadt, nichts war seither verändert worden – es war, als wäre die Zeit angehalten worden.

Doch Iras Oma hatte noch etwas erzählt – Simon wurde fast verrückt bei dem Gedanken. In dieser Nacht war er bei ihr aufgetaucht und hatte ihr das Paket gegeben. Ein Paket, das er an sich selbst adressiert hatte. Und das sie ihm jetzt überreicht hatte.

Wie konnte er vor so vielen Jahren schon einmal hier gewesen sein? Das war unmöglich!

Je länger er darüber nachdachte, desto verrückter kam ihm alles vor. Vielleicht hatte sich Iras Oma doch geirrt? Vielleicht hatte sie ihn mit jemandem verwechselt?

Aber es war seine Handschrift auf dem Päckchen gewesen, da war er sich sicher!

Simon setzte sich auf und tastete nach der Taschenlampe von Ira. Er deckte den Lichtstrahl mit seiner Hand ab und kramte im Rucksack nach dem Inhalt des Päckchens. Endlich fand er das Tuch, in das er den seltsamen Handschuh gewickelt hatte. Vorsichtig löste er den Knoten und schlug den Stoff zurück. Das eigenartige Gewebe des Handschuhs blinkte stumpf.

Simon zögerte. Vorsichtig schob er seine Finger in die Hülle. Leise klickerte die Schuppenhaut. Die winzigen Plättchen sahen aus wie Metall, doch sie waren so leicht, als wären sie aus Papier gemacht. Dabei waren sie hart wie Stahl. Behutsam strich Simon über den seltsamen Stoff. Er hatte ein solches Material noch nie gesehen.

Ihm fiel eine runde Fläche auf, die den Handrücken bedeckte, leicht erhaben wie ein flacher Stein. Sie war warm, zumindest kam Simon das so vor. Oder bildete er sich das ein? Direkt darunter entdeckte er einen winzigen Schriftzug. Er musste genau hinsehen, bis er das Wort erkannte: APHYR.

Ashakida knurrte ärgerlich im Halbschlaf. »Mach das Licht aus. Und leg dich endlich hin.«

Eilig steckte Simon den Handschuh zurück in den Rucksack, dann schaltete er die Taschenlampe aus und legte sich wieder auf die Pritsche. Vorsichtig kuschelte er sich an Ashakida. Die Leopardin knurrte leise, doch sie rückte nicht fort.

Simon spürte, wie ihn die Müdigkeit überkam. Woher, das war sein letzter Gedanke, hatte Ira eigentlich ihre Taschenlampe, wenn doch alles hier in dieser Welt wie in vergangenen Zeiten war?

Unruhig schlief er ein.

24

Als Simon am nächsten Morgen erwachte, war das Lager neben ihm leer. Erschöpft von der Nacht, richtete er sich auf und rieb sich die Augen. Dann sah er sich um. Ashakida war fort, und auch die anderen schliefen nicht mehr, die Hütte war verlassen. Licht fiel durch das Strohgeflecht, schemenhaft erkannte er im Halbdunkel die leeren Pritschen. Von draußen waren leise Stimmen zu hören.

Simon stand auf, schlug die Decke zurück, die vor dem Eingang der Hütte hing, und trat hinaus in die Halle. Erst jetzt sah er, wie groß das Museum war. Sie hatten im afrikanischen Teil der Ausstellung übernachtet, ein Stück weiter begann eine Wüstenlandschaft, und weiter hinten sah es so aus, als würden Tiere aus dem Norden Europas ausgestellt. Aufgeregte Rufe schallten durch den Raum, ab und an lachte jemand: Filippo, Luc und Tomas gingen durch die Ausstellung, sie betrachteten die ausgestopften Tiere und unterhielten sich. Immer wieder beugte sich Tomas vor und studierte die Schilder neben den Exponaten, um den anderen vorzulesen. Ira hingegen sah Simon nicht und auch Ashakida war verschwunden.

Ohne dass ihn die anderen bemerkten, ging Simon durch die Halle zum Ausgang des Museums. Die Sonne war schon lange aufgegangen, ihre Strahlen wärmten die Stufen vor dem Museum. Ira saß auf der Treppe und blickte hinab auf den kleinen Platz, an dem das Museum lag. Ein wasserloser Brunnen zierte die Fläche. Auf der anderen Seite des Platzes erkannte Simon Geschäfte, Wohnhäuser und ein Eiscafé, vor dem Stühle und Tische standen. Im Schaufenster gleich nebenan waren Transistorradios ausgestellt, dazu alte Fernseher, deren abgerundete Bildschirme mit Holz eingefasst waren. Doch niemand saß im Café, niemand betrachtete die Auslagen in den Geschäften. Die Stadt war menschenleer. Es war still, nur der Wind pfiff leise durch die Straße.

Simon ging zu Ira und setzte sich neben sie. Er holte das Stück Brot hervor, das er aus seinem Rucksack mitgenommen hatte, und brach es in zwei Teile. Eine Hälfte reichte er ihr. Ira warf ihm einen kurzen Blick zu, nahm das Brot und grinste gequält. Dann blickte sie wieder auf den Platz und hing ihren Gedanken nach. Auch Simon schwieg.

Nach einer Weile brach Ira die Stille. »Sie haben gesagt, hier draußen in der Vorstadt wäre alles zerstört.« Sie betrachtete die Fassaden der Häuser. »Sie haben gesagt, dass hier niemand leben kann. Sie haben behauptet, dass die Vorstadt gefährlich sei …« Dass die Erwachsenen gelogen hatten, war augenfällig.

Simon wusste nicht, was er dazu sagen sollte, also blieb er still und wartete.

Ira wies auf einen Laden. »Dort gibt es Kleidung. Und dahinten, an der Ecke, da stehen Schuhe hinter den Glasscheiben.« Sie hob ein Bein und blickte den Schuh an ihrem Fuß an. »Genau solche, wie ich anhabe. Weißt du, was das heißt?«

Sie sah zu Simon. Als der nicht sofort reagierte, beantwortete sie ihre Frage selbst: »Sie haben die Sachen hier geholt. Sie sind hierhergefahren und haben sich hier genommen, was sie brauchten. Unser Dorf hat von dem gelebt, was die Menschen der Vorstadt zurückgelassen haben.«

Simon konnte verstehen, was Ira bewegte. Aber er verstand auch die Erwachsenen. »Was hätten sie denn anderes tun sollen? Was hättest du denn an ihrer Stelle getan?« Er drehte das Stück Brot in seinen Händen. Er wusste noch genau, aus welchem Kellergewölbe sie es mitgenommen hatten.

»Aber so kann man doch nicht leben!«

Simon antwortete nicht. Sein Magen knurrte. Auch Iras Magen grummelte, sie hatten seit vielen Stunden nichts mehr gegessen. Nach einer Weile brach Simon ein Stück von seinem Brot ab und schob es sich in den Mund. Er kaute schweigend. Dann biss auch Ira von ihrem Brotkanten ab.

Die Tür des Museums wurde aufgestoßen, Filippo kam herausgestürmt. Aufgeregt blinzelte er in die Sonne. Auch Luc und Tomas verließen das Gebäude. Während Tomas zu ihnen herüberkam und sich neben sie setzte, rannten Filippo und Luc die Treppe hinab auf den Platz.

Simon brach sein Brotstück in zwei Hälften und reichte eine davon Tomas. Der zögerte, doch dann nahm er sie an. Auch Ira gab ihm von ihrem Brot ab.

Nach einer Weile kamen Filippo und Luc zurück. Sie hatten sich auf dem Platz und in den umliegenden Straßen umgeschaut und waren begeistert. »Habt ihr das gesehen? In den Häusern da drüben? Da sind große Räume mit großen Scheiben davor. Und drinnen gibt es alle möglichen Sachen. Sogar Schuhe!« Filippo blickte auf seine Füße, die in einem neuen Paar Sandalen steckten, seine alten hielt er in der Hand. Auch Luc war begeistert. »Kommt, das müsst ihr euch ansehen!«

Ira reagierte nicht. Tomas, der aufgestanden war, um mit den beiden mitzugehen, drehte sich zu ihr um. »Was ist?«

Sie versuchte ein Lächeln. »Ich komm nach.«

Er betrachtete sie argwöhnisch und versuchte, ihren Gesichtsausdruck zu lesen. »Wirklich?«

Sie zögerte.

Tomas' Blick wurde ernst. »Jetzt sag nicht, das war ernst gemeint, was du gesagt hast. Du willst ihn doch nicht wirklich weiter begleiten?«

Simon spürte den Schmerz, den Tomas bei ihren Worten empfand.

»Bitte, Ira, tu das nicht.« Flehend sah Tomas sie an. »Wir helfen ihm, das haben wir ihm versprochen. Aber wir bleiben hier! Hier haben wir alles, was wir brauchen.«

Iras Blick war voller Unverständnis. »Wie kannst du nur so tun, als ob nichts passiert ist?«

»Aber das tu ich doch gar nicht!«, verteidigte sich Tomas.

»Und was ist mit deinen Eltern? Sind die dir egal?« Iras Augen funkelten ärgerlich. »Was ist mit meiner Oma? Mit den Familien von Filippo und Luc? Mit all den anderen Erwachsenen und den Kindern?«

Jetzt wurde auch Tomas sauer. »Glaubst du, du kannst ihnen helfen, indem du ihnen nachrennst?«

Luc mischte sich ein, er hatte Tomas' Worte gehört. »Du

willst weggehen?« Er sah Ira entsetzt an. »Das ist nicht wahr, oder? Du gehst doch nicht mit ihm in die Stadt?«

Auch Filippo war überrascht. »Du spinnst!«

»Ich spinne, weil ich was tun will?« Ira strich sich die Haare aus der Stirn. »Ihr seid feige! Ihr denkt nur an euch! Ihr lasst alle im Stich!«

Tomas schüttelte ernst den Kopf. »Ich denke nicht an mich. Ich denke an dich, Ira.« Er stockte und schlug kurz die Augen nieder, bevor er weitersprach. »Du weißt, dass niemand, der in die Stadt gegangen ist, jemals wieder zurückgekehrt ist.« Er wies zu Simon. »Und daran kann auch er nichts ändern.«

Simon hatte dem Streitgespräch stumm zugehört. Er wusste, was Tomas fühlte, und er konnte ihn gut verstehen. Die Vorstellung, dass Ira etwas passieren könnte, war furchtbar.

Simon sah auf. »Tomas hat recht.«

Überrascht blickte Ira ihn an. »Aber …«

»Es ist verrückt, was ich vorhabe«, unterbrach Simon sie. »Bitte, bleib hier bei den anderen.«

Ira schüttelte den Kopf. »Und wenn du es wirklich bist?«

Simon verstand nicht sofort, was Ira meinte. »Wenn ich was bin?«

»Salvatore …«

Tomas lachte spöttisch auf. »Salvatore, der Weltenretter …« Er packte Ira und zog sie zu sich herum. »Ira, das ist ein Märchen! Das ist eine Geschichte, die sich deine Oma ausgedacht hat!«

Trotzig schüttelte Ira den Kopf. »Ashakida kennt sie auch.«

»Selbst wenn die Geschichte stimmt, wer sagt denn, dass er

es ist?« Entschuldigend blickte Tomas zu Simon. »Tut mir leid. Ich glaub diesen Quatsch nicht.«

Simon zuckte hilflos mit den Schultern. Er wusste ja selbst nicht, was er glauben sollte.

»Geh nicht mit ihm, Ira.« Tomas streckte seine Hand aus. Bittend sah er Ira an. »Bleib bei mir. Wir suchen uns hier irgendwo einen Platz, wo wir leben können.«

Ira zögerte. Sie schaute kurz zu Simon, dann sah sie Tomas in die Augen. Langsam schüttelte sie den Kopf. »Du bleibst hier, ich gehe alleine mit Simon weiter. Pass auf Filippo und Luc auf. Ich komme zurück, sobald ich kann.«

Tomas wollte protestieren, doch Ira legte ihre Hand auf seinen Mund. Die Berührung ließ Tomas verstummen.

Dann umarmte sie ihn. Kurz schien es, als wolle Tomas sie nicht wieder loslassen. Ein wenig verlegen löste er die Umarmung. Ira küsste ihn zum Abschied auf die Wange. »Wir sehen uns wieder, versprochen.« Sie lächelte und strich über seine Hand, bevor sie sich zu Simon umdrehte. »Komm.«

Simon wollte protestieren, doch er spürte, dass sie sich nicht umstimmen lassen würde.

Ohne seine Antwort abzuwarten, ging Ira die Stufen hinauf.

Simon seufzte. Dann folgte er ihr.

25

Ashakida kehrte in das Museum zurück, gerade als Simon und Ira ihre Sachen packten. Sie schien nicht erstaunt zu sein, dass sie Tomas, Filippo und Luc zurücklassen würden. Simon hatte den Eindruck, dass sie erleichtert war.

»Hier sind sie sicher.« Mehr sagte sie dazu nicht, als er sie fragte.

Schweigend brachen sie auf.

Die Leopardin hatte sich in der Umgebung umgesehen, als sie fort gewesen war, und nirgendwo hatte sie Soldaten entdeckt. Sie würden ungestört bleiben, sagte sie.

Und genau so war es auch: Die drei wanderten den ganzen Tag durch die Vorstadt, ohne eine Menschenseele zu treffen. Es war heiß, die Sonne brannte, doch keiner von ihnen klagte. Sie gewöhnten sich an den Anblick der leeren Straßen und der verlassenen Häuser. Manchmal lachten sie, wenn jemand von ihnen einen Witz machte, und das Lachen tat gut, denn so waren die Einsamkeit und die Stille etwas leichter zu ertragen.

»Was denkst du, wie weit ist es noch bis zur Stadtmauer?« Simon wischte sich den Schweiß von der Stirn. Ashakida, die neben ihm ging, knurrte. »Woher soll ich das wissen?« Sie fand es immer noch falsch, was Simon vorhatte, und je näher sie dem Stadtzentrum kamen, desto schlechter wurde ihre Laune.

Sie rasteten in der leeren Eingangshalle einer Bank und verbrauchten die Vorräte, die Ashakida trug. Simon weigerte sich, als sie wieder aufbrachen, der Leopardin von seinem Gepäck abzugeben.

Mit der Zeit wurden die Gebäude, an denen sie vorbeigingen, höher, und auch die Boulevards wurden breiter und prächtiger. Ab und an, wenn sich Lücken zwischen den Wohnblocks auftaten, konnten sie den Tower sehen. Doch meistens waren die Häuserreihen geschlossen und viel zu hoch, als dass sie einen Blick auf Drhans düsteren Palast werfen konnten.

Es wurde bald dunkler, die Sonne ging hinter den Häusern unter. Ira blieb stehen und sah sich suchend um. »Wir brauchen etwas für die Nacht.«

»Nicht noch ein Museum«, knurrte Ashakida missgelaunt.

Simon ließ seinen Blick an den Häuser entlang der Straße streifen. Keines der Gebäude sah einladend aus, hinter den nüchternen Fassaden gab es nur Büros, zumindest ließen die Schilder neben den Eingängen darauf schließen. Sie berieten sich, dann gingen sie ein Stück zurück, Ira glaubte, in einer Seitenstraße Wohnhäuser gesehen zu haben.

An einem Platz abseits der Hauptstraße entdeckten sie eine Reihe von Stadthäusern, helle und freundliche Gebäude mit verzierten Fassaden und Türen, in die Ornamente geschnitzt waren. Simon brach ein Fenster auf und kletterte in eines der Häuser, um den anderen von innen die Tür zu öffnen. »Herzlich willkommen!«

Mit großen Augen betraten sie die Eingangshalle. »Ist ja irre!« Ira wusste nicht, wo sie zuerst hinsehen sollte. Auch Simon und Ashakida hatten niemals zuvor so prachtvolle Räume gesehen.

»Ich such mir als Erster ein Zimmer aus!« Simon schleuderte seinen Rucksack zur Seite und rannte los. Auch Ira warf ihre Tasche zur Seite und stürmte ihm hinterher. Ashakida lief den beiden mit schnellen Sprüngen nach. Ausgelassen fegten sie durch die Flure und sahen sich alles an, und für einen kurzen Augenblick vergaßen sie, was geschehen war und was sie vorhatten. Die Betten in den Schlafzimmern, die sie entdeckten, waren breit und wuchtig, es gab für jeden eines. Doch keiner von ihnen wollte alleine in einem Zimmer schlafen, und so suchten sie sich das breiteste Bett aus und krochen gemeinsam unter die Bettdecke. Simon schlief so gut wie lange nicht mehr.

Am nächsten Morgen hatte der Wind gedreht, der Dunst aus Drhans Reich drängte in die Vorstadt. Wie ein schwerer Nebel kroch er zwischen die Häuser und legte sich auf die Straßen. Sie frühstückten gemeinsam, dann verließen sie das Haus und machten sich schweigend auf den Weg. Der Geruch war intensiver, als Simon ihn vor ein paar Tagen am Strand wahrgenommen hatte. Es konnte nicht mehr weit bis zur Stadtmauer sein.

Nach ein paar Stunden, sie bogen gerade in eine Straße ein, stutzte Simon plötzlich.

Ira bemerkte sein Zögern. »Was ist?«

Aufmerksam blickte Simon sich um. »Ich glaube, hier war ich schon mal.«

»In deiner Welt?«

»Nein. Genau hier, an diesem Ort.« Ihm fiel ein, woher er die Straße kannte. »Na klar! Ich bin hier entlanggegangen! Dort geht es zum Strand.« Simon erzählte Ira noch einmal, wie er vor ein paar Tagen die bewusstlose Leopardin genau auf dieser Straße zur Küste gebracht hatte.

Ashakida erinnerte sich nicht gerne an den Tag. Sie knurrte. »Dann kennst du ja jetzt den Weg, den wir gehen müssen.« Je näher sie der Stadtmauer kamen, desto angespannter war sie.

Simon übernahm die Führung. Es dauerte noch über eine Stunde, bis sie ihr Ziel erreichten. Endlich sahen sie die Mauer, die Drhans Reich umgab, am Ende einer Straße aufblinken. Sie stockten kurz, niemand von ihnen sagte etwas. Dann gingen sie langsam weiter.

Wie beim ersten Mal war Simon auch jetzt fasziniert von der silbergrauen Wand. Sein Magen kribbelte. Die Mauer wirkte groß und massiv, doch er wusste, dass sich die Oberfläche bewegte. Jederzeit konnte sich ein Tor in ihr öffnen.

Ashakidas Nackenhaare sträubten sich. »Und jetzt?« Sie waren unter einem Vordach stehen geblieben. Ira sah überwältigt an der Mauer hinauf, dann trat sie unter dem Vorbau hervor und lief auf die Wand zu. Simon ging ihr nach. Er spürte die Kälte, die von dem mächtigen Bauwerk herabfiel und zu ihnen kroch.

Ira hob ihre Hand, um mit den Fingerspitzen die glänzende Fläche zu berühren.

»Nicht!« Simon schrie auf. »Nicht anfassen!«

Ira zuckte zurück. »Warum?«

»Weil sie dann wissen, dass wir hier sind.« Er erzählte ihr, was ihm passiert war, als er den Tower in seiner Welt berührt hatte.

Ashakida war ihnen nachgesprungen. Sie knurrte. »Könnten wir unsere Plauderei vielleicht an einem anderen Ort fortsetzen?« Simon spürte, dass sie wegwollte. Er wusste, noch einmal würde sie die Zeit nicht anhalten können.

Ira schien Ashakidas Unruhe nicht zu bemerken. Neugierig blickte sie an der Mauer entlang. »Gibt es irgendwo ein Tor? Vielleicht können wir uns reinschleichen.«

Simon glaubte nicht, dass sie auf diesem Weg in die Stadt kommen konnten. »Es gibt Durchgänge, aber die sieht man nicht.« Und er erzählte ihr, wie sich ein Tor geöffnet hatte, als der Hüne vor der Mauer gestanden hatte.

»Also müssen wir oben rüber.« Ira legte den Kopf in den Nacken und sah an der schillernden Wand hinauf.

»Unmöglich.« Die Leopardin knurrte ungeduldig. »Das ist viel zu hoch. Oder kannst du fliegen?«

Ira war genervt. »Hast du eine bessere Idee? Unten drunter geht ja wohl schlecht.«

Simon stutzte bei Iras Worten. »Vielleicht ja doch …« Eilig drehte er sich um und lief zur nahen Autobahn, um sich dort umzusehen. Ashakida und Ira folgten ihm.

»Die Halle dort, seht ihr die?« Simon wies auf ein lang gestrecktes Gebäude. »Dort ist in meiner Welt ein Großmarkt.«

Ira verkniff sich die Frage, was ein Großmarkt ist.

»Und genau dort«, fuhr Simon fort, »ist ganz in der Nähe eine U-Bahn-Station.«

»Eine was?«

»Das ist eine Bahn, die unterirdisch fährt«, erklärte Ashakida, »in einem Tunnel.«

Ira verstand kein Wort.

Ashakida beachtete sie nicht weiter, sondern wandte sich Simon zu. »Und du glaubst, die U-Bahn gibt es auch hier?«

»Könnte doch sein, oder? Vielleicht gab es die U-Bahn-Tunnel schon, als Drhan die Zeit zersplittert hat. Dann gibt es sie in jeder Welt.«

»Aber siehst du hier irgendwo einen Eingang?« Die Leopardin fauchte zweifelnd.

Tatsächlich entdeckte Simon nirgendwo eine Treppe, die hinab in die Tiefe führte. Auch sah er nirgendwo eines der blauen Schilder, die in seiner Welt die unterirdischen Haltebahnhöfe markierten.

»Vermutlich«, fuhr Ashakida fort, »war die Strecke noch gar nicht gebaut, als sich die Welten teilten.« Die Leopardin fauchte unruhig und ihre Nackenhaare sträubten sich. »Jetzt kommt, wir müssen hier weg! Ich hab kein gutes Gefühl.«

Doch so schnell wollte Simon nicht aufgeben. »Nur noch ein paar Minuten, okay?«

Gemeinsam liefen sie zum Eingang der Großmarkthalle. Simon blieb stehen und versuchte sich zu orientieren. Dann rannte er die Straße hinunter, an der Halle entlang.

Plötzlich kniff er die Augen zusammen. »Dort!« Aufgeregt wies Simon auf ein Gebäude. »Gleich da hinter der Ecke, dort muss es sein.«

Sie rannten weiter und erreichten das Haus, auf das Simon gezeigt hatte. Gespannt bogen sie in die Querstraße ein – und blieben enttäuscht stehen: Dort, wo der Eingang zur U-Bahn hätte sein müssen, befand sich nichts weiter als eine freie Fläche.

»Das war's dann wohl.« Unruhig schaute Ashakida zurück zur Stadtmauer. »Los, wir verschwinden, bevor uns die Soldaten entdecken.«

Doch Simon reagierte nicht auf ihre Worte. Mit langsamen Schritten ging er auf die Fläche hinaus. Aufmerksam sah er sich um. Staub wirbelte auf, als ein warmer Windstoß über den Platz fegte.

Irgendetwas stimmte hier nicht.

Mit wachen Sinnen betrachtete er den sandbedeckten Boden. Das Pflaster sah an dieser Stelle anders aus. Simon ging in die Hocke und ließ den Sand durch die Finger gleiten. Da ertastete er etwas.

»Komm zurück!« Ashakida knurrte unruhig.

Simon beachtete sie nicht. Aufgeregt schob er den Sand zur Seite. »Das müsst ihr euch ansehen«, rief er aufgeregt.

Plötzlich krachte es und der Boden gab unter ihm nach.

26

Ira war wie erstarrt. Dort, wo eben noch fester Boden gewesen war, krachte morsches Holz, und eine Wolke aus Sand, Staub und Holzspänen wirbelte in die Luft. Der Untergrund zersplitterte! Ira sah, wie Simon die Arme hochriss, er suchte nach Halt, doch es war vergeblich. Mit einem Schrei fiel er in die Öffnung, die sich unter ihm aufgetan hatte.

Ashakida reagierte sofort. So schnell sie konnte, hetzte sie an den Rand des Loches und versuchte, nach Simons Arm zu schnappen. Doch sie erfasste nur den Ärmel seines Pullovers. Der Stoff zerfetzte unter ihren Zähnen.

Simon erlebte den Sturz wie in Zeitlupe. Erst brach sein linker Fuß ein, dann sackte sein rechter Fuß ab. Eine der Holzbohlen, auf denen er gestanden hatte, knickte zur Seite, eine weitere Bohle brach, und der Sand, der auf ihr gelegen hatte, stürzte wie ein Wasserfall in die Tiefe. Weitere Bretter splitterten, Staub wirbelte auf, er sackte tiefer und tiefer. Simon sah Iras und Ashakidas erschrockene Gesichter, er sah die Leopardin heranhetzen und hoffte, sie würde ihn nicht erreichen, denn er wusste, er würde sie mit sich in die Tiefe ziehen. Dann fiel er in die Dunkelheit hinab und es wurde schwarz vor seinen Augen.

Als er wieder zu sich kam, sah er direkt in Ashakidas leuchtende Augen. Die Leopardin beugte sich über ihn und betrachtete ihn besorgt. Als sie sah, dass er aufwachte, seufzte sie erleichtert.

Sie stupste ihn mit der Schnauze an. »Erkennst du mich noch?« Es sollte ein Scherz sein, doch als Simon nicht sofort reagierte, wurde sie sofort wieder unruhig: Hatte er etwa bei seinem Sturz das Gedächtnis verloren?

Simon lächelte. »Klar erkenne ich dich. Du bist mein Großvater und ich bin Ira.«

»Das wüsste ich aber!« Grinsend kam Ira die Stufen zu ihnen herab. Sie legte ihre Tasche ab, dann hockte sie sich neben ihn und musterte ihn aufmerksam. Jetzt, dachte Simon, hatte sie den gleichen Gesichtsausdruck wie ihre Oma, als sie die verletzte Ashakida versorgt hatte.

Behutsam tastete sie ihn ab. »Tut dir das weh?«

Simon schüttelte den Kopf. Vorsichtig bewegte er Arme und Beine. Er schien sich nichts gebrochen zu haben. Nur seine Hüfte und seine rechte Schulter schmerzten, und als Ira seinen Kapuzenpullover zur Seite schob, entdeckte sie eine dicke Prellung. »Ich seh mir das mal an.«

Es war Simon ein wenig unangenehm, dass Ira seinen Pullover hochschob und ihn kritisch betrachtete. Am liebsten hätte er sich geweigert, seine Hose aufzuknöpfen und an der Seite etwas herunterzuziehen. Doch Ira wirkte sehr fachmännisch und untersuchte geschickt seine geprellte Hüfte, sodass er sich bei ihr in guten Händen fühlte. Das peinliche Gefühl verflog schnell.

Auf den Ellenbogen gestützt, sah Simon sich um. Er lag auf dem ersten Absatz einer Treppe, die schnurgerade hinab in die Tiefe führte. Direkt über sich sah er das Loch, durch das er gestürzt war. Oberhalb der Stufen entdeckte er eine zweite Öffnung in der Bretterschicht, mit der der Treppenschacht abgedeckt war. Offenbar hatten Ira und Ashakida einen Einstieg in die morsch gewordene Abdeckung gebrochen, um zu ihm hinabzusteigen.

»Du wirst es überleben!« Ira gab ihm einen Klaps, dann richtete sie sich auf und half ihm hoch. Er hatte Glück gehabt. So wie es aussah, hatte der Rucksack seinen Aufprall abgefedert und das Schlimmste verhindert.

Simon zog seine Kleidung zurecht und fuhr sich mit der Hand durch sein Haar. Dann sah er schnell sein Gepäck durch. Es war nichts zerbrochen, seine Vorräte hatten den Sturz mit einigen Blessuren überstanden. Auch der seltsame Handschuh aus dem Paket, das ihm Iras Großmutter gegeben hatte, war unversehrt.

»Wo sind wir hier?« Ira hatte ihre Taschenlampe hervorgeholt und die Kurbel betätigt. Jetzt schob sie die Sicherheitsleine über ihr Handgelenk und leuchtete die Treppe hinab zum nächsten Treppenabsatz.

»Das muss der Zugang zur U-Bahn sein.« Simon versuchte sich zu erinnern, wie die Treppe in seiner Welt ausgesehen hatte. Dort führte eine von Absätzen unterbrochene Reihe von Stufen schnurgerade in die Tiefe. »Lasst uns nachsehen.«

Gemeinsam stiegen sie die Treppe hinab. Eine Weile noch leuchtete ihnen das Sonnenlicht, das durch die beiden Öffnungen in der Bretterabdeckung fiel. Doch bald reichten die Strahlen nicht mehr aus, den Schacht zu erhellen, und sie mussten mit dem Licht aus Iras Taschenlampe auskommen.

Je tiefer sie kamen, desto feuchter wurde die Umgebung. Die Wände glänzten und ein grüner Film bedeckte die Wände. Ira berührte die Schicht vorsichtig: Sie war glitschig und mit Wasser vollgesogen.

»Das sind Algen.« Auch Simon hatte die Schicht mit den Fingern angetippt. Der grüne Glibber sah genauso aus wie das Zeug auf der Glasscheibe seines Aquariums, das er früher mal gehabt hatte.

»Aber wie kommen Algen in eine U-Bahn?«

Niemand von ihnen wusste eine Antwort auf Iras Frage.

Sie erreichten das Ende der Treppe. Vor ihnen öffnete sich ein Gang, er war lang und schmal, der Lichtstrahl reichte nicht bis an das Ende. Die Wände waren komplett mit grünem Schleim bewachsen, auch von der Decke wuchsen Algen herab. Es war ein wenig so, als würden sie in einen feuchten Urwald blicken.

»Müssen wir da durch?« Ira verzog angewidert ihr Gesicht.

Simon nickte. Soweit er sich erinnerte, führte der Gang zum nächsten U-Bahnhof, an dem ein Gleistunnel vorbeiführte. Wenn dieses Tunnelsystem jenem in seiner Welt glich, würden sie entlang der Gleise bis weit unter die Stadt kommen.

Sie setzten ihre Wanderung fort. Je tiefer sie in den Verbindungsgang vordrangen, desto unangenehmer wurde es. Die Algen wuchsen immer länger und dichter, wie Lianen hingen sie von der Decke herab. Immer wieder strichen die feuchten

Fäden durch ihre Gesichter und über ihre Körper, und bald war ihre Kleidung komplett durchnässt. Simon ekelte es, mit bloßen Händen den herabhängenden Algenschleim zur Seite zu ziehen, und kurz entschlossen holte er den Handschuh aus seinem Rucksack hervor, um seine Hand damit zu schützen. Wenn er das seltsame Ding schon mit sich herumschleppte, dann sollte es wenigstens zu etwas nütze sein.

Endlich erreichten sie den U-Bahnhof. Beeindruckt blieben sie stehen. Dort, wo sich in Simons Welt eine große Halle geöffnet hatte, gefüllt mit Menschen und voller Licht und Leben, breitete sich hier vor ihnen ein feucht glänzender Dschungel aus. Ein eigenartiges Dämmerlicht erfüllte die grüne Höhle. Anders als gerade noch im Gang, wuchsen hier nicht nur Algen, sondern zwischen dem schleimigen Teppich, der alles bedeckte, entdeckten sie eigenartig geformte Pflanzen. Sie leuchteten sanft und schillerten braun und grün und blau, und ihre Formen erinnerten Simon an etwas, das er gut kannte.

Erst als sie näher kamen, erkannte Simon, was sie tatsächlich entdeckt hatten. Was sie für große Gewächse gehalten hatten, waren in Wirklichkeit viele einzelne Wasserpflanzen. Sie bedeckten die Gegenstände, die einst hier auf dem U-Bahnhof gestanden hatten: Bänke, Lampen, Mülleimer, Hinweistafeln, alles war komplett von ihnen überwuchert. Simon betrachtete sie im Licht der Taschenlampe genauer. Sie erinnerten ihn an die Seeanemonen, die er beim Schnorcheln im Meer gesehen hatte, jene vielfingrigen Lebewesen, die auf den ersten Blick wie Blumen aussahen und deren Fanghaar in der Strömung tanzte. Nur diese Pflanzen hier waren flacher als die Seeanemonen, die Simon kannte, und ihre tropfnassen, sanft glimmenden Tentakel hingen schlaff herab.

Sie begannen, sich einen Weg durch den Dschungel zu bahnen, Simon ging voran in die Richtung, in der er den Gleistunnel vermutete. »Wir müssen schon weiter unter der Stadt sein.« Er spuckte aus, als ihm ein herabhängender Strang Algenschleim durch das Gesicht wischte. Ira musste lachen, dann half sie ihm, die Algen aus seinen Haaren zu entfernen.

Endlich erreichten sie den Tunnel, in dem einst vor vielen Jahren die U-Bahn-Züge gefahren waren. Jetzt waren die Gleise rostig und die Holzbohlen aufgequollen. Manche der Schienen hatten sich gelöst und lagen quer im Tunnel.

Überrascht blieb Simon stehen. Ira sah erst nicht, was ihn stocken ließ, doch als er es ihr zeigte, fand sie es ebenfalls seltsam. Im Gleistunnel wuchsen keine Pflanzen. Zwar waren der Boden und die Wände feucht, doch bis auf einzelne kleine grüne Flecken hatten sich kaum Algen an den Wänden festklammern können.

Ashakida knurrte unruhig.

Simon sprang auf das Gleisbett hinab und sah sich um. Kurz überlegte er, dann wies er in eine Richtung. »Dort entlang. In diese Richtung geht es in das Zentrum der Stadt.«

Auch Ira sprang auf die Gleise.

Nur Ashakida zögerte. Sie hob ihre Schnauze und schnupperte, dann knurrte sie erneut und sah den Gang hinunter.

»Was ist?« Simon, der ein Stück vorgegangen war, blickte zu ihr zurück. »Ich wette, du wunderst dich, warum hier keine Algen wachsen.«

Ashakida schüttelte den Kopf. »Ich frage mich, warum Drhans Männer den Tunnel nicht bewachen.«

Sie waren ein Stück in den Tunnel hineingegangen, als ihnen klar wurde, warum: Der Boden unter ihren Füßen begann zu zittern, und es ertönte ein Rauschen, das lauter wurde und sich zu einem Dröhnen steigerte. Die Gleise vibrierten. Wie angewurzelt blieben sie stehen. »Aber das kann nicht sein«, flüsterte Simon. Es war unmöglich, dass hier eine U-Bahn fuhr.

Dann sahen sie, was wirklich heranrollte: Durch den Tunnel kam eine gewaltige Wasserwand auf sie zu.

27

Simon taumelte zurück, als er die Flutwelle näher kommen sah. In Sekunden würde das Wasser sie erfasst haben! Er drehte sich um. Mit ein paar Schritten war er bei der Leopardin, er packte sie, während er Ira zubrüllte: »Halte dich an mir fest!« Ira griff nach seinem Arm, gerade als die Wand aus Wasser sie traf und sie alle mit sich riss.

Umhüllt von tobender Gischt, wirbelte Simon durch die Flut. Er spürte Ashakida, sie strampelte verzweifelt, und auch Ira, die sich an ihm festklammerte, schnappte vergeblich nach Luft. »Nicht loslassen!« Simon schrie, als er endlich Atem holen konnte, doch seine Stimme wurde vom tosenden Rauschen verschluckt.

Innerhalb von Sekunden waren sie wieder am U-Bahnhof. Brüllend suchte sich das Wasser einen Weg. Der größte Teil schoss weiter in den nächsten Gleistunnel hinein, der kleinere Teil jedoch schwappte auf den Bahnsteig und von dort aus weiter in die Halle, um dort den Dschungel aus Wasserpflanzen zu fluten. Die Seeanemonen glühten auf. Simon begann verzweifelt zu schwimmen, er wollte sich und die anderen in den Strom lenken, der in den U-Bahnhof floss. Als Ira sah, was er vorhatte, strampelte auch sie, die Taschenlampe fest umklammert. Doch es war vergeblich. Die Strömung war zu stark, als dass sie eine Chance gehabt hätten, den rettenden Bahnsteig zu erreichen. Unaufhaltsam trieben sie an der Bahnsteigkante vorbei auf den nächsten Gleistunnel zu. Das Wasser türmte sich am Ende des U-Bahnhofes zu einer Welle, bevor es weiß schäumend in der Öffnung verschwand.

Sie hatten gerade die Hälfte des Bahnsteiges passiert, als Simon im Licht des Lampenstrahls eine Leiter an der Decke entdeckte, knapp vor dem nächsten Gleistunnel. Verbogen und rostig, ragte sie ein Stück aus einem Schacht heraus, sie trieben fast direkt auf sie zu. Es musste ihm gelingen, die Leiter zu greifen und sich an ihr festzuhalten!

So laut Simon konnte, rief er Iras und Ashakidas Namen. Sein Blick zeigte ihnen, was er vorhatte. Das war ihre Chance! Schnell trieben sie näher. Simon hatte die Hand ausgestreckt, der silbern glänzende Handschuh schlackerte an seinem Arm. Er reckte sich, um den rettenden Halt greifen zu können. Doch der Wasserwirbel, der sich vor der nächsten Tunnelöffnung gebildet hatte, lenkte sie ab, und es geschah, was nicht geschehen durfte. Sie drifteten an der Leiter vorbei, die unterste Sprosse war ein Stück zu weit entfernt, um danach greifen zu können. Verzweifelt schrie Simon auf. Er streckte sich, so weit er konnte, ohne Ashakida loszulassen. Er musste es schaffen!

Plötzlich – Simon sah es kaum, so schnell passierte es – glühte die blaue Fläche auf dem Handrücken seines Handschuhs auf. Wärme durchströmte ihn, und für den Bruchteil einer Sekunde kam es ihm vor, als würde die Welt ein Stück verrücken.

Dann hatte er die Leitersprosse in der Hand.

Simon war verblüfft, doch ihm blieb keine Zeit, darüber nachzudenken: Er musste sich festklammern, das Wasser zerrte mit aller Kraft an ihm, so als sei es wütend, dass er sich ihm widersetzte. Simon kämpfte gegen den Druck, er spürte, wie seine Kräfte mehr und mehr erlahmten. Auch Ira rutschte immer wieder ein Stück ab, lange würde sie sich nicht mehr festhalten können.

Mit einem Schlag, Simon hätte fast aufgegeben, war es vorbei: Der Wasserdruck ließ nach, die Welle verebbte, und der Wasserspiegel sank schnell, bis nur noch ein schwacher Strom durch den Tunnel floss.

Erschöpft ließ sich Ira an Simon hinabgeleiten und sprang auf das Gleisbett. Dann half sie erst Ashakida und danach Simon auf den Boden herab. Eine Weile standen sie zwischen den Gleisen, während sie sich festhielten und gegenseitig stützten. Schließlich schleppten sie sich zum U-Bahnhof zurück und krochen auf den Bahnsteig.

»Was war das?« Ira hustete und spuckte Wasser aus.

Simon wusste es nicht. Auch Ashakida hatte keine Erklärung für die plötzliche Flut.

Ira hustete erneut, und sie hockte sich auf die Bahnsteigkante. Die Taschenlampe glitt aus ihrer Hand und baumelte herab, die Sicherheitsleine an ihrem Handgelenk verhinderte, dass der Strahler zu Boden fiel.

Simon sah besorgt in den Tunnel. »Wir müssen weg von hier.«

»Ich geh keinen Schritt mehr.« Ira war am Ende ihrer Kräfte.

Die Leopardin schüttelte sich, Wassertropfen stoben aus ihrem Fell. Auch sie hatte der Kampf gegen die Flut viel Kraft gekostet. »Eines ist sicher: Das Wasser kommt wieder.« Sie knurrte leise und wies auf die Pflanzen, die den Bahnsteig und die Halle des U-Bahnhofes überzogen hatten und die nun tropfend das hereingespülte Wasser wieder abgaben. »So was wächst nur, wenn es regelmäßig gegossen wird.«

Sie beschlossen, doch erst einmal hierzubleiben, und bahnten sich einen Weg durch den nun taghellen Dschungel. Das Wasser hatte die Anemonen mit Energie versorgt, ihre Tentakel hatten sich aufgerichtet und strahlten hell. Simon war das nur recht. Er wollte eine Stelle finden, die möglichst trocken war, um gewappnet zu sein, falls erneut der U-Bahnhof überflutet werden sollte. Und das war bei dem hellen Licht der Anemonen viel leichter als im Strahl ihrer Taschenlampe.

In einer Ecke fanden sie schließlich ein Stück Wand, an der kaum Pflanzen wuchsen. Davor stand ein Müllcontainer, dessen Oberseite nur von einer dünnen Algenschicht überzogen war. Erschöpft krochen sie auf den Container. Die Fläche war zu klein, als dass sie sich alle ausstrecken konnten, und so ruhten sich immer zwei von ihnen aus, während der Dritte neben dem Müllcontainer stand und aufpasste.

Die nächste Flutwelle kam nach genau einer Stunde, Simon hatte die Zeit mit seiner Uhr gestoppt. Jetzt war er froh, einen wasserdichten Chronometer zu tragen – als ihm sein Großvater die Uhr im letzten Sommer in den Ferien geschenkt hatte, war sie ihm überflüssig vorgekommen.

Es war wie beim ersten Mal. Erst ertönte ein Rauschen, das

langsam lauter wurde, dann begann der Boden zu zittern. Das Rauschen steigerte sich zu einem Dröhnen, bis mit einem Schlag die Flut aus dem Tunnel schoss und auf den Bahnsteig drängte. Innerhalb von Sekunden stieg das Wasser in der Halle an. Ashakida hatte Wache gehalten und die anderen sofort geweckt, dann war sie selber auf den Müllbehälter gesprungen. Das Wasser näherte sich dem Container, es umspülte die Metallbox und leckte an ihren Füßen. Doch so, wie sie es gehofft hatten, blieben sie hier oben weitgehend trocken.

Nach knapp zehn Minuten war alles vorbei und der Wasserspiegel sank wieder. Ein vielstimmiges Tropfen füllte die unterirdische Halle und die Anemonen strahlten hell.

»Und jetzt?« Ashakida sah Simon auffordernd an. »Wir können nicht ewig hier hocken. Wir müssen hier weg.« Und sie blickte in den Gang, der hinauf in die Vorstadt führte.

Simon verstand, was sie sagen wollte. Er schüttelte den Kopf. »Ich geh nicht zurück. Ich muss ins Stadtzentrum.«

»Und wie willst du das schaffen?« Die Stimme der Leopardin klang zornig. »Willst du schwimmen? Oder wellenreiten?«

»Ich weiß es nicht«, antwortete Simon, »lass mich darüber nachdenken.« Sie sei dran, sich auszuruhen, danach würden sie weitersehen. Simon blieb beharrlich, bis Ashakida nachgab und sich zu Ira auf den Container legte.

So wie Ira schlief auch die Leopardin sofort ein. Simon beneidete die beiden ein wenig, er hätte gerne noch länger geschlafen.

Nachdenklich betrachtete er seine Freunde. Er hatte ihnen

nicht erzählt, was passiert war, kurz bevor er die Leiter gegriffen hatte. Und sie schienen nichts gemerkt zu haben.

Simon holte den Handschuh hervor, den er wieder im Rucksack verstaut hatte. Er drehte ihn in seinen Händen und betrachtete ihn aufmerksam im schwächer werdenden Licht der Anemonen. Behutsam schob er seine Hand in die Öffnung. Die Schuppenglieder klickerten leise. Schlaff hing der Handschuh von seinem Arm herab.

Simon war sich sicher: Irgendetwas war mit dem Handschuh passiert, in dem kurzen Augenblick, bevor er die Leiter gegriffen hatte. Vorsichtig strich er über die blaue Fläche, die den Handrücken bedeckte. Irrte er sich, oder hatte die Fläche geleuchtet? Jetzt sah das Blau stumpf und unscheinbar aus.

Er streckte seine Hand aus, so wie er es getan hatte, als sie in der reißenden Strömung getrieben waren. Er kam sich albern vor, doch dann versuchte er, sich noch einmal in seine Gefühle während jener Situation hineinzuversetzen. Er hatte Angst gehabt. Und zugleich war er fest entschlossen gewesen, die Leiter zu packen. Simon schloss die Augen. Noch einmal durchlebte er, wie sie im Wasser schwammen, und er reckte sich und ließ die Verzweiflung des Moments in die Spitzen seiner Finger fließen.

Plötzlich zog sich klickernd die Schuppenhaut des Handschuhs zusammen. Verblüfft schlug Simon die Augen auf.

Die blaue Fläche auf dem Handrücken leuchtete.

28

Sie blieben in der Halle, bis sie sich vom Kampf gegen das Wasser erholt hatten. Dreimal überspülte der unterirdische Strom den Bahnsteig und ließ die Tentakel der Anemonen aufglühen. Endlich hatten sie das Gefühl, wieder stark genug zu sein, um weiterzugehen.

Simon hatte den anderen nichts von seiner Entdeckung gesagt, sie war ihm unheimlich. Er wollte erst selber verstehen, was mit ihm und mit dem Handschuh passierte, bevor er Ira und Ashakida davon erzählte. Stattdessen hatten sie gemeinsam darüber nachgedacht, wie sie hinauf in die Stadt kommen könnten.

In den Pausen, in denen der U-Bahn-Tunnel begehbar war, hatte Simon vergeblich versucht, die Sprosse zu erreichen, an der er sich im Wasser festgehalten hatte. Erst jetzt war ihm aufgefallen, dass die Leiter nicht mehr verbogen war, auch war der Rost auf dem Metall verschwunden. Doch die Decke des Tunnels war zu hoch, der Schacht, aus dem die Leiter herausragte, war für sie unerreichbar. So entschieden sie sich, in den Tunnel hineinzugehen, dem Wasser entgegen. Sie wussten, sie hatten eine Stunde Zeit, bis sie einen Ausgang gefunden haben mussten.

Gleich nach der nächsten Flutwelle brachen sie auf. Schweigend wanderten sie durch den Gleistunnel. Die Wände glänzten nass, überall tropfte es. Ihre Kleidung, kaum getrocknet in den vergangenen Stunden, war innerhalb von Minuten wieder durchnässt. Der Weg entlang der Gleise war schwierig, das Wasser hatte das Gleisbett unterspült und viele Schienen herausgerissen. Immer wieder mussten sie über Hindernisse klettern, die der reißende Strom aufgetürmt hatte. Sie kamen nur langsam voran.

Unruhig ließ Ira den Lichtstrahl ihrer Taschenlampe durch den Tunnel tanzen. »Was ist, wenn wir keinen Ausgang finden?« Sie sprach aus, was alle dachten.

Simon blickte auf die Uhr. Er hatte sich ausgerechnet, dass sie eine halbe Stunde gehen durften, dann mussten sie sich entscheiden, ob sie weiterlaufen oder besser umdrehen sollten, um sich in Sicherheit zu bringen, bevor die nächste Wasserwand durch den Tunnel schoss.

Ashakida neben ihm knurrte zustimmend.

Sie fanden keinen Ausgang, keinen Seitentunnel, noch nicht einmal eine weitere U-Bahn-Station. Simon erinnerte sich, dass sie damals in seiner Welt lange gefahren waren, bis der Zug im nächsten Bahnhof gehalten hatte.

Schließlich blieb Simon stehen. Er blickte auf seine Uhr: Die Hälfte der Zeit zwischen zwei Flutwellen war um. Wenn sie jetzt sofort zurückgingen, würden sie gerade noch rechtzeitig den Ausgangspunkt ihrer Expedition erreichen. In der Bahnhofshalle auf dem Deckel des Müllcontainers wären sie sicher.

»Und was machen wir jetzt?« Ira sah Simon fragend an.

»Ist doch klar, was wir machen«, entgegnete Ashakida und sah in die Richtung, aus der sie gekommen waren.

Simon nickte. »Ihr beiden geht zurück. Ich gehe alleine weiter.«

Die Leopardin fuhr herum. Wütend funkelte sie ihn an. »Das kommt gar nicht infrage!«

»Hast du eine bessere Idee?«

»Ja! Wir gehen gemeinsam zurück.«

Simon schüttelte den Kopf. »Ich muss meinen Großvater retten. Und die Menschen aus dem Dorf kann ich auch nicht im Stich lassen.«

Ashakida fauchte wütend. »Das ist verrückt, was du vorhast!«

»Ist es verrückt, anderen zu helfen?«

»Verrückt ist, sich selbst in Gefahr zu bringen! Was ist, wenn du keinen Ausgang findest? Dann hilfst du niemandem mehr.«

Simon dachte nach, bevor er antwortete. Ashakida hatte recht, das wusste er. Doch der Gedanke, aufzugeben, war für ihn unerträglich. Langsam schüttelte er den Kopf. »Ich werde weitergehen.« Sein Entschluss stand fest.

»Ich komme mit dir.« Ira lächelte verkniffen.

Simon war überrascht. Er versuchte, sie zu bewegen, zurück zum U-Bahnhof zu gehen. Doch ihre Entscheidung stand genauso fest wie seine.

Ashakida stöhnte. »Na toll! Jetzt hab ich zwei Größenwahnsinnige, auf die ich aufpassen muss.«

Ira war ein Stück weitergegangen, nun drehte sie sich zu ihnen um. »Was ist? Wollt ihr dort stehen bleiben?«

Zu seinem eigenen Erstaunen zögerte Simon. Iras Entschluss, ihn zu begleiten, machte die Sache nicht leichter für ihn – im Gegenteil: Denn jetzt trug er nicht nur für sich die Verantwortung, sondern auch für sie, zumindest hatte er dieses Gefühl. Und er wusste, wie gefährlich es war, was er vorhatte.

Ira widersprach ihm, als er ihr das sagte. »Das ist meine Entscheidung. Mit dir hat das überhaupt nichts zu tun. Ich kann gut auf mich selbst aufpassen.« Und wie um ihre Aussage zu beweisen, drehte sie sich um und ging weiter.

Simon sah ihr nach. Sie schien es tatsächlich ernst zu meinen, denn sie reagierte nicht auf seine Rufe. Eilig rannte er ihr nach.

Ashakida seufzte, ihr Seufzer kam aus tiefstem Herzen. Dann lief auch sie den beiden hinterher.

Schweigend gingen sie durch den Gleistunnel. Das Licht der Taschenlampe erhellte nur schwach ihren Weg. Simon hoffte, keinen Fehler gemacht zu haben: Sie hatten wertvolle Zeit verloren, und jetzt blieben ihnen nur noch zwanzig Minuten, bis das Wasser in den Tunnel drängte. Doch sie entdeckten weder einen Bahnhof noch ein Seitengang oder gar einen Ausstieg.

Unruhig schritten sie voran. Je länger sie unterwegs waren, desto größer wurde ihre Anspannung. Ashakida knurrte leise und Ira ließ ihren Lichtstrahl ruhelos durch den Tunnel wandern. Immer wieder blickte Simon auf seine Uhr. Ira begann, nervös zu reden, bis es Simon zu viel wurde und er sie anfuhr, endlich still zu sein. Sie verstummte gekränkt.

Da sah Simon etwas, der Lichtstrahl der Taschenlampe war kurz darübergehuscht, als Ira sich beleidigt umgedreht hatte.

Es war ein Schild, es ragte halb aus der Wand. Das Blech war verbogen, der Druck des Wassers hatte es umgeknickt.

»Gib mir die Lampe!« Aufgeregt winkte Simon Ira zurück. Sie reagierte erst nicht auf ihn, sie war immer noch sauer. Doch als sie sah, dass er etwas entdeckt hatte, rannte sie eilig zu ihm.

Simon nahm die Lampe und richtete sie auf das Schild. Es steckte auf der einen Seite in der Wand, als hätten es die Bauarbeiter dort einbetoniert. Die andere Seite stand etwas von der Wand ab, die Schrauben hatten sich gelöst und das Wasser hatte das Schild verbogen. Die Farbe auf dem Blech war verblasst, deshalb war es ihnen zunächst nicht aufgefallen.

»Was ist das?« Ira runzelte die Stirn.

Simon ging näher. Er bog das Schild glatt. Schemenhaft konnte er einen Pfeil erkennen. Darüber stand ein Wort, Simon brauchte etwas, bis er die Buchstaben entziffert hatte: NOTAUSGANG.

Aufgeregt drehte er sich um. »Seht ihr das? Es gibt hier einen Ausstieg! Wir müssen nur dem Pfeil folgen.«

Sie liefen in die Richtung, die der Pfeil angab. Doch sosehr sie auch suchten, sie entdeckten keine Tür.

Ashakida knurrte nervös. »Und wenn wir zu weit gelaufen sind?« Ihnen blieben nur wenige Minuten, bis das Wasser kam.

Simon sah sie stumm an. Dann rannte er zurück zum Hinweisschild. Noch einmal suchte er die Wand ab und diesmal entdeckte er den Türgriff. Er ragte dicht neben dem Schild direkt aus der Wand. Erst glaubte Simon sich zu irren, denn da war keine Tür, zu der die Klinke passte. Doch als er an dem Türgriff rüttelte, bildeten sich plötzlich ringsherum feine Risse.

Aufgeregt klopfte Simon die Wand ab. Dort, wo der Griff angebracht war, klang die Mauer hohl. Feine weiße Brocken platzten ab und fielen zu Boden. Simon zerrieb eines der Bröckchen zwischen seinen Fingern. Der Tunnel war mit einer Schicht aus Schlamm und Kalk überzogen, der verhärtete Belag bedeckte die Tür. Deshalb hatten sie den Ausgang nicht entdeckt! Wer weiß, dachte Simon, an wie vielen Notausgängen sie schon vorbeigegangen waren.

Ira warf ihre Tasche ab und holte ein Klappmesser hervor. Verbissen begann sie, die Kalkschicht aus den Türritzen zu kratzen. Auch Simon nahm eilig ein Messer aus seinem Gepäck und machte sich an die Arbeit. Ashakida, die ihre Pfoten verfluchte, musste tatenlos zusehen. Bald waren die Konturen des Ausgangs zu sehen. Doch als Simon an der Klinke rüttelte, bewegte sich die Tür nicht.

»Los, fass mit an!«

Ira sprang Simon zu Hilfe. Der Türgriff ließ sich herabdrücken, Simon spürte den Widerstand der Mechanik. Doch sosehr sie sich auch bemühten, die Tür öffnete sich nicht einen Millimeter.

Erschöpft ließen sie die Klinke los.

Der Boden begann zu vibrieren, erst ganz leicht, dann wurde das Zittern stärker. In der Ferne war ein leises Rauschen zu hören. Alle wussten, was das bedeutete: Das Wasser kam.

Panisch rüttelte Ira an der Klinke. »Verdammt, geh auf!« Sie ließ den Türgriff los und schlug voller Wut mit ihren Fäusten gegen die kalkverkrustete Fläche, die ihren Fluchtweg versperrte. Dann begann sie zu weinen.

Das Rauschen wurde immer lauter.

Simon sah zu Ashakida, die zu ihm gesprungen war und ihn flehend anblickte. Die Leopardin presste ihren Kopf an sein Bein. Er spürte ihre Angst.

Auch er war verzweifelt. Doch er durfte jetzt nicht aufgeben!

In der Tiefe des Tunnels rollte die Wasserwand heran, sie näherte sich schnell. Wind kam auf.

Simons Gedanken rasten. Plötzlich durchzuckte ihn ein Gedanke. Er griff in den Rucksack, holte den Handschuh hervor und zog ihn an. Die anderen sahen ihm erstaunt zu. Kurz kamen Simon Zweifel, doch dann packte er die Klinke. Er musste es versuchen!

Die Flut näherte sich grollend, mit schäumender Gischt. Der Boden zitterte immer stärker.

Simon verdrängte seine Angst vor der nahenden Gefahr. Er konzentrierte sich und schickte seine ganze Energie in seine Hand. Er musste es schaffen! Er musste diese Tür öffnen!

Plötzlich ging alles ganz schnell: Klickernd zogen sich die Schuppenglieder des Handschuhs zusammen, bis sie fest seinen Arm und seine Hand umspannten. Simons Finger wurden warm, die blaue Fläche auf dem Handrücken glühte auf. Die Welt begann zu beben, das nahende Wasser tobte. Simon kam es vor, als würde der ganze Tunnel auseinanderbrechen.

Im gleichen Augenblick zerriss die Wand vor ihm und fügte sich neu zusammen, es war nur ein kurzer Moment, kaum länger als ein Lidschlag.

Dann stand der Notausgang offen.

29

Simon zögerte keine Sekunde. Er drückte die Tür auf, packte Ira und stieß sie durch die Öffnung. Ashakida sprang über ihn hinweg in den rettenden Schacht. Auch Simon selbst stürzte in den Gang, der sich hinter der Tür auftat. Zuletzt griff er ihr Gepäck und zerrte es zu sich durch die Türöffnung, kurz bevor die Flutwelle donnernd durch den Gleistunnel tobte.

Ira war wie betäubt. Fassungslos sah sie Simon an.

Doch die Gefahr war noch nicht vorüber: Das Wasser drängte in den Notausgang, es schoss zu ihnen herein und stieg schnell an. Simon versuchte, die Tür zu schließen, aber der Druck des einströmenden Wassers war zu stark.

Schnell drehte er sich zu den anderen um: »Lauft!«

Ira erwachte aus ihrer Erstarrung. Sie griff ihre Tasche und watete durch den Gang, die Taschenlampe in der Hand. Auch Simon hatte seinen Rucksack übergeworfen, er folgte ihr. Ashakida lief in großen Sprüngen durch das rasch steigende Wasser.

Der Rettungsgang, vor vielen Jahren für die Fahrgäste der U-Bahn gebaut, führte ein Stück vom Gleistunnel weg, bog scharf ab und mündete in einen lang gestreckten Raum. Im

Licht der Taschenlampe sahen sie Bänke aus Holz, sie standen entlang der Wände. Das eindringende Wasser umspülte die Beine und ließ das Holz schwimmen. Die erste Bank trieb schon im Wasser.

Simon befürchtete schon, dass sie in einer Sackgasse gelandet waren, als Ira die Tür entdeckte. »Dort geht es weiter.« Sie richtete den Strahl ihrer Taschenlampe auf die andere Seite des Raumes. Nun sah auch Simon den Ausgang. Ein Teil der Tür stand schon unter Wasser.

So schnell es die einströmende Flut erlaubte, wateten sie quer durch den Raum. Ashakida verlor den Grund unter ihren Pfoten, das Wasser war schon zu hoch für sie und sie musste schwimmen. Simon griff in ihr Fell, auch Ira packte zu. Gemeinsam kämpften sie sich auf die andere Seite.

Dennoch kamen sie nicht schnell genug voran. Als sie endlich das Ende des Raumes erreicht hatten, stand die Ausgangstür bis weit über die Hälfte unter Wasser. Simon konnte den Türgriff nicht mehr sehen. Ira begann zu schwimmen. Auch Simon merkte, wie er den Boden unter den Füßen verlor, der Wasserspiegel stieg stetig an.

Kurz entschlossen legte Simon den Rucksack ab und ließ ihn auf dem Wasser treiben. Dann holte er tief Luft und tauchte in die Tiefe hinab. Hastig tastete er die Tür ab. Er suchte den Türgriff, doch er fand ihn im Dunkeln nicht. Simon schoss zurück an die Oberfläche und schnappte nach Luft. »Leuchte mir ins Wasser!«

Ira nickte und hob ihre Taschenlampe. Das Wasser schien der Leuchte nichts anzuhaben. Während sie auf der Stelle schwamm, drehte Ira an der Ladekurbel, bis die Lampe hell strahlte. Dann richtete sie die Leuchtdioden auf das Wasser.

Erneut holte Simon tief Luft und tauchte unter. Diesmal musste er weiter hinabschwimmen, bis er die Tür sah. Dort war der Türgriff! Er saß tiefer, als er es vermutet hatte.

So schnell Simon konnte, schwamm er weiter in die Tiefe, obwohl er lieber aufgetaucht wäre, der Sauerstoff in seiner Lunge wurde knapp. Er erreichte den Griff, umfasste ihn mit beiden Händen und drückte ihn hinab. Schlagartig wurde ihm die Klinke aus der Hand gerissen, der Druck des Wassers öffnete den Durchgang. Die Tür schlug herum und prallte auf der anderen Seite gegen die Wand. Donnernd schoss das Wasser durch die Öffnung. Simon spürte, wie er hinabgesogen und in einem Wasserschwall in den Nebenraum katapultiert wurde. Hustend und spuckend tauchte er wieder auf. Auch Ira wurde durch die Öffnung gedrückt, dann Ashakida, zuletzt kam ihm sein Rucksack entgegen.

Außer Atem trieben sie in dem Strudel, der sich in dem Raum gebildet hatte. Ira leuchtete um sich. Was sie im Licht ihrer Lampe sahen, ließ Simons Herz hüpfen: Sie befanden sich in einem Schacht, in dessen Zentrum eine Treppe stand, aus Eisen gefertigt und mit breiten Stufen. Sie führte hinauf in die Dunkelheit.

So schnell sie konnten, schwammen sie auf die Treppe zu. Ira erreichte sie als Erste, nach ihr kletterte Ashakida die Stufen hinauf. Auch Simon versuchte, die rettenden Stufen zu erreichen, doch erst jetzt merkte er, wie erschöpft er war: Er schaffte es nicht, gegen den Sog des Strudels anzukommen.

»Simon!« Ira sah erschrocken, dass er mit der Strömung kämpfte. Seine Schwimmbewegungen wurden schwächer. Eilig legte sie die Lampe ab, um zurück in das Wasser springen, doch Ashakida war schneller als sie: Ohne zu zögern, sprang sie zurück in den Strudel und schnappte nach Simon. Gebannt sah Ira ihr zu. Die Leopardin hatte Simons Kragen gepackt und zog ihn mit sich, und auch Ira griff nach Simons Arm, sobald sie ihn erreichen konnte. Gemeinsam zogen sie ihn zum Rand der Treppe.

Simon kroch aus dem Wasser, auch Ashakida schleppte sich die Stufen hinauf. Ira half ihnen. Sie hielten inne und rangen nach Atem. Dann sahen sie hinab.

Die Wasseroberfläche unter ihnen brodelte und schäumte, die Flut schoss in den Raum und stieg so schnell an, als wolle sie ihnen nachsetzen. Die Tür, durch die sie gekommen waren, verschwand innerhalb von Sekunden in den Wassermassen. Schon leckte das Nass wieder an ihren Füßen.

Schnell stiegen sie weiter die Stufen hinauf.

Die Treppe endete auf einer Plattform direkt vor einer weiteren Tür, sie führte aus dem Schacht hinaus. Doch diese Tür war versperrt, jemand hatte große Ösen an das Eisen genietet und zwei schwere Stangen hindurchgeschoben. Die Metallrohre verkeilten die Tür mit der Wand und sorgten dafür, dass niemand von der anderen Seite aus den Durchgang öffnen konnte.

Gemeinsam zerrten sie die Stangen aus den Halterungen und ließen sie auf die Plattform fallen, sie waren zu erschöpft, um sie vorsichtig abzulegen. Laut dröhnte das Poltern durch den Schacht. Kurz sah Simon hinab. Das Wasser war nur noch ein paar Meter entfernt und es stieg schnell höher. Sie mussten weiter! Er griff zur Klinke und drückte sie hinab. Einen Augenblick fürchtete er, dass die Tür verschlossen war, doch zu seiner Erleichterung ließ sich der Durchgang öffnen. Warme Luft schlug ihnen entgegen. Ira hob ihre Lampe und leuchtete in die Dunkelheit: Vor ihnen lag ein weiterer Gang, etwas breiter und mit gemauerten Wänden. Er roch muffig, als sei er seit vielen Jahren nicht benutzt worden.

»Nicht stehen bleiben!« Ashakida blickte unruhig zurück. Das Wasser war jetzt dicht unter ihnen und noch immer stieg es brodelnd an.

Schnell überquerten sie die Schwelle und schlossen die Tür hinter sich. Jetzt war das Dröhnen und Rauschen nur noch leise zu hören, doch schon bald schlug das Wasser glucksend gegen die Tür. Ein Wasserstrahl schoss aus einem Spalt, dann ein zweiter, ein dritter. Die Flut drängte voran und suchte sich einen Weg.

Plötzlich wurde es still auf der anderen Seite. Die Wasserstrahlen, die durch die Türritzen spritzten, ließen nach und erstarben. Mit einem leisen Rauschen zog sich der Strom in den Schacht zurück. Die Flutwelle war vorüber.

Erleichtert sahen sie sich an. Sie sanken auf den Boden, lachten und weinten gleichzeitig, froh, der Gefahr entkommen zu sein. Ira fiel Simon um den Hals. Sie lehnte sich an ihn und hielt sich an ihm fest, ihren Kopf auf seine Schulter gelegt. Simon war erstaunt. Doch dann legte er ebenfalls seine Arme um sie.

Ashakida unterbrach die beiden, indem sie ihr nasses Fell ausschüttelte und sie mit einer Wasserfontäne besprühte. Lachend löste Ira die Umarmung und legte schützend ihre Hand vor das Gesicht. Auch Simon musste lachen und er ging mit abwehrend ausgestreckten Armen auf Ashakida zu. Sie rangelten miteinander. Fast kam es Simon vor, als sei die Leopardin ärgerlich auf ihn. Doch dann lagen sie prustend auf dem Boden und alles war wie immer.

Simon stützte sich auf und wandte sich Ashakida zu. Behutsam streichelte er ihr Fell. Ashakida entzog sich seiner Hand und knurrte. Dann stupste sie ihn mit ihrer Schnauze an. »Das war knapp.«

Sie wurden ernst. So knapp wie gerade eben waren sie noch nie dem Tod entkommen.

Ein leises Klickern war zu hören, es war die Schuppenhaut des Handschuhs, die sich löste. Der Handschuh hatte die ganze Zeit fest um Simons Arm und Hand gesessen.

Ira blickte erst den Handschuh und dann Simon an. »Was ist da passiert, vorhin im U-Bahn-Tunnel?«

Ashakida hakte nach. »Die Tür war zu. Und dann war sie plötzlich auf. Einfach so.«

Auch Simon hatte das so empfunden. Doch er hatte keine Erklärung für das, was geschehen war, also zuckte er nur mit den Schultern. Schweigend steckte er den Handschuh zurück in seinen Rucksack.

Ashakida betrachtete Simon nachdenklich. Sie fauchte leise. »Wir müssen weiter. Lass uns später darüber reden.«

Sie nahmen ihr Gepäck und brachen auf. Der Gang führte

leicht aufwärts, bog ab und verlief dann gerade weiter. Sie folgten ihm schweigend. Simon merkte, dass er unachtsam wurde. Er zwang sich, nicht weiter über das, was geschehen war, nachzudenken, sondern stattdessen seine Aufmerksamkeit auf das zu richten, was vor ihnen lag.

Plötzlich hielt er inne. Hatte er etwas gehört? Er hob seine Hand und blieb stehen. Auch Ira und Ashakida stoppten. Angespannt horchten sie in die Dunkelheit.

»Hallo! Ist da jemand?«

Niemand antwortete auf Simons Ruf.

Ashakida knurrte leise. Simon rief noch einmal.

Statt einer Antwort hörten sie leise Schritte, sie entfernten sich von ihnen. Dann klappte eine Tür.

30

Sie standen eine ganze Weile in der Dunkelheit und lauschten. Simon traute sich nicht, noch einmal zu rufen. Sie waren dicht unter der Stadt, Drhans Soldaten konnten überall sein. Hoffentlich hatte er gerade keinen Fehler gemacht.

Doch es blieb still – wer immer dort gewesen war, er war fort.

Ira zog den Riemen ihrer Tasche fester und drehte an der Ladekurbel ihrer Taschenlampe, bis der Lichtstrahl wieder hell leuchtete. »Lasst uns weitergehen.« Ihre Zähne klapperten bei den Worten. Zu ihren Füßen hatte sich eine Wasserlache gebildet. Auch Simon war kalt. Sie mussten möglichst schnell aus ihren nassen Klamotten kommen.

Nach einer Weile, der Gang führte immer noch leicht bergauf, wurde es etwas heller, zumindest hatte Simon den Eindruck. Zunächst erkannte er nicht, woher das Schummerlicht kam, er konnte keine Lichtquelle ausmachen. Doch dann entdeckte er in größeren Abständen Lichtflecken in einem Spalt zwischen Decke und Wand.

Er blieb stehen. »Seht ihr das?«

Jetzt bemerkten es auch die anderen. Woher konnte das Licht kommen? Simon dachte zunächst an Tiere, die dort hineingekrochen waren und die wie Glühwürmchen leuchteten. Doch als er mit der Spitze seines Messers den Spalt vor einem der Lichtflecken frei kratzte und dicke Staubflusen aus der Ritze holte, wurde das Glimmen heller. Die Lichtpunkte waren winzige Glühbirnen, sie saßen auf einem Draht, der im Spalt verlegt worden war. Die meisten der Birnen waren ausgebrannt, nur ab und an flimmerte eine von ihnen matt.

Der Gang endete an einer Tür, ähnlich der im Treppenschacht. Simon gab den anderen ein Zeichen, leise zu sein, und drückte die Klinke hinab. Vorsichtig öffnete er die Tür ein Stück und schaute durch den Spalt. Er sah in einen größeren Raum, fensterlos und doch hell, direkt über dem Türrahmen flackerte eine nackte Glühbirne. Eine weitere Birne leuchtete in einer Lampenfassung an der gegenüberliegenden Wand. Der Raum war verlassen, niemand außer ihnen war hier.

Simon zog die Tür ganz auf und trat über die Schwelle, die anderen folgten ihm. Neugierig sahen sie sich um. Vor allem Ira war erstaunt. Alles, was sie sah, war ihr fremd. »Was ist das hier?«

Simon wusste es nicht. Zum einen erinnerte ihn der Raum an eine Arztpraxis. Es gab veraltete medizinische Geräte und auch eine Liege und einen Paravent, den man als Sichtschutz verrücken konnte. Aber ein Stück weiter hinten standen Tische und Stühle und eine Reihe von Stockbetten, und an der Rückseite des Raumes, gleich neben einer zweiten Tür, waren Schränke aufgestellt. In einer Ecke schließlich sah Simon eine Dusche und daneben ein verblichenes Schild, auf dem genau beschrieben war, wie man sich waschen musste.

Simon sah sich das Schild genauer an. Wie auf dem Blechschild, das ihnen den Weg aus dem Gleistunnel gewiesen hatte, war auch hier die Schrift verblichen und nicht so leicht zu lesen. Bilder erklärten Schritt für Schritt, was man tun sollte. Simon fand das seltsam: Wer brauchte denn eine Erklärung, wie man eine Dusche bedient? Am auffälligsten war ein großer gelber Kreis in der Mitte des Schildes, darin drei abgerundete Dreiecke, die wie ein Propeller um einen schwarzen Punkt gruppiert waren. Irgendwoher kannte Simon dieses Zeichen. Es bedeutete Gefahr, nur was für eine Gefahr, das fiel ihm im Moment nicht ein.

Iras Stimme ließ ihn aufmerken. Sie hatte ihre Tasche abgeworfen und war zu den Schränken gegangen, um hineinzusehen. Die meisten Fächer waren leer, jemand hatte den Inhalt geplündert. Doch hinter der letzten Schranktür hatte Ira etwas entdeckt. Akkurat zusammengefaltet lagen dort Kleidungsstücke aus dünnem Stoff – Hosen, Hemden, auch Unterwäsche und sogar Schuhe, alles war aus einem papierartigen Material gefertigt. Im Fach darüber gab es ein paar Handtücher. Alles roch muffig. Als Simon eine der Hosen aus dem Fach zog und dabei zu sehr zerrte, riss der Stoff sofort ein.

Ira betastete die Hose in Simons Hand. »Wozu braucht man so etwas?«

Simon erinnerte sich an eine der Zeichnungen auf dem Schild neben der Dusche. Dort hatte das Strichmännchen einen Stapel mit gefalteter Wäsche bekommen. »Vielleicht soll man das anziehen, wenn man geduscht hat.«

»Wenn man was getan hat?«

»Duschen. Da vorne.« Simon wies auf die Duschecke, die mit zwei Vorhängen vom Raum abgetrennt werden konnte.

Ratlos hob Ira die Schultern, sie verstand nicht, was er meinte. Er zeigte ihr das Schild. Ira betrachtete die Bilder. Dass Wasser aus der Wand fließt und man sich darunterstellt, um sich zu waschen, war für sie unvorstellbar.

Simon drehte am Wasserhahn, er quietschte, dann kamen die ersten Tropfen aus dem Duschkopf. Das Wasser war rostig braun, doch nach einer Weile floss es fast klar. Es war lauwarm.

Fasziniert blickte Ira auf den Wasserstrahl. Dann drehte sie sich zu Simon um: »Ich probier das aus.«

Sie schob Simon ein Stück fort und zog die Vorhänge zwischen ihnen zu. Simon hörte, wie sie sich auszog und ihre nasse Kleidung auf den Boden warf. Dann rauschte das Wasser. Ira schrie kurz auf und verstummte wieder. Nur ab und zu war ein erstauntes Glucksen zu hören – sie schien das Wasser auf der Haut sehr zu genießen.

Nach einer Weile erstarb das Rauschen und das Quietschen des Wasserhahns war zu hören. Nackte Füße patschten auf dem Boden. Ira streckte ihren Kopf zwischen den Vorhängen hervor. »Und jetzt?«

Ashakida knurrte genervt. Sie hatte die Situation wortlos beobachtet, und bevor Simon reagieren konnte, lief sie zum Schrank und holte mit den Zähnen ein Handtuch, eine Hose, ein Hemd und eine Garnitur Unterwäsche hervor. Damit huschte sie zurück zur Dusche und schlängelte sich durch die Vorhänge. Simon hörte es rascheln, dann kicherte Ira. Ashakida knurrte, doch es hörte sich nicht ärgerlich, sondern amüsiert an.

Schließlich schlug Ira den Vorhang zurück: Sie trug die Kleidung aus dem Schrank und sah aus, als würde sie in einem Krankenhaus arbeiten. Sie strahlte. »Das Duschen war klasse! Das musst du unbedingt ausprobieren!«

Als Simon ihr erzählte, dass er so etwas von zu Hause kannte und sie sogar eine Dusche in ihrem Haus gehabt hatten, war Ira tief beeindruckt.

Auch Ashakida spülte sich kurz unter dem Wasserstrahl ab, zuletzt wusch sich Simon. Das saubere Wasser tat gut, auch wenn es immer kälter wurde, je länger es lief. Er trocknete sich ab und stieg vorsichtig in die papierdünne Kleidung. Dann rubbelte er die Leopardin trocken. Ashakida wollte zunächst seine Hilfe nicht annehmen, doch Simon ließ sich nicht abweisen. Schließlich genoss sie mit geschlossenen Augen die Berührung.

Ira hatte in der Zwischenzeit ihre nassen Kleider über den Stühlen ausgebreitet und auch aus ihrem Gepäck herausgeholt, was feucht geworden war. Die meisten ihrer Vorräte waren unbrauchbar, doch es war noch genug für eine Mahlzeit da. Sie aßen gemeinsam und beschlossen dabei, vorerst hierzubleiben – bis ihre Kleidung und die Sachen aus den Taschen getrocknet waren, konnten sie sich hier ein wenig ausruhen.

Plötzlich bemerkte Simon, dass Ira und Ashakida mit großen Augen an ihm vorbeiblickten. Irgendetwas war direkt hinter ihm. Schritte trippelten, eine Tür klackte, dann war es still.

Langsam drehte Simon sich um.

Der Raum hinter ihnen war voller Kinder.

31

Eine Weile sagte niemand ein Wort. Simon kam es vor, als wären die Kinder genauso verblüfft wie er. Dann trat einer von ihnen vor, ein schmächtiger rothaariger Junge, er war etwas jünger als Simon. Misstrauisch sah er zu ihnen herüber. »Wer seid ihr?«

Simon warf einen kurzen Blick zu Ira und Ashakida, dann sagte er seinen Namen und auch die der anderen.

»Und woher kommt ihr?«

»Aus einem Dorf vor der Stadtmauer.«

Der Rothaarige lachte mit argwöhnischem Blick. »So ein Unsinn. Auf der anderen Seite der Mauer lebt niemand.«

Simon beteuerte, die Wahrheit zu sagen.

»Und wie seid ihr in die Stadt gekommen?«

Der Blick des Jungen wurde noch zweifelnder, als Simon von ihrem Weg durch den U-Bahn-Tunnel berichtete. Simon brauchte nicht in seine Gefühle einzutauchen, um zu wissen, dass der Rothaarige ihnen nicht traute.

Ashakida knurrte ungeduldig und sprang von ihrem Lager. Ängstlich wichen die Kinder zurück. Simon spürte, sie war gereizt. Er hob die Hand, bevor sie etwas sagen konnte – er hatte das Gefühl, eine sprechende Leopardin würde die Situation nicht einfacher machen. »Lass mich reden, Ashakida.«

Die Leopardin knurrte noch einmal, doch dann setzte sie sich neben Ira und sah ihn abwartend an.

Simon wandte sich wieder dem Rothaarigen zu. »Wenn du uns nicht glaubst, dann sieh selber nach.« Er wies mit dem Kopf auf die Tür, durch die sie gekommen waren. »Dort geht es in den Gleistunnel. Diesen Weg sind wir gekommen. Aber pass auf, dass dich die Flutwelle nicht erwischt.«

Der Rothaarige musterte ihn zweifelnd. Schließlich nickte er zwei Kindern zu, die losliefen und durch die Tür verschwanden. Nach einer Weile kamen sie zurück. Sie waren aufgeregt und ihre Ohren glühten. »Es stimmt! Die Tür am Ende des Gangs ist offen! Und dahinter geht es in einen Tunnel.«

»Durch den der Stundenstrom fließt?«

Die beiden nickten. »Wir waren unten. Alles ist nass. Es stimmt, was sie sagen.«

Langsam schüttelte der Rothaarige den Kopf. »Das erlauben sie nicht …« Er wandte sich wieder Simon zu. »Niemand schafft es, hier raus- oder reinzukommen, wenn sie es nicht wollen.« Er verstummte nachdenklich.

In Simons Magengrube kribbelte es ungut. »Wer sind ›sie‹?«

»Wir nennen sie ›Die Grauen‹. Drhans Soldaten. Sie bewachen die Schläfer oben in der Stadt.« Er warf Simon einen misstrauischen Blick zu. »Was habt ihr mit ihnen zu tun?«

»Nichts.« Simon war ärgerlich, dass der Junge ihnen nicht glauben wollte. »Die Soldaten haben das Dorf von Ira niedergebrannt und alle Bewohner in die Stadt gebracht – *das* haben wir mit ihnen zu tun!«

»Er sagt die Wahrheit.« Ira kletterte aus dem Bett, auf dem sie gesessen hatte. »Ich habe in dem Dorf gelebt, es liegt ein Stückchen die Küste herunter. Ich habe alles mit angesehen.«

Der Rothaarige musterte sie stumm.

Verlegen zupfte Ira an ihrer Kleidung. Dann wies sie auf Simon. »Wir suchen seinen Großvater und auch meine Großmutter und die anderen Leute aus meinem Dorf. Habt ihr sie vielleicht gesehen? Drhans Soldaten haben sie auf Lastwagen fortgebracht.« Erwartungsvoll blickte sie die Kinder an.

Ein blondes, vielleicht neunjähriges Mädchen beugte sich zu dem Rothaarigen und flüsterte etwas in sein Ohr. Der Junge war erstaunt. Er besprach sich mit den anderen. Dann drehte er sich wieder zu ihnen um. »Ihr kommt mit uns.«

Simon schüttelte den Kopf. »Erst beantwortet ihr die Frage.« Er sah zu Ashakida, und sie tat ihm den Gefallen und knurrte kurz. Ihre Reißzähne blitzten auf.

Der Rothaarige starrte die Leopardin fasziniert an. »Welche Frage?«

»Die von Ira«, antwortete Simon. »Was wisst ihr von den Bewohnern ihres Dorfes? Die Soldaten haben sie vermutlich hierhergebracht.«

Die Kinder tuschelten, und nach einem Nicken des Rothaarigen trat das blonde Mädchen vor. »Sie haben sie in die Stadt gefahren, auf den Lastwagen. Ich habe alles beobachtet. Ich war zufällig oben, als das Tor aufging.«

Ira wurde unruhig. »Was ist mit ihnen passiert?«

»Keine Ahnung. Die Lastwagen sind weitergefahren, vermutlich zum Tower. Sie machen sie zu Schläfern.«

»Schläfer?« Simon runzelte die Stirn.

Das Mädchen nickte. »Alle Erwachsenen in der Stadt sind Schläfer.« Niemand fand ihre Worte seltsam. Was sie sagte, schien hier die normalste Sache der Welt zu sein.

Der Rothaarige unterbrach ungeduldig das Gespräch. »Das reicht jetzt. Wir müssen weg hier, bevor sie uns entdecken.« Er winkte zwei Jungen zu sich. »Verbindet ihnen die Augen.«

Simon stutzte. »Was soll das?«

Der Rothaarige musterte ihn abweisend. »Denkst du, wir verraten euch, wo unser Versteck ist?«

Simon wollte protestieren, doch bevor er etwas sagen konnte, zupfte das blonde Mädchen am Ärmel des Rothaarigen. »Die schaffen das niemals, wenn sie nichts sehen können.« Sie warf einen kurzen Blick zu Simon und lächelte schüchtern.

Der Rothaarige zögerte und suchte die Blicke der anderen. Sie waren der gleichen Meinung. Schließlich nickte er. »Na gut. Dann lasst uns hier aufräumen.«

Auf seinen Befehl hin halfen alle, die zum Trocknen ausgelegten Kleidungsstücke und Gegenstände einzusammeln und zu verstauen. Dann richteten die Kinder den Raum so her, als sei er niemals betreten worden. Sogar die Dusche und die Vorhänge wischten sie mit den Handtüchern trocken. Die gebrauchten Tücher nahmen sie mit. Nacheinander gingen alle durch die zweite Tür hinaus, der Rothaarige verließ als Letzter das fensterlose Zimmer und schloss nach einem prüfenden Blick die Tür hinter sich.

Bald zog eine lange Kolonne durch die unterirdischen Gänge

der Stadt. Sie konnten recht gut sehen, immer wieder erhellten Glühlampen oder flackernde Leuchtröhren die schummerigen Gänge. Die Kinder waren angespannt, niemand sagte etwas. Alle strengten sich an, möglichst leise zu sein. Auch Simon, Ira und Ashakida versuchten, keine Geräusche zu machen, was der fast lautlos schleichenden Leopardin mühelos gelang. Die Kinder beobachteten den gefleckten Körper der Raubkatze fasziniert.

Simon war es zunächst unangenehm gewesen, in seiner dünnen Papierkleidung zwischen all den anderen zu sein. Auch Ira, die ja die gleichen Kleidungsstücke trug, mochte es nicht, das spürte er. Doch dann schob Simon sein Gefühl beiseite. Sie hatten wirklich größere Probleme als die Klamotten, die sie trugen. Trotzdem achtete er darauf, dass er nirgendwo hängen blieb – dass sein Hemd oder gar seine Hose vor den Augen der anderen zeriss, musste wirklich nicht sein.

Der Untergrund des Stadtzentrums glich einem Labyrinth. Doch die Kinder kannten sich aus in den Katakomben ihrer Stadt. So selbstverständlich Ira über die Mauern des Dorfes geklettert war, so selbstverständlich nutzten die Kinder die unterirdischen Gänge. Sie gingen durch Versorgungstunnel und krochen durch Kabelschächte, sie kletterten Leitern hinauf und rutschten Schrägen hinab, sie passierten die Keller von alten Wohnhäusern und durchquerten schmale Öffnungen, die sie in Mauern gebrochen hatten. Einmal krabbelten sie auf ihrem Weg sogar durch den trockenen Abschnitt eines Abwasserkanals. Immer wieder stießen sie auf Kinder, die an Kreuzungen oder Abzweigungen Wache hielten und die den Rothaarigen mit einem Nicken begrüßten. Er schien hier so etwas wie der Anführer zu sein.

Nach einer Weile erreichten sie eine geschickt getarnte Tür. Der Rothaarige blickte prüfend um sich, dann entriegelte er das Schloss und öffnete den Durchgang. Einer nach dem anderen ging hindurch. Sie betraten ein großes Treppenhaus, es war ein breiter Schacht, darin eine Betontreppe, die von oben kam und hinab in die Tiefe führte. Fingerbreite Leuchtstreifen erhellten die Stufen.

Kaum hatte sich die Tür hinter ihnen geschlossen, wich die Anspannung aus den Körpern der Kinder. Sie begannen zu reden und zu lachen, während sie abwärtsgingen, manche von ihnen hüpften die Stufen hinab.

Der Rothaarige lächelte ein wenig. »Wir sind gleich da.«

Das Treppenhaus war beeindruckend, es führte weit in die Tiefe und war so breit gebaut, dass viele Tausend Menschen es gleichzeitig benutzen konnten. Eben noch hatte Simon das Gefühl gehabt, mit vielen Kindern unterwegs zu sein – jetzt, in dieser Umgebung, kam ihm die Gruppe klein vor. Absatz für Absatz wand sich die Treppe hinab, sie mussten sich inzwischen weit unter der Erde befinden. Irgendwann hörte Simon auf, die Stufen zu zählen, es waren einfach zu viele.

Ihr Weg endete vor einer schweren Metalltür. Der Rothaarige klopfte ein rhythmisches Signal, das von innen beantwortet und von ihm noch einmal wiederholt wurde. Dann krachten Riegel und knirschend drehte sich die Tür in den Scharnieren. Zwei Jungen drückten sie mit aller Kraft auf, bis die Stahltür weit genug zurückgeschwungen war.

Die Kinder lachten und redeten, während sie durch die Türöffnung strömten.

Der Rothaarige drehte sich zu Simon, Ira und Ashakida um. »Herzlich willkommen.« Dann trat er zur Seite, um sie einzulassen.

32

Gespannt gingen sie über die Schwelle. Simon ahnte, wo sie waren: Das hier war ein Bunker, ein Schutzraum für die Bewohner der Stadt. Jetzt schützte er die Kinder, die hier vor Drhans Soldaten Zuflucht gefunden hatten.

Der Bunker war groß und hell erleuchtet, mit einem breiten Hauptgang, der in die Tiefe der Anlage führte. Simon konnte das Ende nicht erkennen. Türöffnungen gingen links und rechts von ihm ab. Überall waren Kinder und Jugendliche, sie liefen durcheinander oder hockten auf dem Boden, sie unterhielten sich und lachten, die ganz Kleinen spielten. Simon warf einen Blick in die Räume, an denen sie vorbeigingen. Dort hatten die Bewohner so etwas wie Wohnungen eingerichtet, mit Betten und Zwischenwänden aus Tüchern, die an Leinen aufgespannt waren. Auch hier waren Kinder, sie saßen auf den Betten oder an Tischen, manche kochten Essen, andere verrichteten Arbeiten. Es mussten Hunderte sein, die hier lebten. Alle, denen sie begegneten, starrten sie erstaunt an, doch niemand sagte etwas.

»Wo bringst du uns hin?« Ira war neugierig, sie ging jetzt neben dem Rothaarigen, der sie durch den Bunker führte.

»Ich zeige euch, wo ihr bleiben könnt. Und dann sehen wir weiter.« Er wandte sich ab und beschleunigte seinen Schritt.

Ira eilte ihm nach. »Und warum lebt ihr hier unten? Woher kommen die ganzen Kinder?«

Der Rothaarige schwieg.

Ira versuchte noch ein paarmal, eine Frage zu stellen, doch Simon wusste, der Junge würde keine davon beantworten. Er misstraute ihnen noch immer.

Als sie an einem der Räume vorbeigingen, stutzte Simon. Das Zimmer war leer, anders als die vielen anderen, an denen sie vorbeigekommen waren. Nur ein kleiner, vielleicht acht Jahre alter Junge saß auf dem Boden und spielte versunken mit einem Metallring, den er auf einem Teller kreiseln lies, wieder und wieder.

Simon blieb stehen und betrachtete den Jungen fasziniert. Irgendetwas war an ihm, das Simon anzog, er konnte nicht genau sagen, was es war. Er betrat den Raum, ging langsam näher. Der Junge schien ihn nicht zu bemerken.

»Simon!« Iras Stimme tönte durch den Gang, sie suchte ihn. Er beachtete ihren Ruf nicht, sondern ging weiter auf den Jungen zu, bis er direkt vor ihm stand. Er zögerte, dann hockte er sich neben ihn.

Der Junge ließ unbeirrt den Ring kreiseln.

Überraschte Rufe waren von der Tür zu hören, Schritte, aufgeregte Stimmen. Simon bemerkte sie nicht. Er hatte nur Augen für das Kind.

Er hob seine Hand.

Das Raunen, das von der Tür aus in den Raum drängte, schwoll an. Dann wurde es still.

Vorsichtig berührte Simon den Arm des Jungen. Der Junge

erstarrte. Der Ring auf dem Teller kreiselte, bis er in immer engeren Kreisen tanzte und schließlich zur Ruhe kam.

Niemand sagte etwas, Simon hörte nur das aufgeregte Atmen der Kinder, die sie von der Tür aus beobachteten.

Der Junge schaute auf. Sein Blick ruhte auf Simon. Er wirkte erstaunt, so als könne er nicht fassen, dass dort jemand saß und ihn ansah.

Simon rührte sich nicht. Er spürte, dieser Moment war besonders.

Nun hob auch der Junge seine Hand. Er strich über Simons Arm und betrachtete danach seine Fingerspitzen, so als wäre er überrascht über die Berührung. Er lächelte, sah auf und griff behutsam nach Simons Haar. Vorsichtig, jedem Haar nachfühlend, ließ er es durch seine Finger gleiten.

Dann, ohne ein Wort, nahm der Junge wieder den Ring in seine Hand und ließ ihn auf dem Teller kreiseln.

Simon hörte Schritte, der Rothaarige stand hinter ihm. »Komm.«

Gemeinsam verließen sie den Raum. Eine Traube von Kindern stand im Eingang und starrte Simon verblüfft an. Das, was gerade geschehen war, musste etwas Außergewöhnliches gewesen sein.

Eine Weile gingen sie schweigend nebeneinanderher. Es war der Rothaarige, der die Stille zwischen ihnen brach. »Ich heiße Philipp. Aber alle nennen mich Philja.« Er lächelte kurz und sagte danach nichts mehr, bis sie ihr Ziel erreichten.

Die Räume, zu denen Philja sie brachte, lagen im hinteren Bereich der Anlage, gleich neben einem weiteren Ausgang.

Die Tür war eingestaubt, die Kinder hatten das Rad, mit dem man die Riegel zurückkurbeln konnte, mit einer Kette gesichert. Offenbar wurde der Ausgang nicht benutzt. In diesem Teil des Bunkers lebten die Jugendlichen der Gemeinschaft. In den Gängen war es ruhiger, auch die Schlafräume waren nicht so voll und trubelig wie im vorderen Teil des Bunkers. Auch Philja wohnte hier. Ira bekam ein Bett in einem Schlafraum für Mädchen zugewiesen, Simon schlug mit Ashakida sein Lager gleich nebenan auf, in einem lang gestreckten Schlafsaal, in dem einzelne Kojen mit Tüchern abgeteilt waren.

Simon warf sein Gepäck auf das Bett und drehte sich zu Philja um. »Danke.«

Philja betrachtete ihn nachdenklich. »Das hat er noch nie gemacht.«

Obwohl Simon ahnte, wen Philja meinte, fragte er nach. »Wer hat was noch nie gemacht?«

»Ben. Der Junge gerade eben. Den du berührt hast.« Philja erzählte, dass Ben sonst ohrenbetäubend schrie, sobald sich ihm jemand näherte. »Darum hat er auch einen Raum für sich. Nur Lisa darf zu ihm kommen.«

»Lisa?«

»Das Mädchen, das beobachtet hat, wie eure Leute von den Soldaten in die Stadt gebracht worden sind.«

»Und warum ist er so?«

Philja verzog ratlos das Gesicht. »Keine Ahnung. Das weiß niemand. Wir haben ihn oben in der Stadt gefunden und mitgenommen, vor ein paar Monaten.« Er grinste. »Wir wissen noch nicht einmal, ob er Ben heißt.« Er habe ihn so genannt, erzählte der Rothaarige, und dabei sei es geblieben.

Simon nickte nachdenklich. »Eigentlich wirkte er ganz normal. Ein bisschen still vielleicht.«

Philja lachte. »Ein bisschen? Seit er hier ist, hat er kein einziges Wort gesprochen! Und normal ist er auch nicht. Manchmal ist er tagelang verschwunden. Kein Mensch weiß, wo er sich versteckt. Dann ist er wieder da und spielt einfach, ohne uns zu beachten.« Der Rothaarige betrachtete Simon wie ein seltenes Tier. »Du bist der Erste, den er angesehen hat. Und er hat dich angefasst. Einfach so. Warum?«

Simon zuckte mit den Schultern, er wusste nicht, warum Ben zu ihm Zutrauen hatte, obwohl er ihn nicht kannte. Oder gab es in dieser Welt vielleicht doch einen Doppelgänger von ihm und Ben verwechselte ihn?

»Ich mag ihn«, sagte Philja unvermittelt und lächelte. »Ben hat irgendwas an sich …« Er stockte und suchte nach Worten. »Wenn er da ist, werde ich ruhig, egal, was vorher war. Weiß auch nicht, warum das so ist.«

Simon wusste, was er meinte: Genau das hatte er auch empfunden, als er vor dem Jungen gehockt hatte. Er nickte nachdenklich.

Philja wirkte ein bisschen verlegen. Oft schien er über solche Dinge nicht zu reden. Schnell wurde er wieder geschäftig. »Häng deine Sachen zum Trocknen auf.« Er wies auf die Rückwand der Schlafkoje, ein Heizungsrohr führte dort entlang. »Ich besorg euch inzwischen was zum Anziehen. Und dann reden wir. Ich ruf den Rat zusammen.«

»Der Rat?«

»Das ist die Versammlung aller Familienoberhäupter.«

Simon fragte nach, und Philja erklärte, dass die Kinder und Jugendlichen, die in diesem Schutzraum lebten, eine Familie bildeten. Er war das gewählte Familienoberhaupt, seit Kurzem erst. »Aber wir sind nicht die einzige Familie hier unten unter der Stadt, es gibt viele andere.« Überall in den Katakomben, berichtete er, lebten Gruppen von Kindern und Jugendlichen, die in Schutzräumen oder in versteckten Kellergewölben Unterschlupf gefunden hatten. Jede dieser Familien schickte einen Vertreter in den Rat.

Simon nickte. Vielleicht war ein solches Treffen nicht schlecht. Vielleicht erfuhren sie dort mehr über das Schicksal seines Großvaters und das der Dorfbewohner.

Philja wandte sich zum Gehen. Er hatte die Vorhänge schon in der Hand, als er zögerte und sich noch einmal zu Simon umdrehte. »Hat Drhan mitbekommen, dass ihr in die Stadt gekommen seid?« Er war besorgt.

Simon schüttelte den Kopf. »Nein. Niemand weiß, dass wir hier sind.«

Doch sicher war er sich nicht.

33

Simon war dabei, seine Sachen zum Trocknen auszubreiten, als Ashakida in den Schlafraum zurückkehrte. Die Leopardin hatte sich in der Bunkeranlage umgesehen, jetzt schlängelte sie sich durch die Vorhänge, die Simon und ihren Schlafplatz umgaben. Mit einem Satz sprang sie neben ihn auf das zweite Bett, das in der Schlafkoje stand. Simon sah kurz zu ihr, ohne seine Arbeit zu unterbrechen. Dann holte er das Skizzenbuch seines Großvaters aus dem feuchten Rucksack und begann es auszuwickeln. Zu seiner Erleichterung war es trocken geblieben. Iras Oma hatte das Buch in Wachspapier eingeschlagen, genau wie die Kräuter, die sie ihm mitgegeben hatte. Fast schien es, als habe sie geahnt, was geschehen würde. Simon überlegte kurz, das Buch durchzublättern, doch seine Neugierde auf das, was Ashakida herausbekommen hatte, war größer.

»Und?« Erwartungsvoll sah er die Leopardin an.

»Es ist genau so, wie Philja gesagt hat. Es gibt hier unten nur Kinder. Das jüngste, das ich gesehen habe, ist vielleicht vier. Der Älteste der Jugendlichen ist höchstens sechzehn.«

»Aber wo kommen die alle her? Und warum leben sie hier unten und nicht oben in der Stadt?«

Ashakida Schwanzspitze zuckte. »Das hätte ich auch gerne gewusst. Aber niemand wollte mit mir reden.«

Simon lächelte. »Ist doch kein Wunder: Die sind noch nie einer Leopardin begegnet! Und einer, die spricht, schon gar nicht. Ich war auch ziemlich erschrocken, als ich dich das erste Mal gesehen habe.« Er erinnerte sich noch gut an ihre erste Begegnung am Fuße des Towers. Ashakida knurrte leise, während sie sich ausstreckte. Simon ließ sich neben sie auf das Bett fallen. »Was sollen wir jetzt tun?«

»Uns an deiner Kleidung erfreuen?« Die Leopardin stupste mit ihrer Pfote gegen Simons Papieranzug und prompt riss eine ihrer Krallen ein Loch in die dünne Schicht.

»Hey!« Simon protestierte und rückte von ihr ab.

Ashakidas Nase kräuselte sich belustigt. »Entschuldigung.« So richtig leid schien es ihr nicht zu tun. Sie blickte zu seinem Rucksack, der am Pfosten des Bettes hing und dort trocknete. Ihr Gesichtsausdruck wurde ernst. Der Handschuh, den Simon während ihrer Flucht benutzt hatte, lag direkt davor auf dem Bett, Simon hatte ihn dort abgelegt, obwohl die Schuppenhaut nicht trocknen brauchte.

Simon folgte ihrem Blick. Er ahnte, was sie dachte und welche Frage sie ihm jetzt stellen würde.

»Was ist vorhin im U-Bahn-Tunnel passiert?«

Simon schwieg.

Die Leopardin fauchte leise. »Ich habe es genau gesehen. Die Tür ist nicht einfach aufgegangen. Du hast sie auch nicht aufgerissen. Sie stand plötzlich offen. So als ob sie niemals zu gewesen wäre.«

Nachdenklich hörte Simon zu, wie Ashakida zu beschreiben versuchte, was in jenem Moment geschehen war.

Er hatte es genauso empfunden: Die Welt hatte einen Sprung gemacht, und plötzlich war dort eine offene Tür gewesen, genau an der Stelle, an der eben noch ein Türgriff aus einer dicken Kalk- und Schlammschicht geragt hatte. Simon hatte keine Erklärung für das, was geschehen war.

»Aber du musst doch wissen, wie du das angestellt hast!«

Ratlos hob er die Schultern: Er wusste es nicht.

Ashakida angelte mit ihren Zähnen nach dem Handschuh und schob ihn in Simons Hand. »Zieh ihn an.«

Er zögerte.

»Na los! Du hast es mit diesem Ding gemacht. Also versuch es noch einmal.«

Vorsichtig streifte Simon den Handschuh über und zog ihn bis zu seinem Ellenbogen hoch. Die Kabel, die die Manschette am Arm mit dem Handrücken verbanden, baumelten hin und her. Er konzentrierte sich, so wie er es im U-Bahn-Schacht getan hatte. Simon spürte, wie seine Hand warm wurde. Der Handschuh zog sich zusammen, dann glühte die blaue Fläche auf dem Handrücken auf.

Ashakida beobachtete ihn gespannt. »Und jetzt?«

»Ich habe keine Ahnung.« Simon sah auf. Das Leuchten erlosch, klickernd rutschten die Glieder der Schuppenhaut wieder auseinander. Schweigend zog er den Handschuh ab und legte ihn neben sich auf das Bett.

Die Leopardin betrachtete die glänzende Hülle aufmerksam. Plötzlich stutzte sie. »Da steht was.«

Simon kannte den Schriftzug. Er hielt ihn in das Licht, damit ihn die Leopardin lesen konnte.

Verblüfft zuckte sie zurück. »Aphyr.«

Simon nickte.

»Das ist die Göttin, die alles erschuf.« Ashakida verstummte.

Simon lachte. »Na klar! Das ist ein göttlicher Handschuh.« Es sollte ein Witz sein.

Doch die Leopardin lachte nicht. Nachdenklich sprang sie vom Bett und lief ein paar Schritte, bevor sie sich umdrehte und ihn ansah. »Vielleicht hast du recht. Es ist ein Werk der allmächtigen Göttin. Das wäre eine Erklärung.«

Simon spürte, dass Zweifel in ihm aufstiegen. Obwohl er ein Torwächter war, obwohl er wusste, dass es sieben Welten gab, obwohl er ein Weltentor durchschritten hatte und mit einer sprechenden Leopardin redete, kam ihm dieser Gedanke eigenartig vor. Warum sollte eine Göttin einen solchen Handschuh erschaffen? Damit man damit Türen öffnen konnte? Das ginge doch einfacher, ein Wunder zur rechten Zeit würde es auch tun – eine allmächtige Göttin brauchte einen solchen Handschuh nicht. Und dann sollte sie auch noch ihren Namen draufgeschrieben haben? Simon fand das seltsam.

Es raschelte an den Vorhängen und eine helle Stimme war zu hören. »Kann ich reinkommen?«

Simon schlug eine der Stoffbahnen zurück. Ein blonder Haarschopf ragte hinter einem Stoß Kleidungsstücken hervor. Es war ein Mädchen, jetzt reckte sie sich und blickte über den Stapel hinweg. »Die sind für dich! Wo soll ich sie hinlegen?«

Simon nahm die Kleidung und legte sie auf das Bett.

Ashakida streckte sich neben ihm und leckte einmal kurz über ihr sanft schimmerndes Fell. Das blonde Mädchen erstarrte und blickte die Leopardin mit großen Augen an.

Simon lächelte. »Keine Angst. Sie tut dir nichts.«

Das Mädchen nickte stumm. Doch ihr war die Leopardin nicht ganz geheuer. Sie gab Simon noch ein Paar Schuhe, das sie an den Schnürsenkeln getragen hatte. Dann rannte sie davon.

Simon wollte gerade das Oberteil seiner Papierkleidung abstreifen, als ihm einfiel, dass Ashakida noch mit ihm in der Schlafbox war. Vorwurfsvoll sah er sie an.

Sie knurrte. »Ich bin ja schon weg. Du findest mich draußen.« Und mit einer eleganten Bewegung schlängelte sie sich durch die Vorhänge.

Die Sachen, die Philja ihm hatte schicken lassen, sahen anders aus als die Kleidung, die Simon sonst trug. Die Hose und die Jacke waren robust und mit groben Stichen zusammengenäht. Der harte Stoff scheuerte auf der Haut. Auch die Unterwäsche kratzte fürchterlich, genau wie der graue Strickpullover, der oben auf dem Kleiderstapel gelegen hatte. Simon musste sich beherrschen, ihn nicht sofort wieder auszuziehen. Die Lederschuhe, die er zuletzt anzog, waren grobe Treter im Vergleich zu den leichten Turnschuhen, die er sonst trug. Sie waren ihm etwas zu groß, doch die Wollsocken, die sie ihm geschickt hatten, waren so dick, dass die Schuhe kaum an seinen Füßen schlackerten. Simon band die Schnürsenkel fest zusammen und sah an sich hinab. Alles war besser als die Papierkleidung, sagte er sich. Außerdem würden seine eigenen Sachen bald wieder trocken sein.

Ein Kichern ertönte, als er hinaus in den Gang trat. Ira stand in der Tür des Schlafsaals. Eine Hand in der Tasche, schlenderte sie zu ihm. »Du siehst ja lässig aus.« Sie musterte ihn spöttisch von Kopf bis Fuß.

Simon wusste, wenn er eines in diesen Klamotten nicht war, dann lässig.

Er ließ sich nichts anmerken, sondern gab sich cool. »Dein Pullover ist echt klasse«, spottete er. »Wie viele Nummern zu groß ist er?« Ira wirkte in den Sachen, die sie von Philja bekommen hatte, kein Stück besser als er.

Sie versuchte, sich nichts anmerken zu lassen. Doch Simon sah, wie sie an ihrem Wollpulli herumzupfte.

Ashakida kam in den Saal, hinter ihr betrat Philja den Raum, er warf der Leopardin einen unsicheren Blick zu. »Da seid ihr ja.« Er grinste, als er sie sah. »Jetzt seht ihr aus wie wir.«

Erst jetzt fiel es Simon auf: Niemand in dem Schlafsaal beachtete sie, die anderen Jugendlichen warfen ihnen eher beiläufige Blicke zu. Mit dieser Kleidung würden sie sich hier unten unauffällig bewegen können – zumindest, solange Ashakida nicht bei ihnen war. Trotzdem fühlte er sich in den groben Klamotten nicht wohl.

Philja wurde ernst. »Seid ihr bereit? In zwei Stunden müssen wir los.«

Simon spürte, dass der Rothaarige angespannt war. »Wohin?«

»Der Rat tritt zusammen. Sie wollen euch sehen.«

34

Zwei Stunden später brachen sie auf. Sie folgten Philja durch die Gänge der Bunkeranlage bis zu einem Seitenausgang. Das kleine Tor war bewacht wie das Haupttor, durch das sie gekommen waren, zwei Jungen saßen an der Stahltür und ließen sie hinaus. Sie beobachteten die Leopardin mit argwöhnischen Blicken.

Kaum hatten sie den Bunker verlassen, änderte sich die Körperhaltung des Rothaarigen. Wie eine Raubkatze vor einem Sprung, wirkte Philja nun wach und aufmerksam. Seine Muskeln waren angespannt. Er legte seinen Finger auf seine Lippen und bedeutete ihnen, ruhig zu sein. Dann schlich er voran. Die anderen folgten ihm. Gemeinsam gingen sie durch die Unterwelt der Stadt.

Simon trug wieder seine eigene Kleidung. Er hatte sich umgezogen, weil er sich in seinen Sachen einfach besser und sicherer bewegen konnte. Nur die Jacke der Kinder hatte er übergeworfen, darüber trug er seinen Rucksack. Ira hingegen hatte sich für die Kleidung entschieden, die sie im Bunker bekommen hatte. Ihre Tasche hatte sie bei ihren Sachen gelassen. Simon sah, dass der feste Stoff ihrer Hose hilfreich war, wenn sie durch die Kanäle kroch und Schrägen hinaufkletterte oder hinabrutschte. Auch fiel ihm auf, wie geschickt Ira war, sie bewegte sich viel sicherer als er. Sie war aus ihrem Dorf schwierige Wegstrecken gewohnt.

Nach einer Weile blieb Philja stehen und wies auf eine Luke im Boden. »Hier geht es lang.« Er zog die Klappe auf und ließ sich durch die Öffnung hinabgleiten. Einen Moment später hörten sie ein dumpfes Geräusch, als er unten auf dem Boden landete. Simon folgte ihm, dann ließ sich Ira hinunter. Zuletzt sprang Ashakida hinab.

Unter der Öffnung befand sich eine Röhre, sie war aus Metall geformt und so niedrig, dass Simon den Kopf einziehen musste, um nicht an die Decke zu stoßen. Ein stetiger Luftzug strömte durch die Pipeline. Die Luft roch muffig, so wie überall in den Katakomben der Stadt.

Philja schaltete seine Lampe ein, sie klemmte an seinem Gürtel. Auch Simon aktivierte die Leuchte, die er bekommen hatte. Ira hatte ihre Akkuleuchte mitgenommen. Philja wies wortlos in die Richtung, aus der der Wind kam, und sie machten sich auf den Weg.

»Was ist das hier?« Simon hatte keine Vorstellung, wofür das Rohr gebaut worden war.

»Das ist die zentrale Belüftung«, antwortete Philja. »Alle Hochhäuser der Stadt sind an die Anlage angeschlossen.« Auch ihr Bunker sei mit dem Lüftungssystem verbunden, genau wie die anderen Schutzräume in der Stadt. »Das hier ist der schnellste Weg, um zum Rat zu kommen. Aber wir nutzen ihn nicht so oft.« Angespannt sah Philja in die Dunkelheit vor ihnen.

»Und warum?«

Bevor der Rothaarige antworten konnte, ertönte vor ihnen ein Sirren, das schnell lauter wurde. Philja wich zurück. Eilig drehte er sich um und rannte los. »Schnell, beeilt euch!«

Sie rannten ihm nach bis zu einem Nebenschacht, der in das Rohr mündete. Nacheinander kletterten sie in die schmale Seitenröhre. Sekunden später glitt draußen ein Reinigungswagen vorbei, ein walzenförmiges Gefährt, das die Wände des Tunnels abbürstete und dabei seine Größe änderte, je nach dem Durchmesser der Röhre, durch die er glitt.

»Deshalb«, beantwortete Philja außer Atem Simons Frage und sah dem Wagen hinterher, »deshalb nutzen wir die Lüftungstunnel selten.«

Ira ließ sich zurück in den Schacht gleiten. »Kommen die Dinger oft vorbei?«

»Das weiß man nie. Aber ich denke, wir sollten jetzt Ruhe haben.«

Leise gingen sie weiter. Nun lauschten alle auf das Sirren, das die Reinigungsroboter ankündigte. Doch sie blieben ungestört, so wie es der Rothaarige vorhergesagt hatte.

Simon blickt Philja von der Seite an. »Warum bist du so nervös?«

»Ich bin nicht nervös«, behauptete Philja.

Simon tauchte in die Gefühle des Rothaarigen ein. Es fiel ihm leicht, Philjas Anspannung war deutlich zu spüren. »Du bist nervös, und zwar sehr«, stellte Simon fest. »Und es wird stärker, je weiter wir vorankommen. Du hast Angst vor der Versammlung.«

Philja lachte kurz auf, so als redete Simon Unsinn. Doch Simon wusste, dass er mit seiner Aussage ins Schwarze getroffen hatte.

Je weiter sie kamen, desto imposanter wurde das Rohr. Hatte Simon zu Beginn gebückt gehen müssen, so konnte er nun aufrecht durch den Lüftungstunnel wandern. Der Durchmesser des Rohrs nahm immer mehr zu, und nach einer Weile – zahlreiche andere Luftschächte waren zwischenzeitlich in das Innere gemündet – konnte er die obere Rundung nicht mehr mit seinen Händen erreichen, selbst dann nicht, wenn er mit ausgestrecktem Arm hinaufsprang.

»Libor findet, es war falsch, euch mit ins Versteck zu nehmen«, sagte Philja unvermittelt. »Er traut euch nicht. Er meint, ich hätte einen großen Fehler gemacht.«

»Wer ist Libor?«, fragten Simon und Ira gleichzeitig. Sie grinsten sich kurz an.

»Unser oberster Ratsherr«, entgegnete Philja. »Er bestimmt, was hier unten bei uns passiert.«

Licht flackerte am Ende der Röhre auf. Philjas Unruhe wurde stärker, und auf seine Bitte hin beeilten sie sich, um rechtzeitig an ihr Ziel zu kommen.

Simon spürte, wie sein Magen zu kribbeln begann. Dies konnte nur eines bedeuten: Sie näherten sich dem Tower.

Zügig liefen sie auf das flackernde Licht zu.

Das Rohr mündete in einen riesigen Raum, so wie ihn Simon noch nie zuvor gesehen hatte. Überwältigt blieb er stehen. Auch Ira starrte sprachlos in den Abgrund, der sich unter ihnen öffnete. Sie standen auf einem lang gestreckten Balkon, der hoch oben an der Wand einer gewaltigen Halle klebte. Der Raum, in den sie hinabschauten, war tief wie eine Schlucht und so breit, dass selbst Ira mit ihrer Zwille keinen Stein auf die andere Seite hätte schießen können. Die halbrund gebogenen Wände bestanden aus matt glänzendem Metall und sie waren durchlöchert, überall mündeten Lüftungsschächte in das Innere. Balkone wie der, auf dem sie standen, verbanden die Schachteingänge miteinander, Treppen und schmale Leitern führten von Ebene zu Ebene. Simon kam sich winzig vor.

Ashakida knurrte und wies zur Decke. Simon blickte hinauf und auch Ira legte den Kopf in den Nacken: Vier riesige Propeller rotierten dort oben in gewaltigen Rohröffnungen und bliesen Luft in die Halle. Ihr Brummen erfüllte den Raum. Sie kniffen die Augen zusammen. Die rotierenden Propellerflügel zerhackten das Licht, das durch die Rohröffnungen von außen in den Raum fiel. Geblendet hob Simon die Hand über seine Augen. Der Wind, den die Rotoren in die Halle hinabschaufelten, zerrte an ihren Kleidern.

»Kommt!« Philja lief an der Balustrade entlang, kletterte behände auf einer der Leitern zwei Ebenen tiefer und steuerte eine unscheinbare Tür an, die neben zwei staubblinden Fenstern in der Wand eingelassen war. Die anderen kletterten ihm nach.

»Wir sind da. Beeilt euch, bitte!« Ohne eine Antwort abzuwarten, drehte sich Philja um und trat durch den Eingang.

Hinter der Tür öffnete sich ein kleiner Raum, zumindest hatte Simon im ersten Moment diesen Eindruck. Doch der Raum war nicht wirklich klein, er kam ihm nur nach der gewaltigen Halle dort draußen winzig vor. Bestimmt war er größer als die Pausenhalle seiner ehemaligen Schule, und die war wirklich groß gewesen.

Neugierig sah er sich um. Sie befanden sich in einem Kontrollraum, vermutlich die Steuereinheit, von der aus die Belüftungsanlage überwacht werden konnte. Doch es leuchtete kein Licht, es glühte kein Knopf, die Anzeigen an der Wand waren dunkel und bewegten sich nicht. Überall lag Staub, an den lang gestreckten Pulten hatte lange niemand mehr gesessen. Einige der Stühle waren umgestürzt.

Interessiert trat Simon näher. Das Pult und die Kontrollwand wirkten irgendwie klobig. Nirgendwo sah er Computerbildschirme, dafür viele Regler und Schalter und außerdem Anzeigen mit Zeigern, die sich hin- und herbewegen konnten und die nun regungslos auf der Startposition verharrten. Die Anlage musste sehr alt sein.

»Was ist das hier?« Ira hatte so etwas noch nie gesehen.

Simon kam nicht dazu, ihr zu antworten: Philja war in der Tür zum Nebenraum stehen geblieben, er sah ungeduldig zu ihnen zurück. »Jetzt kommt schon!« Eilig ging er weiter. Sie folgten ihm.

Ein kleiner Zwischenflur schloss sich an, dahinter öffnete sich ein weiterer fensterloser Raum. Stimmengemurmel drang durch den Spalt der angelehnten Tür.

Philja blieb stehen und sah zu ihnen zurück. Dann holte er tief Luft und zog die Tür auf.

35

Das Gemurmel erstarb, als sie den Raum betraten. Sie befanden sich in einem lang gestreckten Saal, es war ein Konferenzraum mit einem ovalen Tisch in der Mitte und gepolsterten Stühlen. Eine große messingverzierte Lampe glühte an der Decke. Auf den Plätzen rund um den Tisch saßen Kinder und Jugendliche, sie hatten leise miteinander gesprochen, jetzt drehten sich alle um und blickten die Neuankömmlinge an. Vor allem Ashakida weckte die Aufmerksamkeit der Anwesenden. Niemand von ihnen hatte jemals zuvor einen Schneeleoparden gesehen.

Philja entschuldigte sich in die Stille hinein, dass sie zu spät gekommen waren, und huschte auf den Platz, der für ihn an dem Tisch frei gehalten worden war. Dann wies der Rothaarige auf Simon. »Das ist er.« Er verstummte schüchtern.

Keiner sagte ein Wort, alle sahen Simon an.

»Du musst was sagen«, flüsterte Ashakida.

Hilflos blickte Simon zu Ira, doch die zuckte nur mit den Schultern. Simons Mund wurde trocken. Vor vielen Menschen zu reden, war nicht seine Stärke. Er trat an das freie Kopfende des Tisches und räusperte sich. »Hallo. Ich bin Simon.«

»Das wissen wir schon.« Ein Jugendlicher, vielleicht siebzehn Jahre alt, war aufgestanden. Er war dunkelblond und groß und hatte raspelkurz geschnittene Haare. Ein Lederarmband umspannte sein rechtes Handgelenk. Er schien der oberste Ratsherr zu sein, denn seine Stuhllehne war ein kleines Stückchen höher als die der anderen.

»Du bist Libor«, rutschte es Simon heraus.

Der Dunkelblonde musterte ihn kühl und seine Mundwinkel bogen sich etwas nach unten. »Sieh an. Du bist ja gut informiert.« Er sah vorwurfsvoll zu Philja, der ein wenig tiefer in seinen Stuhl rutschte. »Was hast du ihm noch alles von uns verraten?«

Philja rappelte sich auf. »Ich hab ihm nichts verraten!«

»Und meinen Name hat er erraten?«

Ein leises Kichern lief durch den Raum.

Libor wandte sich ab, ohne Philja weiter zu beachten. Er setzte sich und betrachtete interessiert Simon, während ein überhebliches Lächeln um seine Mundwinkel spielte. »Dann lass mal hören.«

Misstrauisch sah Simon ihn an. Ihm gefiel der Ton nicht, in dem Libor mit ihm sprach. »Was meinst du damit?«

Der oberste Ratsherr lehnte sich zurück. Sein Blick war kühl. »Ich will wissen, warum Drhan euch hier hereingelassen hat.«

Simon war verblüfft. Wollte Libor damit andeuten, sie würden mit Drhan unter einer Decke stecken? Er wurde ärgerlich. Doch nach einem leisen Fauchen von Ashakida, die seine Gefühle las, zügelte er seinen Zorn und begann ruhig zu berichten.

Die Gesichter, in die er sah, während er von den letzten Wochen berichtete, waren erstaunt, amüsiert oder bei manchen gar abweisend. Einige der Kinder lachten, andere begannen zu tuscheln, und je länger er sprach, desto unruhiger wurde es. Niemand schien zu glauben, was er erlebt hatte.

Ein pickeliger Junge, er war etwas älter als Simon, stand auf. »So ein Quatsch!« Er lachte ein wenig zu laut und warf dabei einen Beifall heischenden Blick zum obersten Ratsherr. Auch andere Kinder lachten.

Jetzt reichte es Ashakida. Mit einem eleganten Satz sprang die Leopardin auf den Konferenztisch. Sie zeigte ihre Zähne und fauchte so lange, bis alle auf sie aufmerksam wurden und erschrocken verstummten. Langsam, mit gleitenden Bewegungen, schlich sie entlang des Ovals und sah jedem, der an dem Tisch saß, in die Augen. Schließlich blieb sie vor Libor stehen und musterte ihn ausgiebig, dann setzte sich und legte den Schwanz um ihre Pfoten.

»Mein Name ist Ashakida«, sagte sie und strich sich mit der Tatze ein Staubkorn von ihrem Fell.

Überrascht schrien die Kinder auf. Es war das erste Mal, dass sie die Leopardin sprechen hörten.

Ashakida knurrte kurz und sah in die Runde, bis es wieder ruhig war. Dann blickte sie zu Libor, der ein wenig blass um die Nase geworden war. »So, mein Lieber, jetzt bist du dran. Erzähl uns von eurer Stadt.«

Libor schluckte und nestelte an seinem Lederarmband. Kurz dachte Simon, dass er keinen Laut herausbekommen würde, doch dann begann der oberste Ratsherr zu erzählen. Er ließ die Leopardin dabei nicht aus den Augen.

So wie es Philja gesagt hatte, hatten sich die Kinder und

Jugendlichen in Familien zusammengetan. Es gab viele dieser Gruppen, sie lebten in den Bunkern und Tunneln unter der Stadt. Die meisten Familien hatten sich im Rat zusammengeschlossen, um sich gegenseitig zu helfen und um sich gemeinsam gegen Drhans Soldaten zu verteidigen. Ein paar wenige hielten sich von den anderen fern und schlugen sich alleine durch. Vom Leben über der Erdoberfläche erzählte Libor nur wenig, er wisse nicht viel, behauptete er, sie würden sich selten hinauf an die Oberfläche wagen. Nur wenn ihre Vorräte zur Neige gingen oder die Familien Dinge brauchten, die es nicht in einem der Lagerräume in den alten Bunkeranlagen gab, schickte der Rat einen Expeditionstrupp nach oben: Es sei einfach zu gefährlich, sich in den Straßen der Stadt zu bewegen, auch wenn alle Erwachsenen Schläfer waren.

»Schläfer? Was bedeutet das?« Simon hatte dieses Wort schon einmal von Philja und dem blonden Mädchen im Bunker gehört.

»Die Erwachsenen da oben sehen so aus, als ob sie wach sind«, mischte sich das Pickelgesicht ein, »aber eigentlich schlafen sie.« Libors Blick traf ihn, und er verstummte sofort.

»Sie sind abwesend«, versuchte Libor es zu erklären. »Sie haben die Augen offen, aber sie reagieren auf nichts. Als ob ihr Geist nicht da ist.« Aber die Schläfer seien nicht das Problem, von ihnen gehe keine Gefahr aus. Gefährlich seien die Soldaten Drhans. Und die patrouillierten durch die Straßen der Stadt.

»Was ist mit euren Eltern? Wo sind sie?«

»Wir wissen es nicht.« Ein Schatten lief über Libors Gesicht. Kaum einer von ihnen, erzählte er, könne sich noch an seine

Eltern erinnern. »Vermutlich leben sie irgendwo da oben und haben vergessen, dass es uns hier unten gibt.«

»Aber warum seid ihr hier? Warum konntet ihr Drhan entkommen und die Erwachsenen nicht?«

Libor zuckte mit den Schultern. Sie seien, erzählte er, in den Gängen unter der Stadt aufgewachsen. Warum, das wüssten sie nicht. »Manchmal finden wir kleine Kinder, so als hätte sie jemand unter der Stadt ausgesetzt. Wir nehmen sie in unsere Familien auf.« Er stockte kurz, bevor er fortfuhr. »Und manchmal verschwinden welche von uns, wenn sie älter sind.«

»Was passiert mit ihnen?«

Niemand sagte etwas, Simon spürte Furcht. Der Rothaarige sprach nach einem Blick zu Libor. »Wir vermuten, sie werden zu Schläfern.«

»Warum? Wie wird man zu einem Schläfer?«

Keiner wusste die Antwort.

»Was ist mit den Dorfbewohner? Wisst ihr etwas von ihnen?« Fragend blickte Simon in die Runde. »Drhans Männer haben sie gerade erst hergebracht, vor drei Nächten.«

Ira beugte sich gespannt vor.

Ein blasser Junge, der am Ende des Tisches saß, meldete sich und bestätigte, was sie schon wussten. Die Dorfbewohner waren von den Soldaten auf Lastwagen in die Stadt transportiert worden, auch er hatte es beobachtet.

»Aber wo sind sie jetzt?«

Der blasse Junge wusste es nicht.

Simon wollte weiter nachfragen, doch Libor unterbrach ihn

ungeduldig. »Es reicht jetzt. Mehr wissen wir nicht.« Er stieß seinen Stuhl zurück und brachte etwas Abstand zwischen sich und die Leopardin. Dann stand er auf.

Simon hielt ihn zurück. »Was ist mit meinem Großvater? Habt ihr ihn gesehen? Er muss hier sein.«

»Und wenn schon, was spielt das für eine Rolle? Er ist jetzt ein Schläfer.«

Simon ärgerte die beiläufige Art, mit der Libor ihm antwortete. »Ist dir eigentlich egal, was da oben passiert?«

»Ist es denn wichtig?«

Wütend starrte Simon ihn an. »Ja, verdammt, es ist wichtig! Wäre ich sonst hier? Hätten wir sonst in diesem verdammten U-Bahn-Tunnel unser Leben riskiert, nur um hierherzukommen? Aber das interessiert dich ja nicht!«

Es blieb still, als Simon verstummte. Er hatte nicht darüber nachgedacht, was er sagte, und ein wenig war ihm sein Ausbruch unangenehm. Doch er stand zu dem, was er ausgesprochen hatte, und so straffte er seinen Körper und blickte dem obersten Ratsherr in die Augen.

Libor hielt seinem Blick stand. »Du hast recht. Es interessiert mich nicht. Und weißt du, warum? Weil ich nichts für die da oben tun kann. Aber hier«, er stieß seinen Zeigefinger auf den Tisch, »hier kann ich was tun! Ich bin verantwortlich für alle Kinder und Jugendlichen, die hier unten leben! Darauf kommt es an! Und nicht auf irgendwelche Erwachsenen, die ich noch nicht einmal kenne und die in die Stadt gebracht werden, um zu Schläfern zu werden.«

»Aber wollt ihr nicht eure Eltern retten?«

»Sie haben uns alleingelassen.« Verachtung schwang in Libors Stimme mit. »Wir kommen auch gut ohne sie zurecht.«

Bevor Simon etwas entgegnen konnte, wandte sich Libor den Ratsmitgliedern zu: »Das war's. Die Sitzung ist beendet.«

Alle Kinder und Jugendliche erhoben sich und augenblicklich erfüllte Stimmengewirr den Raum.

Simon war verblüfft. Auch Ira hatte dieses Ende des Gesprächs nicht erwartet. Nach einem Blick zu Ashakida eilte Simon Libor nach. An der Tür hielt er ihn auf. »Warum willst du uns nicht helfen?«

Libor sah ihn abschätzig an »Ist das so schwer zu verstehen? Es ist zu gefährlich! Ich bringe niemanden in Gefahr, nur weil ihr euch mit Drhan anlegen wollt. Uns geht es gut hier unten. Und das setze ich nicht wegen euch aufs Spiel.« Er winkte den Rothaarigen zu sich. »Bring sie dahin zurück, wo du sie hergeholt hast.« Und ohne Simon noch einmal anzusehen, verließ er den Raum.

Nacheinander gingen die Kinder durch den Ausgang, der Konferenzraum leerte sich. Nur Philja blieb bei ihnen stehen.

Der pickelige Jugendliche, der vorhin noch über Simons Bericht gelacht hatte, war als Letzter an die Tür getreten, doch er zögerte, weiterzugehen. Er wartete, bis alle Ratsmitglieder außer Philja den Raum verlassen hatten. Dann blickte er Simon an. »Bist du wirklich ein Torwächter?«

Simon nickte und griff mit seiner Hand zu dem Ring, den ihm sein Vater gegeben hatte.

Das Pickelgesicht folgte seinem Blick. »Ich glaube, ich weiß, wo dein Großvater ist.«

36

Simon war überrascht. »Du hast meinen Großvater gesehen?« Für einen Augenblick fürchtete er, der Junge wollte sich über ihn lustig machen. Doch das Pickelgesicht wies auf eine Stelle unter dem linken Ohr. »Hat er hier eine dunkle Stelle auf der Haut?«

Simons Herz klopfte. Sein Großvater hatte tatsächlich ein Muttermal am Hals. Er nickte aufgeregt. »Was ist mit ihm?«

»Er ist hier in der Stadt.«

Simon eilte zur Tür, schloss sie und zog das Pickelgesicht auf einen Stuhl. Vorhin, während der Ratssitzung, hatte der Junge überheblich gewirkt. Jetzt wirkte er unsicher, und das war viel sympathischer als sein überheblicher Auftritt vor dem obersten Ratsherrn.

Erwartungsvoll sah Simon ihn an. Auch Ira, Ashakida und Philja hörten gespannt zu.

»Es war vor fünf Wochen«, begann das Pickelgesicht seinen Bericht, »nach einer Ratssitzung hier in der Windhalle. Ich war auf dem Heimweg. Und da habe ich ihn gesehen.« Der Jugendliche warf einen scheuen Blick zu Philja. Er habe sich vor einem Trupp Soldaten verstecken müssen, erzählte er weiter, und dabei habe er aus seinem Versteck beobachtet, wie die Soldaten einen Mann durch die Gänge geführt hatten. »Er war schon sehr alt, mit grauen Haaren und so. Und mit diesem Fleck hier am Hals. Und er war kein Schläfer!«

»Woran hast du das gemerkt?«

»Er hat sich gewehrt. Und er hat geredet, er hat die Soldaten beschimpft. Kein Schläfer macht so was.«

Simon versetzte es einen kurzen Stich. Bis jetzt hatte er sich nur vorgestellt, wie der Hüne seinen Großvater zur Mauer gefahren hatte, mit dem Wagen, in dem auch er eingesperrt gewesen war. Jetzt kam das Bild hinzu, wie die Soldaten seinen Großvater durch die Stadt gezerrt hatten.

»Wo haben sie ihn hingebracht?«, fragte Ashakida.

»In den alten Bahnhof«, antwortete das Pickelgesicht. Dort habe er die Soldaten beobachtet.

Simon erinnerte sich, dass ihm seine Mutter bei ihrem gemeinsamen Besuch in der Stadt das historische Bahnhofsgebäude gezeigt hatte. »Wo genau hast du meinen Großvater gesehen?« Der Bahnhof hatte sehr groß gewirkt.

»In der großen Halle. Dort, wo der Stundenfluss fließt.«

Der Rothaarige sog die Luft durch seine Zähne. Er wirkte überrascht. »Du warst in der Haupthalle? Du weißt, dass Libor das verboten hat.«

»Es ist der schnellste Weg nach Hause«, entgegnete das Pickelgesicht.

»Und du glaubst«, fragte Simon, »dass mein Großvater dort ist?«

Das Pickelgesicht zögerte. »Nein. Ich vermute, er ist in der Quelle.«

»Die Quelle?« Simon runzelte die Stirn.

»So nennen wir den Hochhausturm, der hinter der Bahnhofshalle steht«, erklärte Philja.

Ashakida schlich um das Pickelgesicht herum, sie beobachtete ihn misstrauisch. Simon konnte ihren Argwohn deutlich spüren. »Woher willst du das wissen?«

Der Jugendliche verstand die Frage nicht. »Was meinst du?«

»Na, dass Simons Großvater in diesem Turm ist.«

»Weil ich gesehen habe, wie sie ihn dort hingebracht haben.«

Der Schwanz der Leopardin peitschte hin und her. »Aber wie kannst du gesehen haben, dass er in den Turm gebracht worden ist, wenn du doch in der Bahnhofshalle warst?«

Jetzt verstand das Pickelgesicht, was die Leopardin störte. »Ich weiß es, weil sie von der Bahnhofshalle in den Stundentunnel gegangen sind.«

Ira mischte sich ein. »Was ist das, der Stundentunnel?«

Das Pickelgesicht erklärte, dass sich durch diesen Tunnel der Stundenfluss in die Bahnhofshalle stürzte, jede Stunde, daher sein Name. »Wir glauben, dass der Fluss in dem Hochhaus hinter dem Bahnhof entspringt. Darum nennen wir den Turm auch ›Quelle‹.«

Philja nickte bestätigend

»Gut.« Simon richtete sich auf. »Bring uns zu diesem Stundentunnel.«

Unsicher sah das Pickelgesicht zu Philja. Er zögerte. Dann schüttelte er den Kopf. »Das kann ich nicht.«

»Aber wieso nicht?«

»Libor hat es verboten.«

Ira zuckte mit den Schultern. »Er muss es ja nicht erfahren. Außerdem warst du schon einmal dort.«

Wortlos senkte der Jugendliche seinen Blick. Simon spürte, das Pickelgesicht würde sich nicht umstimmen lassen, und er gab Ira ein Zeichen, es nicht weiter zu versuchen. Schweigend sahen sie zu, wie der Junge den Raum verließ.

In der Tür drehte sich das Pickelgesicht noch einmal um. Er blickte Philja an. »Verrate mich bitte nicht. Also, dass ich im alten Bahnhof war. Wenn Libor das erfährt, flieg ich aus dem Rat.« Er lächelte verlegen. Leise schloss er die Tür hinter sich.

Einen Moment lang war es still. Simon seufzte. »Du darfst uns auch nicht zu diesem Stundentunnel führen, richtig?« Er wandte sich dem Rothaarigen zu. »Weil Libor es verboten hat.«

Philja nickte mit dem Kopf.

»Aber den Weg darfst du uns erklären.«

»Das schafft ihr nicht, ohne dass euch jemand führt.«

»Ich werde es versuchen.«

Philja sah ehrlich erschrocken aus. »Aber das ist viel zu gefährlich!«

Doch Simon war fest entschlossen, seinen Großvater zu suchen. Wenn ihm Philja nicht helfen wollte, dann würde er eben alleine gehen. Als er Ira und Ashakida fragte, ob sie ihn begleiten würden, zögerten die beiden nicht einen Augenblick: Sie würden ihn begleiten. Simon war erleichtert, und gemeinsam gingen sie zum Ausgang.

»Wartet!« Der Rothaarige war ihnen nachgekommen. »Libor hat gesagt, ich soll euch zurückbringen, dorthin, wo ich euch gefunden habe. Aber …« Er stockte.

Simon drehte sich zu ihm um. »Aber … was?«

Philja lächelte verschmitzt. »Aber er hat nicht gesagt, welchen Weg wir gehen sollen.«

»Das heißt …?«, fragte Simon gespannt.

»Ich bringe euch zum Stundentunnel.« Schnell drehte sich Philja um und ging zur Tür, so als wolle er nicht länger über seine Entscheidung nachdenken. Simon eilte ihm nach und knuffte ihm erleichtert in die Seite. »Danke!« Er lächelte.

Der Rothaarige lächelte ein wenig bemüht zurück. Ihm war mulmig zumute, spürte Simon, Philja bekam Angst vor seiner eigenen Courage. Doch Simon spürte auch, dass Philja jetzt nicht kneifen würde.

Die Jugendlichen und die Kinder waren alle fort, als sie den Konferenzsaal verließen, der Nebenraum lag verlassen da. Die Tür zur Windhalle stand offen, das flackernde Licht, das durch die Rotorschächte in das Innere der Halle fiel, drang durch die Tür zu ihnen herein. Schweigend gingen sie auf den Ausgang zu.

Ira und Philja hatten den Raum schon verlassen, als Simon plötzlich stutzte. Ihm war ein Schriftzug aufgefallen, klein und unauffällig, er war in ein Messingschild eingraviert, das an die Kontrollwand geschraubt war. Simon machte Ashakida auf das Schild aufmerksam. Die Leopardin war genauso verblüfft wie er, als sie die Schrift sah. Sie hatten das Wort, das dort stand, schon einmal gesehen, vor Kurzem erst. Es stand auf dem Handschuh, den Simon bekommen hatte und der in seiner Hosentasche steckte. Es waren fünf Buchstaben: APHYR.

37

APHYR – warum stand dieser Name an dem Kontrollpult? Sosehr er auch grübelte, Simon konnte es sich nicht erklären. Auch Ashakida war ratlos, was der Name der allmächtigen Göttin in einem verstaubten Schaltraum zu suchen hatte.

Das Licht ihrer Lampen tanzte an den matt glänzenden Wänden des Luftschachtes, den Philja für ihren Weg zum Bahnhof der Stadt ausgesucht hatte. Sie hatten einige Ebenen in die Tiefe klettern müssen, bis Philja vor einer Öffnung stehen geblieben war. Simon beobachtete den Rothaarigen. Er wirkte ruhig und folgte mit stetigem Schritt dem Luftschacht. Doch der äußere Schein trog. Seit sie die Windhalle verlassen hatten, war er angespannt, mehr noch als auf ihrem Hinweg zur Versammlung des Rates. Das, was sie vorhatten, war sehr gefährlich.

Ein Sirren ertönte hinter ihnen, Simon hörte es als Erster: ein Reinigungswagen! Er warnte die anderen, und gemeinsam rannten sie los. Das Sirren wurde lauter, der Wagen kam näher. Doch nirgendwo war ein Seitenschacht zu sehen, in den sie sich hätten flüchten können. In letzter Sekunde, sie konnten den Roboter schon hinter sich sehen, entdeckte Philja einen schulterbreiten Riss in der Tunnelwand. Er presste sich in die

Spalte und rückte an die Seite, um den anderen Platz zu machen. Nacheinander quetschten sie sich in die Lücke. Ashakida wollte auf Simon warten, doch er packte sie und schob sie zwischen die Beine der anderen. Dann riss er seinen Rucksack vom Rücken und drückte sich in den Spalt, gerade als hinter ihnen der Putzroboter vorbeiglitt. Die rotierenden Borsten zerfetzten Simons Jacke. Das Sirren und Kratzen wurde wieder leiser, bis es nicht mehr zu hören war.

Erleichtert zwängten sie sich aus der Spalte. Ashakida war ärgerlich. »Was sollte das? Ich soll *dich* beschützen, nicht du mich!« Sie war ungehalten, dass Simon sie in die Lücke geschoben hatte, anstatt zuerst zu gehen.

Simon lächelte. »Ist doch gut gegangen, oder?« Er knuffte sie und zog die Reste seiner Jacke aus, um sie in die Öffnung zu stopfen, in die sie sich gerade geflüchtet hatten. Dann setzte er sich seinen Rucksack auf. »Lasst uns weitergehen.« Simon war selber erstaunt, wie ruhig er geblieben war.

Der Luftschacht wurde immer schmaler. Philja leuchtete die Wand ab, während er langsam weiterging. Endlich fand er, was er suchte: eine Klappe in der Seitenwand des Rohrs. Mit Iras und Simons Hilfe stieß er die Klappe zurück. Vorsichtig schob Philja seinen Oberkörper durch die Öffnung. Er horchte. Nach einer Weile, es war still geblieben, kletterte er hinaus und sah zu ihnen zurück. »Kommt.«

Auf der anderen Seite öffnete sich ein großer Raum mit niedriger Decke und Wänden aus Beton. Es war eine Tiefgarage. Verstaubte Autos standen in den Parkbuchten.

Sie schlossen die Klappe, dann führte der Rothaarige sie

quer durch die unterirdische Garage. Sie liefen minutenlang, der Raum war lang gestreckt und sehr groß. Endlich erreichten sie die andere Seite. Ein rostiger Schrank stand dort, neben einer Metalltür ohne Klinke. Philja öffnete den Schrank und holte für jeden von ihnen einen langen grauen Mantel heraus. »Zieht das an.« Für die Leopardin nahm er eine Decke aus einem der Fächer, sie war aus dem gleichen grauen Stoff gewebt.

Ira griff sich erstaunt ihren Mantel. »Wofür brauchen wir das?«

»Damit man uns nicht erkennt.«

»Aber hier ist doch niemand.« Simon wies auf die verlassene Tiefgarage.

»Hier nicht. Aber oben.« Ohne Simons Reaktion abzuwarten, drückte Philja auf einen Knopf neben der Metalltür. Es krachte in einiger Entfernung, dann war ein Knirschen zu hören, das lauter wurde und schnell näher kam. Erst jetzt begriff Simon, was sich hinter der Tür verbarg: ein Fahrstuhl. Überrascht sah er den Rothaarigen an. »Du willst nach oben? An die Oberfläche?«

Philja grinste nervös. »Ich hab ja gesagt, dass es gefährlich wird.«

Ein heller Glockenschlag ertönte. Erschrocken fuhr Ira herum. In der gleichen Sekunde öffnete sich die Fahrstuhltür und eine wenig Vertrauen erweckende Fahrstuhlkabine tauchte vor ihren Augen auf.

»Was ist das?« Ira betrachtete den Aufzug mit großen Augen. Das Deckenlicht im Inneren der Box flimmerte trübe.

Simon erklärte ihr die Funktion eines Fahrstuhls, während

sie die Kabine betraten. Ira hörte schweigend zu und beobachtete misstrauisch, wie sich die Tür wieder vor ihnen schloss.

Philja knöpfte seinen Mantel sorgfältig zu und setzte die Kapuze auf. Dann half er Ashakida, ihr Fell mithilfe der Decke zu verbergen. Nur ihr Kopf und der Schwanz schauten unter dem Überwurf hervor. Auch Ira und Simon zogen ihre Mäntel an.

»Jetzt passt gut auf: Egal, was passiert, bleibt ruhig. Redet nicht, bewegt euch nicht schnell. Niemals rennen, außer ich sage es euch. Habt ihr das verstanden?« Fragend blickte Philja in die Runde.

Sie nickten, Ashakida knurrte zustimmend.

Philja drehte sich um und legte seinen Finger auf den obersten Knopf. Er zögerte, dann drückte er kräftig.

Es knallte und die Kabine begann sich zu bewegen. Ira schrie kurz auf. Simon tastete nach ihrer Hand. Er spürte, sie war froh, dass er bei ihr war, und auch nachdem der erste Schrecken vorbei war, ließ sie ihn nicht los.

Ruckelnd fuhr der Fahrstuhl durch den Schacht. Die Knöpfe auf der Anzeigetafel neben der Tür leuchteten, erst der unterste, dann sprang das Licht weiter nach oben, Stockwerk für Stockwerk, bis der oberste Knopf aufglühte. Es krachte erneut, der Fahrstuhl bremste ab und wieder ertönte die Glocke. Schließlich stand die Kabine still. Alle hielten den Atem an. Mit einem langen hohen Quietschen glitt die Tür vor ihnen zurück.

38

Das Erste, was sie sahen, war Nebel. Dann rochen sie den trüben Dunst, der sich in die Fahrstuhlkabine wälzte. Nur mit Mühe unterdrückte Simon einen Hustenreiz. Auch die anderen sogen ächzend die Luft in ihre Lungen. Nur Philja schien der Gestank nichts auszumachen. Er warf ihnen einen kurzen Blick zu, dann zog er noch einmal die Kapuze zurecht und trat aus dem Fahrstuhl. Sie folgten ihm.

Langsam gingen sie die Straße hinab. Philja hatte den Kopf gesenkt und sie machten es ihm nach. Wie verabredet, vermieden sie hastige Bewegungen. Vorsichtig sah sich Simon um. Sie befanden sich in einer Straßenschlucht im Zentrum der Stadt, links und rechts reckten sich gewaltige Hochhaustürme in den Himmel. Die Spitzen der Türme verschwanden in den Dunstschwaden, die durch die Straßen waberten. Der stinkende Nebel kam aus niedrigen Gebäuden, die sich zwischen die Wolkenkratzer quetschten und die bis auf die Lüftungsschlitze keine Fenster hatten. Auch aus manchen der Hochhäuser kam Qualm, er strömte aus Lüftungsöffnungen und manchmal auch aus mit Gittern gesicherten Fenstern. Jetzt verstand er, warum die Mäntel sie schützten. Der graue Stoff hatte fast die gleiche Farbe wie der Qualm, und schon nach wenigen Metern

Abstand verschmolzen die Mäntel mit dem Dunst und waren kaum noch zu sehen.

»Was ist hier los?«, wisperte Ira. »Wo kommt der Qualm her?«

Philja schüttelte unwillig den Kopf und antwortete nicht.

Dann sahen sie den ersten Schläfer. Eine Gestalt schälte sich aus dem Nebel, sie kam direkt auf sie zu. Im ersten Moment war Simon erschrocken, doch als Philja ruhig weiterging, tat er es ihm gleich. Die Gestalt kam näher, jetzt erkannten sie mehr als nur den Umriss: Es war ein Mann, er sah auf den ersten Blick ganz normal aus. Doch dann bemerkten sie seine Augen. Sie waren glasig und schienen in die Ferne zu blicken, obwohl es hier keine Ferne gab. Auch der Gesichtsausdruck des Mannes war eigenartig, kein Muskel in seinem Antlitz rührte sich. Nun verstand Simon, warum die Kinder in der Unterwelt der Stadt die Menschen an der Oberfläche Schläfer nannten. Dieser Mann sah so aus, als würde er mit offenen Augen schlafen.

Langsam gingen sie weiter aufeinander zu, die Schritte des Mannes klackten auf dem Pflaster. Simon spürte Iras Angst und auch er war nervös. Jetzt war der Schläfer direkt vor ihnen. Ohne nur irgendeine Reaktion zu zeigen, ging er direkt an ihnen vorbei. Auch ein zweiter, der dicht hinter dem ersten kam, reagierte nicht auf sie. Erleichtert stieß Ira die Luft aus, die sie aufgeregt angehalten hatte.

Doch die Begegnung mit den beiden Männern war nur ein kleiner Vorgeschmack auf das, was ihnen noch bevorstand. Ein leises Trappeln kündigte es an, ein Geräusch, als ob in weiter Ferne ein gewaltiger Tausendfüßler über die Straße ging. Ira sah besorgt zu Simon. Auch er hatte es gehört.

Unbeirrt ging Philja weiter.

Das Geräusch wurde lauter. Und dann sahen sie es: Die nächste Querstraße, die direkt vor ihnen lag, war eine der Hauptstraßen der Stadt, Hunderte Schläfer nutzten diesen Weg. In einem endlosen Strom gingen die Bewohner der Stadt den Fußweg entlang, dicht gedrängt, die Masse schien undurchdringlich zu sein. Simon und Ira erschraken. Auch Ashakida schien sich unter ihrer Decke kleiner zu machen.

Ohne langsamer zu werden, ging Philja auf den Strom der Menschen zu. Simon sah Frauen und Männer jeden Alters, alle wirkten entrückt und blickten ins Nichts. Keiner der Schläfer bemerkte sie. Und dann geschah das Erstaunliche: Als Philja den stetigen Menschenstrom erreichte, teilte sich die Menge und ließ ihn durch. Auch Simon und die anderen konnten den Strom durchqueren, ohne auch nur einen der wie in Trance wandelnden Erwachsenen zu berühren.

Plötzlich spürte Simon eine Welle von Angst, Philja strömte sie aus. Der Rothaarige wandte sich zur Seite und reihte sich in den Strom der Schläfer ein. Schnell drehten sich auch Ira und Simon nach links und gingen mit dem Strom, Ashakida hielt sich dicht bei ihnen. Angespannt versuchten sie zu verstehen, was der Grund für den plötzlichen Richtungswechsel war.

Und dann sahen sie ihn. Ein offener Geländewagen schälte sich aus dem Nebel, darin vier Soldaten, sie fuhren langsam die Straße hinauf und blickten aufmerksam um sich. Simon hielt die Luft an. Am liebsten wäre er weggerannt. Doch er ging ruhig weiter, ohne das Tempo zu verändern, so wie Philja es ihnen eingeschärft hatte. Der Wagen näherte sich bis auf wenige Meter Entfernung. Simon wagte nicht, den Kopf zu heben und zu den uniformierten Männern zu sehen. Jeden Augenblick rechnete er damit, dass ein Schrei ertönte und dann ein Befehl, er erwartete, dass Schritte auf sie zukamen und Hände sie packten. Doch es blieb ruhig, der Wagen fuhr vorbei, und langsam wurde das Geräusch des Motors leiser.

Als es still geworden war, sah sich Philja vorsichtig um. Er nickte ihnen zu und änderte erneut seine Gehrichtung, um den Strom der Schläfer wieder zu verlassen.

Simon wollte ihm gerade folgen, als er stutzte. Eine Schläferin kam auf sie zu, sie war noch jung, jünger als alle anderen Erwachsenen, die ihnen begegnet waren. Er schätzte das Mädchen auf fünfzehn. Sie hatte lange dunkle Haare. Und dann erkannte er sie. »Maria!« Simon blieb stehen. »Maria, ich bin's!« Es war das Mädchen aus dem Dorf, sie hatte ihm geholfen, als er die bewusstlose Ashakida zu Iras Großmutter gebracht hatte. Jetzt waren ihre Augen glasig, und sie reagierte nicht auf ihn, selbst als er sich ihr in den Weg stellte und sie packte. »Maria, wach auf!« Er schüttelte sie.

In der gleichen Sekunde wurde er herumgerissen, es war Philja, er sah Simon wütend an. Simon verstand, was der Rothaarige ihm mit seinem Blick sagen wollte. Dennoch zögerte er, Maria gehen zu lassen. Erst als Ashakida mit ihrer Schnauze an sein Bein stupste und leise knurrte, ließ er das Mädchen los. Bedrückt sah er zu, wie sich Maria wieder in den Strom der Schläfer einreihte und im Nebel verschwand.

Schweigend, nach einem letzten wütenden Blick zu Simon, wandte sich Philja ab. Er verließ den mit Schläfern bevölkerten Fußweg und überquerte die Fahrbahn. Die anderen folgten ihm.

Bald hatten sie die Hauptstraße hinter sich gelassen und gingen durch ruhigere Seitenstraßen. Hier waren nur wenige Schläfer unterwegs, und zu ihrer Erleichterung sahen sie auch keine Soldaten. Noch immer sagte Philja nichts, doch Simon konnte seine Gefühle spüren, der Rothaarige war für ihn offen wie ein aufgeschlagenes Buch. Philja war ärgerlich und zugleich ängstlich. Simon verstand ihn, und er hatte ein schlechtes Gewissen, Maria angesprochen zu haben. Er beschleunigte seinen Schritt, bis er neben Philja ging. Wortlos signalisierte er ihm, dass es ihm leidtat, was er gerade eben getan hatte. Philja versuchte ein Lächeln.

Nach einer Weile erreichten sie einen Platz. Er war groß und leer, die Schläfer schienen diesen Bereich der Stadt zu meiden. Philja betrachtete aufmerksam die verlassene Fläche. Als sich nichts rührte, ging er vorsichtig weiter entlang der Häuser, die an den Platz grenzten. Es waren niedrigere Gebäude mit verzierten Fassaden, Simon kamen sie bekannt vor. Er hatte diesen Platz schon einmal gesehen, in seiner Welt, doch damals war dieser Ort lebendig und laut gewesen, voller Menschen und Autos.

Als vor ihnen ein großes Gebäude im Dunst auftauchte, wusste er, wo sie sich befanden: Vor ihnen lag der Bahnhof der Stadt. Auch hier in Avaritia war der Bahnhof alt, er sah beeindruckend aus mit seinen Säulen und Verzierungen. Große halbrunde Fenster gliederten die Fassade, sie endeten kurz über dem Boden, zumindest sah dies von außen so aus. Doch Simon wusste, dass nur das obere Drittel der Halle aus der Erde ragte, der Hallenboden lag tiefer, da die Züge in Tunneln die Stadt erreichten. Die Fenster, die hier draußen in Bodenhöhe endeten, befanden sich im Inneren der Halle weit oben in der Mauer. Das Sonnenlicht, das sie einfingen, fiel tief hinab.

Wie auf Kommando zerriss ein Windstoß die Nebelschwaden und die Sonne kämpfte sich durch den Dunst. Besorgt blinzelte Philja in das Licht. Er beschleunigte seinen Schritt, um noch im Schutz des Nebels die Bahnhofshalle zu erreichen. »Schneller!« Es war das erste Mal, dass Philja sprach, seitdem sie die Oberfläche der Stadt betreten hatten.

Sie erreichten unbemerkt die Rundbögen, die die Fenster des Bahnhofes einfassten, Philja stoppte im Schutz eines leer stehenden Kiosks. Sie waren an ihrem Ziel.

Nach einiger Zeit, noch immer war niemand auf dem Platz zu sehen, wagte sich Simon aus der Deckung und schlich zu einem der Fenster. Er rieb ein Guckloch in die Dreckschicht, die das Glas überzogen hatte, und blickte hindurch in die Tiefe. Feucht glänzend funkelte unter ihm die Bahnhofshalle im Licht der Sonne. Auf dem nassen Boden lagen Holz, Plastikfetzen, ein leeres Fass – Treibgut, das der Stundenfluss hinterlassen hatte.

Philja trat neben ihn, auch er rieb mit seinem Unterarm über die Scheibe und sah hinab.

»Wo ist der Stundentunnel?« Simon konnte nirgendwo eine Öffnung erkennen.

Philja wies auf einen dunkeln Schacht gegenüber den Fenstern, er lag etwas versteckt hinter den Säulen. »Da drüben. Dort musst du hinein.«

39

Sie berieten sich im Inneren des Kiosks. Ira hatte kurzerhand die Tür aufgebrochen, als sich die Nebelschwaden immer mehr verzogen und die Sonne den Platz vor dem Bahnhof unbarmherzig ausleuchtete. Hier drinnen waren sie sicher, die Soldaten kämen niemals auf die Idee, in eine alte, verfallene Verkaufshütte zu schauen.

Philja wies auf das Portal an der Seite des Gebäudes. »Da drüben, das ist der Eingang.« Mehrere breite Türen befanden sich unter einem Baldachin aus Sandstein. Sie führten in einen Vorraum des Bahnhofs, ergänzte Philja, und dort würde Simon eine Treppe finden, die hinab in die Halle führte.

»Du kommst nicht mehr mit?« Simon hatte gehofft, Philja würde sie bis zum Eingang des Stundentunnels führen.

Der Rothaarige schüttelte den Kopf. »Ich muss zurück. Sobald der Nebel wieder dicht genug ist, kehre ich um.«

Simon konnte Philja verstehen. Der Rothaarige hatte viel riskiert für sie, und Simon war ihm dankbar, dass er sie bis hierhin gebracht hatte. Mehr wollte er nicht von ihm verlangen.

Ira zuckte mit den Schultern. Simon spürte, dass sie sich Sorgen machte, doch sie gab sich cool. »Macht nichts. Dann gehen wir eben alleine weiter.«

Langsam schüttelte Simon den Kopf. Er hatte auf dem Weg lange darüber nachgedacht. Ernst sah er sie an. »Ich gehe mit Ashakida. Du bleibst hier. Es ist zu gefährlich.« Er warf der Leopardin einen Blick zu. Sie signalisierte ihm, dass sie seiner Meinung war.

Ira war überrascht. »Was soll das? Natürlich komme ich mit euch.«

»Nein, Ira.« Simon war sich seiner Sache sicher. »Das ist meine Aufgabe, nicht deine. Ich will dich nicht in Gefahr bringen.«

»Kann ich vielleicht selbst bestimmen, was ich tue und was nicht?« Ihre Augen funkelten ärgerlich.

Simon betrachtete sie fasziniert. Wenn sie wütend war, gefiel sie ihm am besten. Doch er blieb bei seiner Entscheidung. »Du bist hier, weil du wissen wolltest, was mit den Menschen aus deinem Dorf passiert ist. Aber nicht, weil du meinen Großvater retten willst.«

»Was weißt du denn, warum ich hier bin ...« Ira verstummte.

Forschend sah Simon sie an. Er hatte sich tatsächlich gefragt, warum sie mit ihm ihr Leben riskierte, und er hatte diese Frage mit der Sorge um ihre Großmutter beantwortet. Doch jetzt spürte er, da war noch mehr. »Warum bist du hier?«

Ira warf ihm einen unsicheren Blick zu. Eine Welle ihrer Gefühle schwappte zu ihm herüber: Angst, Zuneigung, die Sehnsucht nach Nähe. Doch über allem lag: Scham.

Sie zögerte, bevor sie antwortete. »Weil ich weiß, dass meine Leute deinen Großvater an Drhans Soldaten ausgeliefert haben.«

Simon verstand nicht, was sie ihm sagen wollte. »Ja, natürlich, ich habe es dir erzählt.«

»Nein.« Ira schüttelte den Kopf. »Ich weiß es, weil ich es gesehen habe.«

Überrascht starrte Simon sie an.

Sie wich seinem Blick nicht aus. »Ich habe beobachtet, wie sie deinen Großvater in den Wagen gesperrt haben. Und gesehen, wie der Wagen weggefahren ist.« Sie stockte kurz und schlug die Augen nieder. Dann holte sie ihre Lampe aus ihrer Hosentasche, klappte die Kurbel aus und lud den Akku. Sie reichte ihm die Leuchte. »Die hier gehört deinem Großvater. Ich habe sie auf dem Platz gefunden, nachdem der Wagen mit ihm weggefahren war.«

Simon nahm mechanisch die Lampe, dann setzte er sich auf eine alte Kiste. Er brauchte etwas Zeit, um zu erfassen, was sie ihm gebeichtet hatte.

Ira schien erleichtert zu sein, endlich ausgesprochen zu haben, was sie so lange vor ihm verborgen hatte.

Bestürzt sah er sie an. »Aber warum hast du mir nichts gesagt?«

Ira hob hilflos die Schultern. »Ich weiß es selber nicht. Erst, weil ich dich nicht kannte. Ich wusste ja nicht, ob ich dir trauen kann. Danach ist so viel passiert. Vielleicht hatte ich auch Angst, dieses tolle Ding weggeben zu müssen ...« Wieder traf Simon eine Welle aus Scham. Ira schluckte. »Und außerdem ... ich hatte ein schlechtes Gewissen. Ich hätte es verhindern können. Wenn ich eingegriffen hätte, dann wäre dein Opa jetzt vielleicht nicht hier. Darum will ich mitkommen.«

Simon schwieg. Er war enttäuscht und hatte das Gefühl, dass sie sein Vertrauen missbraucht hatte.

»So ein Quatsch!« Ashakida knurrte. Sie hatte dem Gespräch zunehmend ungeduldig zugehört, auch spürte sie Simons und Iras Gefühle. Jetzt mischte sie sich ein. Gereizt blickte sie Ira an: »Du hättest nichts tun können. Oder hast du etwa verhindern können, dass sie Simon weggebracht haben?« Ihr Schwanz peitschte hin und her.

Ira zog die Augenbrauen zusammen. »Das ist doch was ganz anderes.«

»Tatsächlich? Du glaubst, sie hätten Simons Großvater wieder freigelassen, wenn du sie dazu aufgefordert hättest?« Die Leopardin fauchte. »Dein schlechtes Gewissen in allen Ehren, aber es ist überflüssig.«

Simon sah auf. »Sie hätte es trotzdem sagen müssen.«

Bevor Ira antworten konnte, redete Ashakida für sie: »Ja, natürlich. Aber so dramatisch ist die Sache auch wieder nicht. Kein Grund, hier eine Szene zu machen.« Sie fauchte und blickte Philja an. »Stimmt doch, oder?«

Philja hatte kein Wort begriffen. Doch als ihn die Leopardin mit entblößten Zähnen ansah, nickte er lieber.

Einen Weile war es still in der Hütte.

Simon erhob sich von der Kiste. »Lass uns aufbrechen.« Er zog seinen Mantel aus und legte ihn über den Verkaufstresen. Ashakida hatte ihre Decke schon abgeworfen. Als Simon sah, dass sich auch Ira fertig machen wollte, schüttelte er den Kopf. »Du bleibst hier.« In seinem Ärger war sein Ton etwas schärfer, als er es gewollt hatte.

Sie zuckte zusammen. Betreten sah sie ihn an. Simon versetzte es einen Stich, sie so zu sehen. Doch seine Enttäuschung war größer als der Wunsch, auf sie zuzugehen, und so zog er seine Jacke zu und verließ die Hütte.

»Simon …« Leise rief sie ihm nach.

Er drehte sich um.

»Es tut mir leid.«

Sie sahen sich an. Ira sah bedrückt aus. Simon hätte sie am liebsten in den Arm genommen. Doch er lächelte nur ein wenig.

Dann blickte er Philja an. »Bitte, nimm sie mit und bring sie zu deiner Familie. Wir kommen so bald zurück, wie wir können.«

Philja nickte.

Noch einmal sah er zu Ira, dann drehte er sich um und verließ die Hütte. Ashakida folgte ihm.

40

Die Tür im Eingangsportal öffnete sich knarrend, sie war schwer, Simon konnte sie kaum halten. Ashakida glitt als Erste durch den Spalt, er folgte ihr. Sie betraten einen Vorraum, an dessen Ende eine breite Treppe in die Tiefe führte. Philja hatte das Innere des Gebäudes richtig beschrieben. Ornamente und abblätternde Malereien schmückten die Wände, ein gewaltiger Kronleuchter hing an einer Kette von der Decke herab. Die Fahrkartenschalter waren verlassen, genau wie die Läden, die früher einmal Reisende mit Proviant und Zeitungen versorgt hatten. Kein Mensch war zu sehen.

Sie erreichten die Treppe und begannen mit dem Abstieg in die Halle. Die Luft war feucht und drückend, so wie in dem U-Bahnhof, den sie auf ihrem Weg in die verlorene Stadt durchquert hatten. Sonnenstrahlen brachen durch die Fenster und fielen hinab in die Halle, der nasse Hallenboden blinkte auf. Simon sah hinauf zu den Fensterbögen. Zwei Gestalten standen dort oben und schauten zu ihnen herab, es waren Ira und Philja, Simon konnte sie in dem Gegenlicht kaum erkennen. Er hob seine Hand. Eine der Gestalten winkte zurück.

Ihm fiel sein Handschuh ein. Simon fummelte ihn aus seiner Hosentasche und zog ihn sich über. Er konzentrierte sich und im gleichen Augenblick glitten klickernd die Schuppenglieder zusammen. Das blaue Licht auf dem Handrücken leuchtete auf. Es ging immer besser, je öfter Simon es versuchte.

Sie stiegen über ein paar von der Decke herabgestürzte Trümmer und erreichten das letzte Drittel der Treppe. Hier waren die Stufen feucht, so wie alles in der Halle nass war ab genau diesem Punkt. Simon vermutete, dass der Stundenfluss bis zu dieser Höhe durch die Halle brandete.

Überall dort, wo der Boden und die Wände feucht waren, herrschte Chaos. Der Fluss hatte fast alles zerstört, was sich ihm in den Weg gestellt hatte: Bänke, Hinweisschilder, Pavillons, alles war herausgerissen und fortgespült. Sogar ein Loch hatte das Wasser in den Boden gebrochen. Nur eine große Uhr stand unverrückt in der Halle, sie ruhte auf einem Sockel, der aus massiven Steinen gemauert war und der dem Druck des Stundenflusses standgehalten hatte.

Vorsichtig suchten sie sich einen Weg durch das Treibgut, das den Boden der Halle bedeckte: Holzstücke, rund gescheuerte Steine, dazwischen Papierfetzen, Plastikscherben und Kunststofffolien. Auch ein paar leere Plastiktonnen lagen auf dem Boden, sie waren wie alles andere vom Wasser hierhergespült worden.

Ashakida war in der Mitte der Halle stehen geblieben. Sie blickte zu dem Schacht, den Philja und die anderen den Stundentunnel genannt hatten, eine feuchte, tropfende Höhle, an dessen Wänden Algen wuchsen. Die Leopardin schnupperte und nahm Witterung auf. Ihre Nackenhaare sträubten sich. Simon spürte, dass sie unruhig war, sie musste so wie er an ihren Kampf gegen den Stundenfluss denken. Noch einmal wollte er so etwas nicht erleben.

Ein Läuten erklang, ein feiner, heller Ton, der durch die Halle schwebte. Überrascht sah sich Simon um. Der Glockenklang kam von der Uhr, die auf der Säule in der Halle stand. Das Schlagwerk schlug viermal. Simon blickte auf das Ziffernblatt: Der große Zeiger stand auf der vollen Stunde.

Plötzlich begann der Boden zu zittern. Ein leises Rauschen war zu hören, es wurde lauter und lauter, bis es sich zu einem Dröhnen steigerte. Simon kannte das Geräusch aus dem U-Bahn-Tunnel: Der Stundenfluss kam!

Er reagierte sofort: »Schnell, zurück!« Er drehte sich um und rannte auf die Treppe zu. Ashakida hetzte ihm nach. Doch das Wasser war schneller: Brüllend schoss es aus dem Tunnel und stürzte in die Halle. Innerhalb von Sekunden war ihnen der Weg zur rettenden Treppe abgeschnitten.

»Die Uhr!« Simon versuchte vergeblich, mit seiner Stimme das Tosen zu übertönen. Doch Ashakida verstand ihn auch so, sie hatte gesehen, worauf er zurannte.

In letzter Sekunde erreichten sie die Säule, Simon kletterte an ihr hinauf, während Ashakida mithilfe von ein paar Balken, die an einer nahen Wand lehnten, auf die Uhr sprang. Unter ihnen schoss das Wasser vorbei und riss alles mit, was eben noch als Treibgut auf dem Boden gelegen hatte. Das Wasser stieg an und die Wellen leckten an der Säule, sie schienen nach ihren Füßen zu greifen. Doch die Säule war zu hoch für die Flut: Hier oben waren sie sicher.

Stumm sahen sie zu, wie das Wasser durch die Halle schoss.

Ein Teil des Stundenflusses verschwand gurgelnd in dem Loch im Boden, der größte Teil jedoch floss weiter in einen Tunnel, der zur U-Bahn führte, wie ein Schild direkt neben dem Durchgang verriet.

Endlose Minuten später war alles vorbei, das Wasser schwoll ab, bis nur noch ein Rinnsal aus dem Stundentunnel in die Halle floss. Erleichtert kletterte Simon hinab auf den Boden, Ashakida sprang mit einem Satz von der Uhr.

»Jetzt haben wir eine Stunde«, sagte sie.

Simon hatte gerade genau dasselbe gedacht.

Nach einem letzten Blick hinauf zum Fenster, an dem immer noch Ira und Philja standen und sie beobachteten, gingen sie hinüber zum Stundentunnel. Sie kletterten über das liegen gebliebene Treibgut, schoben ein Plastikfass zur Seite und stiegen hinauf zu der Öffnung. Erst jetzt sahen sie, dass nicht Menschen, sondern das Wasser den Tunnel geschaffen hatte. Die Wände waren nicht gemauert, sondern bestanden aus Felsgestein und Ton, der Fluss hatte sich selbst einen Weg gesucht und den Tunnel aus der Erde ausgespült.

Sie winkten noch einmal Philja und Ira zu, dann betraten sie den nebelfeuchten Gang. Die Algen an der Wand glühten leicht, sie sogen wie die leuchtenden Seeanemonen im U-Bahnhof ihre Kraft aus dem Wasser. Simon schob das traurige Gefühl beiseite, das ihn überkommen hatte, als er Ira am Fenster hatte stehen sehen. Er vermisste sie. Doch es war richtig, dass er und Ashakida sie bei Philja zurückgelassen hatten.

Gemeinsam gingen sie in den Tunnel hinein. Der Weg war lang, länger als erwartet. Bald war Simon sich sicher, dass der

Weg nicht zum benachbarten Hochhaus führte, wie Philja und die anderen Kinder es vermutet hatten. Sie mussten längst unter dem Hochhausturm hindurchgegangen sein. Er spürte, wie sein Magen zu kribbeln begann. Das konnte nur eines bedeuten: Sie näherten sich dem Tower.

»Was ist los?« Die Leopardin sah zu ihm. Sie spürte, dass er unruhig war.

Simon sagte ihr, was er fühlte.

Sie knurrte. »Wundert mich nicht. Wohin sonst als in den Tower sollten sie deinen Großvater gebracht haben?«

Schweigend gingen sie weiter. Sie kamen nur langsam voran, immer wieder versperrten vom Fluss mitgerissene Trümmer den Weg. Unruhig blickte Simon auf seine Uhr: Sie waren schon über eine halbe Stunde unterwegs – sie mussten sehr bald ein Versteck finden, um dem Stundenfluss zu entgehen.

Plötzlich fauchte Ashakida auf. Vor ihnen öffnete sich eine Halle, groß und lang gestreckt, mit Wänden aus Beton. Simon war fast schlecht, so heftig krampfte sich sein Magen zusammen. Ihm war klar: Sie hatten ihr Ziel erreicht, sie befanden sich direkt vor dem Tower.

Eilig kletterten sie über die Trümmer und Betonbrocken, die das Wasser hierhergespült hatte, und betraten die niedrige Halle. Das Kellergeschoss des Towers war leer, bis auf zwei Plastikfässer, die von der letzten Flut angespült worden waren und nun tropfnass auf der betongrauen Fläche lagen.

Plötzlich stutzte Simon. In der Mitte des Raumes, im Dämmerlicht kaum zu erkennen, war etwas. Auch Ashakida hatte etwas entdeckt. Gemeinsam gingen sie weiter. Endlich erkannte Simon, was er sah. Es war eine einsame Gestalt, sie saß zusammengesunken auf einem Stuhl. Simons Herz klopfte bis zum Hals. Täuschte er sich? Ihm fiel die Akkulampe ein, die ihm Ira mitgegeben hatte. Er holte sie hervor und drehte an der Kurbel. Dann richtete er den Lichtstrahl in die Tiefe der Halle. Sein Herz machte einen Sprung, als er erkannte, wer dort saß.

Er hatte seinen Großvater gefunden.

41

»Opa!« Simon rief, ohne darüber nachzudenken, ob Drhans Soldaten ihn hören konnten. Erleichtert rannte er quer durch die verlassene Halle auf den Stuhl zu, auf dem sein Großvater saß. Ashakida, die aufgejault hatte, als sie den alten Mann erkannt hatte, setzte Simon mit eleganten Sprüngen nach.

»Opa, ich bin's!« Er erschrak, als er ihn erreicht hatte, der Anblick war furchtbar: Mit gesenktem Kopf hockte sein Großvater auf einem Metallstuhl, der auf einem Podest festgeschraubt war. Seine Arme und Beine waren gefesselt, Gurte um seinen Brustkorb verhinderten, dass sein Körper vornüberkippte und vom Stundenfluss fortgespült wurde. Die Wucht des Wassers hatte seine Kleidung zerfetzt und seine Haut geschunden. Nur die Schultern und der Kopf waren trocken und unverletzt.

Erneut jaulte Ashakida auf: Sie war genauso entsetzt wie Simon.

Simon kletterte auf das Podest und beugte sich über die reglose Gestalt. Kurz fürchtete er, dass sein Großvater nicht mehr lebte. Doch dann sah er erleichtert, dass sich der Brustkorb des alten Mannes hob und senkte, wenn auch sehr schwach.

Behutsam rüttelte Simon den abgemagerten Oberkörper. »Opa, hörst du mich?«

Ein Stöhnen löste sich aus dem Brustkorb des Alten. Simon schüttelte ihn noch einmal, diesmal eindringlicher. Langsam öffnete sein Großvater die Augen. Sein Gesicht verzog sich überrascht, als er Simon sah. Er schien entsetzt zu sein, dass sein Enkel hier war.

»Opa, ich bin's!«

»Simon ...«

»Ashakida ist auch hier. Wir holen dich hier raus.« Simon machte sich daran, die Fesseln zu lösen.

»Simon ...« Die Stimme seines Großvaters war schwach.

»Gleich, Opa, wir müssen uns beeilen!« Er löste eine der Fußfesseln, Ashakida half ihm, indem sie mit den Zähnen die Brustgurte zerbiss. Simon löste auch die zweite Fußfessel und wandte sich den Handfesseln zu, um sie zu öffnen. Dann griff er nach dem Arm seines Großvaters, um ihn hochzuziehen. »Komm!«

Sein Opa wehrte ihn ab. »Simon, hör mir zu.« Die Stimme war brüchig, doch Simon spürte die Kraft, die immer noch in dem alten Mann steckte. »Du musst fliehen! Geh weg! Lass mich hier.«

Simon schüttelte den Kopf. »Nein. Wir gehen zusammen. Ich bring dich hier raus.«

»Es ist eine Falle, Simon!« Die Finger des Alten krallten sich in seinen Arm. »Sie wollten, dass du mich findest. Du bist das Ziel, Simon, es dreht sich nur um dich! Ich bin der Köder, der dich anlocken sollte.«

Überrascht starrte Simon seinen Großvater an.

Im gleichen Moment klirrte Glas, sehr leise, sehr weit entfernt. Simon horchte auf. Kurz glaubte er, sich getäuscht zu haben, doch auch Ashakida spitzte die Ohren. Dann vernahmen sie einen Schrei, kaum zu hören, nicht mehr als eine Ahnung. Der Schrei kam aus dem Stundentunnel. Simon fuhr herum. So leise die Stimme auch war, er erkannte sie sofort: Es war die von Ira. Verzweifelt rief sie um Hilfe.

Hilflos sah Simon zu Ashakida. Was sollten sie tun? Ira brauchte sie! Doch sein Opa war ohne ihn und Ashakida ebenfalls verloren!

Die Leopardin knurrte, sie spürte Simons Not. Doch auch sie wusste nicht, was sie jetzt tun sollten.

»Du musst fort von hier, Simon!« Eindringlich sah sein Großvater ihn an. »Rette dich! Sonst ist alles verloren.« Er wies auf den Ring an Simons Finger. »Du bist jetzt der Torwächter. Ich bin nicht mehr wichtig. Also geh!«

Simon wehrte sich gegen die Worte seines Großvaters. Wie konnte sein Opa verlangen, dass sie ihn hier zurückließen? Verzweifelt tastete er nach dem Ring, den er von seinem Vater bekommen hatte.

Da kam ihm ein Gedanke. »Ein Weltentor!« Simon blickte den Ring an, der Stein war matt und dunkel. »Wir brauchen ein Weltentor! Dann können wir fliehen!« Doch Ira, schoss es ihm durch den Kopf, konnte er mit einem Weltentor nicht in Sicherheit bringen.

Sein Großvater schüttelte müde den Kopf. »Hier gibt es kein Weltentor.«

Ashakida knurrte. »Simon hat recht, Alexandre. Wir müssen eins finden!« Bittend sah sie den alten Mann an. »Wo ist das nächste Tor?«

Simons Großvater verzog angestrengt das Gesicht, das Denken fiel ihm schwer. »Es gibt ein naturhistorisches Museum, draußen in der Vorstadt …«

»Mit vielen ausgestopften Tieren?«, fragte Simon gespannt.

Sein Großvater nickte. »Aber das ist zu weit. Das schaffst du nicht. Und ich schon gar nicht.« Er bäumte sich auf und ballte seine Faust. »Verflixt noch mal, jetzt hör auf mich! Geh endlich!« Er wandte sich der Leopardin zu. »Ashakida, das ist ein Befehl!«

Die Leopardin sah den alten Mann bestürzt an, kraftvoll saß er auf seinem Stuhl und blickte zu ihnen. Momente später sank er wieder in sich zusammen.

»Was sollen wir jetzt tun?« Simon war verzweifelt.

»Wir tun, was er sagt.« Ashakidas Stimme zitterte, es fiel ihr schwer, die Worte auszusprechen. Sie schien den Großvater sehr zu mögen.

Einen Augenblick lang war nur das schwere Atmen des alten Mannes zu hören, der erschöpft auf dem Stuhl hockte.

Simon schüttelte den Kopf. Er war nicht den ganzen weiten Weg bis hierher gegangen, um nun einfach zu fliehen. Er traf seine Entscheidung. »Wir gehen zusammen. Jetzt.« Auf dem Weg würde ihm schon einfallen, wie er Ira helfen könnte.

Entschlossen packte er seinen Opa und zog ihn hoch. Der wehrte sich. Simon wurde ärgerlich. »Hör auf damit! Wenn du überzeugt davon bist, dass ich Salvatore bin, dann hilf mir.«

Sein Großvater erstarrte. Er drehte seinen Kopf und seine Augen ruhten auf Simon. In ihm arbeitete es. Langsam drückte er sich hoch, bis er zitternd stand. Er löste seine Hände von den Armlehnen des Stuhles und tastete nach Simons Schulter. Simon spürte sein Gewicht auf ihm lasten.

»Salvatore …« Die Stimme des Alten war nicht mehr als ein Flüstern. »Es ist eine Falle …«

Behutsam griff Simon um die Taille seines Opas und führte ihn an den Rand des Podestes. Vorsichtig kletterten sie hinab, bis sie auf dem Betonboden standen.

Plötzlich ertönte ein Alarm, Momente später öffneten sich die Türen links und rechts in der Wand, Simon hatte sie vorher nicht bemerkt. Entsetzt sah er, dass Soldaten aus den Öffnungen strömten und auf sie zustürmten. Als wäre das nicht genug, begann in der gleichen Sekunde der Boden zu zittern, und ein Dröhnen schallte durch die Halle. Der Stundenfluss erwachte zum Leben!

Simon war wie gelähmt. Geschockt starrte er auf die Männer, die näher kamen, während sich in der Tiefe des Raumes die Flutwelle auftürmte. Die Soldaten beachteten die Gefahr nicht. Unbeirrt, als gäbe es keine herannahende Wasserwand, stürmten sie weiter. Simon spürte die Kälte, die sie mit sich brachten. Das Donnern wurde lauter, jetzt bebte der Boden. Nur noch wenige Sekunden, und die Männer würden sie erreichen, kurz bevor das Wasser sie alle mit sich riss.

Es ist vorbei, dachte Simon und schloss die Augen

Plötzlich standen die Soldaten still. Auch die Flutwelle erstarrte, als wäre sie schockgefroren.

Überrascht drehte Simon sich um. Ashakida stand neben ihm. Ihr Gesicht war vor Anstrengung verzerrt und ihre Beine zitterten.

Sie fauchte. »Worauf wartest du? Los, rette dich!«

42

Ashakida hatte die Zeit angehalten! Simon starrte sie sprachlos an.

»Jetzt lauf schon, verdammt!« Wütend fletschte die Leopardin die Zähne. »Bring dich in Sicherheit.« Ihr Körper zitterte vor Anstrengung.

Simon zögerte. »Was ist mit meinem Opa?«

Die Leopardin fauchte. »Sieh ihn dir doch an! Er kann sich bewegen, so wie du. Er ist immer noch ein Torwächter.«

Und tatsächlich, sein Großvater war nicht erstarrt, genau wie er. Simon hätte es spüren müssen, denn er hielt ihn immer noch an seiner Taille fest. Eilig zog er ihn mit sich, weg von den Soldaten, weg von der hoch aufgetürmten Wasserwand. Er bemerkte, dass Ashakida zurückblieb. »Was ist? Worauf wartest du?«

Eine Bewegung ging durch die Soldaten, die Flutwelle schoss ein kleines Stück näher heran. Die Leopardin stöhnte auf und blieb weiter dort stehen, wo Simon sie zurückgelassen hatte.

Auch sein Opa war stehen geblieben. Er sah zurück zu Ashakida und für einen Moment war sein Blick klar. »Sie schafft es nicht. Sie hat kaum noch Kraft.« Entschlossen straffte er seinen geschundenen Körper. »Ich bleibe bei ihr und helfe ihr, die Zeit zu halten. Du rettest dich.«

Entsetzt sah Simon seinen Großvater an. Er sollte alleine gehen und sie beide hier zurücklassen? Niemals! Trotzig schüttelte er den Kopf.

»Du hast keine Wahl, Simon! Sieh sie dir doch an!«

Die Worte seines Großvaters öffneten Simons Blick. Die Leopardin wurde von Minute zu Minute schwächer und dünner – die Zeit, die Ashakida ihnen verschaffen könnte, würde niemals reichen, um den Stundentunnel zu durchqueren. Er musste eine andere Lösung finden.

Erneut bewegten sich die Soldaten, mit einem Satz sprangen sie näher. Das Wasser schoss ein Stück weiter, bevor der Zeitenlauf stoppte und die Flutwelle wie gefroren erstarrte.

Hastig sah Simon sich um. Sein Blick blieb an einem Gegenstand hängen. Jetzt wusste er, was er tun würde. »Die Fässer!« Aufgeregt wies er auf die beiden Plastiktonnen, die auf dem Boden der Halle lagen. Sie mussten groß genug sein, um sich in ihnen zu verkriechen. »Los, schnell! Kommt!« Simon zog seinen Großvater mit sich.

Der alte Mann begriff, was Simon vorhatte. Mühsam, das Gesicht vor Schmerz verzerrt, humpelte er auf das erste Fass zu. Auch Ashakida kam näher. Sie ging langsam, Simon spürte, dass sie kaum noch Kraft hatte.

Das Plastikfass war tatsächlich groß genug, um einen Menschen in sich aufzunehmen. Sein Großvater bräuchte die Beine nur ein wenig anzuziehen. Im zweiten Fass würden er und Ashakida Platz finden.

Simon erreichte das erste Fass und umrundete es. Es war verschlossen. Vergeblich versuchte er, den Deckel abzuschrauben, doch sosehr er auch drehte und zerrte, es war unmöglich: Der Deckel war wie die Soldaten und die Flutwelle in der Zeit eingesperrt.

Simon sah sich zu der Leopardin um. »Hilf mir, Ashakida!« Sie hatte damals am Tower Ira aus der Zeit gelöst, da musste es doch möglich sein, dieses verflixte Fass ebenso herauszuholen!

Erneut lief die Zeit, einen Augenblick nur, und tobend stürzte die Wasserwand ein Stück näher heran. Ashakida stöhnte auf. »Ich kann nicht mehr! Beeil dich!« Sie krümmte sich zitternd.

Simon fiel der Handschuh ein, den er trug, die Schuppenglieder waren immer noch zusammengezogen. Vielleicht gelang es ihm damit, den Deckel zu öffnen, so wie er die Tür des Notausgangs im U-Bahn-Tunnel geöffnet hatte.

Simon konzentrierte sich. Die blaue Fläche auf dem Handrücken leuchtete auf. Er packte den Deckel des Fasses, seine Finger umschlossen den Griff. Dann schloss er die Augen und sammelte seine Gedanken, so wie er es im U-Bahn-Schacht gemacht hatte. Alles in ihm konzentrierte sich auf den Wunsch, das Fass zu öffnen. Die blaue Fläche auf dem Handrücken glühte, seine Hand wurde warm. Dann machte die Welt einen Sprung, es schien, als verrücke etwas.

Das Fass war verschwunden!

Entgeistert starrte Simon auf die freie Fläche, auf der eben noch der Behälter gelegen hatte. Was war geschehen?

Ein Jaulen hallte durch die Halle, es war die Leopardin. Ein

Dröhnen übertönte ihren Schrei. Die Flutwelle tobte weiter und stoppte wieder, genau wie die Soldaten, die nun mit verzerrten Gesichtern dicht vor ihnen standen.

Erneut heulte Ashakida auf. »Los! Klettert in das andere Fass. Schnell!« Mit gefletschten Zähnen wies sie auf den zweiten Behälter, der ein Stück weiter lag. Eine erste Welle hatte das Fass getroffen und es hochgeschleudert. Der Deckel hatte sich geöffnet und hing nun direkt vor der Öffnung in der Luft, festgehalten von der Zeit.

Simon zögerte. Bevor er widersprechen konnte, knurrte Ashakida wütend. »Glaubst du, es bringt irgendjemandem etwas, wenn du dich opferst? Kletter in das Fass! Nimm deinen Großvater mit! Und sobald ich die Zeit löse, packst du den Deckel und ziehst ihn von innen vor die Öffnung.«

»Und was ist mit dir?«

»Ich komm schon durch. Mach dir um mich keine Sorgen.«

Simon wusste, dass er sich Sorgen machen musste, dürr und erschöpft, wie die Leopardin vor ihm stand. Er wollte sie nicht alleine lassen!

»Geh«, flüsterte Ashakida. »Lass es nicht umsonst gewesen sein.«

Simon spürte Tränen in den Augen.

Die Wasserwand rückte näher, bevor sie wieder stoppte, jetzt erhob sie sich über ihnen, bedrohlich und gischtbedeckt. Auch die Soldaten waren nur noch wenige Armlängen von ihnen entfernt. »Beeil dich.« Die Stimme der Leopardin war kaum noch zu hören.

Simon drehte sich um und zog seinen Großvater zum zweiten Fass. Es war etwas größer als das erste und es war leer. Sein Opa und er würden darin Platz finden.

Simon ließ seinen Großvater in das Innere des Behälters klettern, dann schob er seinen Rucksack durch die Öffnung und kroch schließlich selber hinein, bis nur noch sein Kopf und seine Arme aus der Öffnung herausschauten. Ein letztes Mal sah er zu Ashakida. Die Leopardin begegnete stumm seinem Blick. Sie sah klein und verletzlich aus.

Sie knurrte aufmunternd. »Bist du so weit?«

Simon nickte. Ein dicker Kloß saß in seinem Hals.

Ashakida fauchte leise. Dann schloss sie die Augen und ließ die Zeit los.

Im gleichen Augenblick, die Wasserwand tobte heran, griff Simon den Deckel des Fasses und zog ihn auf die Öffnung. So kräftig er konnte, hielt er ihn fest, eine Griffmulde im Inneren bot Halt. Der Deckel rastete ein, Simon drehte ihn mit aller Kraft, bis die Gewinde, die in Fass und Deckel eingelassen waren, ineinanderfassten.

Ashakida jaulte auf, als die Flutwelle sie traf. Simon hörte die Angst in ihrem Schrei. Tränen schossen in seine Augen. Er begann zu weinen, in den Armen seines Großvaters. Tröstend hielt der alte Mann ihn fest.

Dann riss das Wasser alles mit sich.

43

Simon wusste nicht, wie lange er und sein Großvater durch die Unterwelt schossen, getrieben vom Stundenfluss, der mit dem Fass zu spielen schien und es brüllend und tobend wie einen Ball hin und her warf. Wieder und wieder prallten sie gegen Wände, rammten Pfosten und Kanten, stürzten in die Tiefe und trieben zurück an die Oberfläche des reißenden Flusses. In Simons Erinnerung verschwammen die Minuten ihrer rasenden Fahrt zu einem nicht enden wollenden Wirbel, in dem es kein Oben und kein Unten gab.

Dann wurde es still. Eine Weile noch schaukelte das Fass auf dem Wasser, es pendelte aus, die Bewegungen wurden langsamer, bis ihr Gefährt mit einem Knirschen auf Grund setzte und ruhig dalag.

Benommen bewegte Simon sich. Ihm tat alles weh, doch er schien sich nicht verletzt zu haben. »Opa?« Behutsam tastete er neben sich. Sein Großvater rührte sich nicht.

Simon streckte die Arme aus und schob seine Hände in die Griffmulde. Der Verschluss saß fest. Simon drückte mit aller Kraft, bis sich der Deckel leise schabend im Gewinde drehte und nach einer Weile zu Boden fiel. Wasser plätscherte. Simon schob erst seine Arme und dann seinen Oberkörper aus dem

Fass, er zwängte sich aus der Öffnung und ließ sich draußen auf den handbreit mit Wasser bedeckten Boden gleiten. Eine Weile lag er dort und rang nach Luft. Das Wasser sog sich in seine Kleidung. Dann öffnete Simon die Augen und sah sich um.

Sein erster Gedanke war, dass sie sich unter der Erde in einer gewaltigen Höhle befanden. Erschrocken überlegte er, wie weit sie wohl in die Tiefe hinabgespült worden waren. Erst auf den zweiten Blick entdeckte Simon an einer Seite der Höhlenwand die Reste eines U-Bahnhofes, den die Flutwelle zerstört hatte. Das hier, überlegte Simon, musste früher einmal eine Endhaltestelle gewesen sein. Offenbar floss das Wasser des Stundenflusses durch das Tunnelsystem der U-Bahn ungehindert bis hierher und spülte mit stündlicher Wucht die letzte U-Bahn-Station und den dahinterliegenden Wendetunnel zu einer riesigen Höhle aus. Je größer der Hohlraum geworden war, desto schneller verlor hier die Flutwelle ihre Kraft. Gurgelnd versickerte das Wasser in den Spalten und Ritzen, die es sich im Untergrund gesucht hatte.

Simon zog seinen Großvater aus dem Fass und schleppte ihn zu einer etwas erhöhten Stelle. Vorsichtig bettete er den leblosen Körper auf einen aus dem Wasser ragenden Betonvorsprung, danach beugte er sich über das Gesicht des Alten. Der Atem ging langsam, aber sein Großvater war am Leben.

»Opa!« Vorsichtig rüttelte er ihn. Keine Reaktion. Er versuchte es noch einmal, doch sein Großvater regte sich nicht. Simon zog ihn ein Stück höher auf die Fläche, sodass sein Opa nicht hinab ins Wasser rutschen konnte. Dann sah er sich nach einem Ausgang um.

Eine halb weggespülte Treppe, die auf der anderen Seite der Höhle hinauf in eine Öffnung führte, schien vielversprechend zu sein. Der Weg dahin war beschwerlich, überall lagen Trümmer und Treibgut. Simon kämpfte sich voran, bis er endlich die Stufen erreichte.

Der Durchlass oberhalb der Treppe war schmaler, als Simon gedacht hatte. Er atmete aus und schob seinen Körper durch den Spalt. Auf der anderen Seite öffnete sich ein Hohlraum mit glatten Wänden, es war ein Treppenhaus, durch das Stufen nach oben führten.

Simon tastete sich hinauf in die Dunkelheit, bis sein Weg an einer glatten und kalten Wand endete. Sie klang hohl, als er gegen sie schlug. Seine Fingerspitzen ertasteten eine Klinke, er stand vor einer Tür. Simon legte seine Hand auf den Griff und versuchte, ihn runterzudrücken, doch er war festgerostet und bewegte sich nicht.

Leise klickerten die Schuppenglieder des Handschuhs. Simon sah, dass der Handrücken blau aufglomm.

Ob der Handschuh ihm helfen konnte, die Tür zu öffnen?

Doch Simon zögerte, die Kraft einzusetzen: Was, wenn die Tür genauso verschwand wie vorhin das Fass?

Die Erinnerung an die zurückliegenden Ereignisse traf ihn mit voller Wucht. Ihm wurde schlecht, und er spürte, wie der Kloß in seinem Hals immer größer wurde. War es seine Schuld, dass Ashakida zurückbleiben musste? Hatte er nicht das Fass verschwinden lassen, in dem Ashakida hätte entkommen können?

Doch Simon wusste, dass er keine Schuld hatte. Die Zeit

bis zum Aufprall der Wasserwand hätte niemals gereicht, um beide Fässer zu öffnen und zu verschließen. Auch Ashakida hatte das geahnt. Ihr war klar gewesen, dass nur er sich würde retten können.

Mit einer entschlossenen Bewegung wischte Simon seine Tränen fort. Die Leopardin hätte nicht gewollt, dass er hier weinte. Erst musste er den Weg hinaus aus dieser Höhle finden, um seinen Großvater vor dem Stundenfluss zu retten. Erst musste er versuchen, Ashakida zu retten. Erst musste er zurückkehren, um Ira aus den Händen der Soldaten zu befreien.

Simon wartete, bis das blaue Licht auf dem Rücken seines Handschuhs wieder erloschen war. Er zog den Handschuh aus und stopfte ihn in die Hosentasche. Anschließend packte er mit beiden Händen den Türgriff und drückte ihn hinab. Er rüttelte und zerrte, bis er eine kleine Bewegung spürte. Mit dem Gewicht seines Körpers stützte er sich auf die Klinke, knirschend rutschte der Schnapper ein Stück zur Seite. Endlich löste sich der festgerostete Riegel und die Tür bewegte sich ein wenig in ihren Scharnieren. Simon drückte mit aller Kraft, gleißende Helligkeit drang durch den Spalt. Er schloss die Augen und warf sich gegen das Metall, bis die Öffnung groß genug war, um sich hindurchzuquetschen.

Die Luft auf der anderen Seite war frisch und warm, ein leiser Windhauch umspielte sein Gesicht. Simon wartete, bis sich seine Augen an die Helligkeit gewöhnt hatten. Dann blinzelte er vorsichtig ins Licht.

Die Weite, die ihn plötzlich umgab, raubte ihm nach der Enge der Schächte und unterirdischen Gänge fast den Atem.

Er stand am Rande eines großen Platzes, der sich zu mehreren breiten Straßen hin öffnete. Verzierte Backsteinhäuser mit staubblinden Fenstern umstanden die Fläche. Kein Mensch war zu sehen.

Die Tür, aus der er getreten war, befand sich in der Außenmauer eines mehrstöckigen Hauses, ein Notausgang-Zeichen war über den Türrahmen gemalt. Die Wand darüber war rissig, genau wie die Wände der angrenzenden Gebäude. Sie wirkten schief, als wären sie abgesackt. Ein Stück weiter klaffte eine Lücke in der Häuserreihe, einer der Bauten war eingestürzt. Offenbar hatte der Stundenfluss die Fundamente der Gebäude unterspült, sodass die Mauern nicht mehr fest standen. Die Häuserreihe auf der anderen Seite des Platzes war unversehrt.

Plötzlich stutzte Simon. Er kannte diesen Ort! Dies hier war die Vorstadt, durch die sie gegangen waren – die Häuser und Straßen erinnerten ihn an das Viertel nahe dem Museum. Wenn er sich nicht täuschte, befand er sich ganz in der Nähe des Ortes, an dem sie Filippo, Luc und Tomas zurückgelassen hatten.

Simon trat hinaus auf die freie Fläche. Er versuchte sich zu orientieren. Alle Straßen, die von dem Platz fortführten, sahen ähnlich aus. In welche Richtung sollte er gehen?

Plötzlich hörte er hinter sich ein leises Kichern. »Na, dich kann man ja leicht überraschen!«

Simon fuhr herum: Direkt hinter ihm stand Filippo, er hatte sich angeschlichen und grinste breit. »Mann, das ist ja ein Ding! Wo kommst du denn her?« Er umarmte Simon überschwänglich. »Wo ist Ira und wo ist die Leopardin?« Filippo sah sich suchend um, als rechnete er damit, dass die beiden hinter der nächsten Häuserecke auftauchten.

Simon antwortete nicht.

Filippo ahnte, dass etwas Schlimmes geschehen war. »Was ist passiert?«

Simon zögerte. »Ich erzähl dir alles später. Erst müssen wir meinem Opa helfen.«

44

Sie brachten Simons Großvater in das Haus, das Filippo gemeinsam mit Tomas und Luc bezogen hatte. Es lag nicht weit entfernt, eine unscheinbare, aber geräumige Gartenlaube, die versteckt im Garten eines Hinterhofes lag und in der einst ein Mann gelebt haben musste, zumindest stand ein Name am Klingelschild. Alle fanden, es war der perfekte Unterschlupf vor Drhans Soldaten.

Filippo hatte sofort Luc und Tomas alarmiert, und gemeinsam waren sie alle in die Höhle hinabgestiegen, um Simons Opa hinauf an die Oberfläche zu bringen. Es war ihnen gerade noch rechtzeitig gelungen, ihn zu bergen, bevor der Stundenfluss die Unterwelt erneut überflutete. Auch den Rucksack hatten sie aus der Tonne mitgenommen. Jetzt hoben sie den Bewusstlosen vorsichtig von der Trage, die Tomas aus einem verlassenen Krankenwagen besorgt hatte.

»Und jetzt?« Luc sah fragend zu Tomas, der hier die Rolle des Anführers übernommen zu haben schien.

Tomas wies auf die nasse Kleidung. »Wir müssen ihm was anderes anziehen.« Er sah zu Simon. »Und du brauchst auch was Trockenes.«

Simon widersprach ihm nicht. Er war durchnässt und er fror.

Hastig zog er sich aus und stieg in die Sachen, die Luc ihm aus dem Kleiderschrank am Fenster heraussuchte. Dann kümmerten sie sich um seinen Großvater.

Mit einer Schere, die er aus der Küche holte, schnitt Tomas dem Alten zunächst die zerfetzte und nasse Kleidung vom Leib. Simon war das unangenehm, doch ihm war klar, dass sein Opa trockene Kleidung brauchte, sein Körper würde sonst auskühlen. Danach säuberte Luc mit klarem Wasser die aufgerissene Haut, Filippo tupfte sie behutsam mit einem sauberen Handtuch ab.

Simon fielen die Kräuter und Pasten ein, die ihm Iras Großmutter mitgegeben hatte, und er suchte eine Heilsalbe aus seinem Rucksack und schmierte sie vorsichtig auf die Wunden. Zuletzt zogen sie seinem Großvater gemeinsam frische Sachen an, Luc hatte sie aus dem Kleiderschrank genommen.

Dann setzten sie sich in der Küche zusammen. Filippo bestürmte Simon mit Fragen, und Simon begann zu erzählen, was geschehen war. Er berichtete alles ganz genau, angefangen von ihrem Weg in die Unterwelt der Stadt bis zu dem Abschied von Ira und der Trennung von Ashakida. Anfangs unterbrachen ihn Filippo und auch Tomas mit Fragen, doch je weiter er mit seinem Bericht kam, desto stiller wurden die anderen. Als er endlich fertig war, breitete sich ein drückendes Schweigen aus.

Simon dachte an Ashakida, und noch einmal hörte er ihren Schrei, als sie von der Wucht des Wassers getroffen worden war. Eigentlich war er davon überzeugt, dass sie noch lebte. Doch je länger er darüber nachdachte, desto unsicherer wurde er.

Tomas sah auf. »Du hast sie im Stich gelassen!« Seine Augen funkelten ärgerlich.

Der Vorwurf machte Simon wütend. »Ich hatte keine Wahl! Was hätte ich denn tun sollen? Außerdem wollte Ashakida, dass ich sie zurücklasse.«

»Ich meine nicht Ashakida. Ich meine Ira. Du hättest sie nicht vor dem Bahnhof alleine lassen dürfen.«

Simon war verblüfft. Er konnte Tomas gut verstehen. Auch ihm tat der Gedanke weh, dass Ira in den Händen von Drhans Soldaten war. Doch er fühlte keine Schuld: Immerhin hatte er sie bei den Kindern zurückgelassen, weil er überzeugt gewesen war, dass sie dort sicherer sei als bei ihm und Ashakida während ihrer weiteren Suche nach seinem Großvater.

Tomas ließ das nicht gelten.

»Wäre es besser gewesen«, entgegnete Simon, »wenn sie mit in den Stundentunnel gekommen wäre?« Er wusste, dass sie in der Halle unter dem Tower keine Chance gehabt hätte. Sie hätten niemals zu dritt in dem Fass Platz finden können.

Tomas Augen funkelten wütend. »Warum hast du sie überhaupt mit in die Stadt genommen?«

»Ich wollte nicht, dass sie mitkommt«, verteidigte sich Simon. »Sie wollte das selber! Das weißt du!«

Doch Tomas hatte sich in Fahrt geredet. »Wenn du nicht aufgetaucht wärst, dann wäre das alles nicht passiert! Du trägst an allem die Schuld!«

Simon wusste nicht, was er antworten sollte. Tomas tat ihm unrecht, das war ihm klar, aber irgendwie stimmte auch, was er sagte: Wäre er nicht nach Avaritia gekommen, dann würde Ira jetzt noch mit ihrer Oma und den anderen Bewohnern im Dorf leben. Wut stieg in ihm auf: Er hatte es sich nicht ausgesucht, Salvatore zu sein!

»Es stimmt nicht, was du sagst.« Lucs ruhige Stimme unterbrach ihren Streit. Er hatte nachgedacht. Jetzt blickte er zu Tomas. »Es ist genau andersherum: Wir leben, weil es Simon gibt. Wäre er nicht ein Torwächter, gäbe es weder das Dorf noch uns alle hier.«

Tomas war verblüfft, genau wie Filippo, der Luc erst mit offenem Mund anstarrte und dann lachte. »Meinst du das ernst?«

Auch Tomas' Gesicht verzog sich zu einem Grinsen. »Du glaubst nicht wirklich diesen Torwächter-Quatsch, oder?« Er wirkte unsicher.

»Natürlich glaube ich ihm. Hast du die sprechende Leopardin vergessen?«

Tomas antwortete nicht und auch Filippo schwieg nachdenklich.

»Aber warum«, fragte Simon nach, »gibt es das Dorf nur, weil es mich gibt?« Er konnte Lucs Gedanken nicht folgen.

Luc stand auf. Er wirkte nicht mehr klein und unsicher, sondern plötzlich viel erwachsener. »Drhan will Simon. Warum, das wissen wir nicht. Aber er ist hinter ihm her. Stimmt's?« Er sah zu Simon.

Der nickte.

»Simon ist ein Torwächter«, fuhr Luc fort, »genau wie sein Vater und sein Großvater. Also musste Drhan klar gewesen sein, dass Simon irgendwann einmal ein Tor zwischen den Welten durchschreiten würde.«

Simon nickte erneut, auch die anderen stimmten Luc zu, wenn auch zögernd.

»Deshalb lässt Drhan die Weltentore, die in seine Welt führen, überwachen.«

»Woher willst du das wissen?«, fragte Tomas.

»Weil der Dorfälteste es gesagt hat. Schon vergessen? Drhans Männer hatten mit Victor einen Pakt: Jeder, der das Weltentor in unserem Dorf durchquerte, musste den Soldaten ausgeliefert werden.« Luc sah auf. Sein Gesichtsausdruck wirkte konzentriert, während er den anderen erzählte, worüber er nachgedacht hatte. »Unser Ort war der einzige an der Küste, der noch bewohnt war. Und warum? Weil wir auf Simon gewartet haben. Deshalb wurde das Dorf auch geräumt, nachdem er durch das Tor in unsere Welt gekommen war: Wir hatten unsere Aufgabe erfüllt. Wir waren für Drhan nicht mehr wichtig.«

Simon hatte Luc nachdenklich zugehört.

»Also«, beendete Luc seinen Gedankengang, »sind wir nur hier, weil es Simon gibt. Ohne ihn würden unsere Eltern schon lange als Schläfer in der Stadt leben.«

»Und wir wären bei den Kindern in den unterirdischen Gängen aufgewachsen«, ergänzte Filippo leise.

Alle schwiegen und dachten nach.

Was, erinnerte sich Simon, hatten die Kinder in den Katakomben der Stadt zu ihm gesagt? Niemand schaffte es, die Stadtmauer zu überwinden, wenn Drhans Männer es nicht wollten.

Was wäre, wenn nicht nur die Dorfbewohner ihre Aufgabe

in Drhans bösem Spiel hatten? Was, wenn alle nur deshalb leben durften, um ihn, Simon, in die Hände Drhans zu führen? Ira und ihre Freunde, die Kinder in den Katakomben, sein Großvater, der in den Tower entführt worden war ... Drhan hätte jeden von ihnen vernichten können. Aber jedem war eine Aufgabe zugedacht worden. Selbst die Kinder in der Unterwelt der Stadt hatten Drhan unwissentlich zugearbeitet, als sie Simon geholfen hatten. Simon wurde kalt bei dem Gedanken. Sie alle waren wie Schachbrettfiguren hin und her bewegt worden, um letztlich nur einem Ziel zu dienen.

Es ist eine Falle, hatte sein Opa gesagt. Alles geschehe nur wegen ihm.

Schweigend ging Simon in den Nebenraum. Sein Großvater war immer noch ohne Bewusstsein. Er setzte sich zu ihm und strich ihm über das weiße Haar, dann zog Simon die Decke zurecht, mit der sie ihn zugedeckt hatten. Was hätte er jetzt darum gegeben, seinem Großvater all seine Fragen stellen zu können.

Luc war ihm nachgekommen, er betrachtete Simon forschend. »Was hast du, das Drhan unbedingt von dir haben will?«

Simon betrachtete den Handschuh, den er immer noch trug. Langsam zog er ihn von seiner Hand. Ob es deswegen war? Er konnte sich das nicht vorstellen. Jemand, der solche Macht hatte wie Drhan, der Welten vereisen lassen konnte und in Spinnengewebe gehüllte Soldaten durch Weltentore schickte, der brauchte ein solches Hilfsmittel nicht. Leise klickernd schoben sich die Schuppenglieder übereinander, als er den Handschuh in seine Tasche schob.

Doch ihm wurde etwas anderes klar. Er sah auf. »Wenn Drhan mich in seine Gewalt bringen will, dann wird er mich verfolgen. Egal, wo ich bin.«

Luc verstand, was Simon sagen wollte. Er wurde blass. »Dann werden hier bald Drhans Soldaten auftauchen.«

Simon nickte. »Ihr seid in großer Gefahr.«

45

Sie packten ihre Sachen, so schnell es ging. Simon stopfte seine immer noch feuchte Kleidung in seinen Rucksack und füllte seine Vorräte auf. Auch die anderen packten Kleidungsstücke und Nahrung in ihre Taschen, es gab ausreichend davon, die drei Jungen hatten bei ihren Streifzügen durch die Vorstadt zusammengetragen, was sie Nützliches finden konnten. Dann brachen sie auf. Simons Opa hoben sie auf die Trage, nachdem sie das Untergestell mit den Rollen ausgeklappt hatten. Simon sah erleichtert, dass die Haut des Alten etwas Farbe bekommen hatte: Es ging ihm besser. Fast schien es, als würde sein Großvater tief schlafen.

»Wo soll das Weltentor sein?« Tomas sah Simon fragend an.

Simon hob die Schultern. »Mein Opa sagte etwas von dem Museum, in dem wir waren.« Mehr wusste er auch nicht.

Schweigend gingen sie durch die verlassene Vorstadt. Es war heiß zwischen den Häusern, die Sonnenstrahlen erhitzten die Steine. Scheppernd rumpelten die Räder der Trage über das Pflaster.

Sie folgten der Trambahntrasse, bis sie den Museumsplatz erreichten. Die Jungen kannten sich inzwischen im Viertel aus, sie waren bei ihren Streifzügen durch die Umgebung weit herumgekommen. Gemeinsam gingen sie bis zur Freitreppe am Eingang des Museums, dann trugen sie die Trage die Stufen hinauf. Noch immer rührte sich der Großvater nicht. Filippo zog die Tür auf, und sie betraten das Gebäude.

Es war hell im Inneren, Staub tanzte durch das Sonnenlicht, das in die Halle fiel. Groß und majestätisch thronte der Elefant auf seinem Podest.

»Und jetzt?« Filippo sah sich um. »Wo ist dieses Tor, von dem dir dein Großvater erzählt hat?«

»Ich weiß es nicht genau. Wir müssen nach einem Dorn aus Silber suchen.« Simon bildete aus seinem Daumen und Zeigefinger einen Kreis. »Ungefähr so groß wie ein Medaillon. Es ist ein blühender Rosenbusch darauf.« Bei dem Weltentor, das Gula und Avaritia miteinander verband und durch das er in diese Welt gekommen war, hatte der Dorn im Türrahmen der Küchentür von Iras Oma gesteckt. Auch in der Scheune hatte er sich im Rahmen einer Tür befunden.

Sie machten sich auf die Suche. Jeder ging in eine andere Richtung, das Haus war groß, es gab hinter der Ausstellungshalle einen Anbau mit mehreren Stockwerken voller Büros und Werkstätten. In den Fluren entdeckten sie viele Türen. Sie durchsuchten Stockwerk für Stockwerk, sogar auf den Dachboden stiegen sie hinauf. Doch in keinem der Türrahmen entdeckten sie einen silbernen Dorn.

Sie trafen sich wieder in der Halle. »Bist du dir sicher, dass dein Opa dieses Museum gemeint hat?« Filippo sah Simon fragend an.

Simon nickte.

»Aber hier ist nichts! Wir haben alles abgesucht.«

Hilflos hob Simon die Schultern. Er wandte sich ab und ging zu seinem Großvater. Er lag auf der Trage direkt unter dem großen Deckenfenster, inmitten der ausgestopften Tiere und ganz in der Nähe des afrikanischen Dorfes, in dem sie eine Nacht zugebracht hatten. Simon setzte sich neben ihn.

»Opa, wo ist das Tor?«

Sein Großvater reagierte nicht.

Simon war verzweifelt. Wohin sollte er gehen, wenn sie dieses Tor nicht fanden? Auch wenn es seinem Großvater anscheinend besser ging, brauchte er Hilfe, eine Hilfe, die es hier in dieser Welt nicht für ihn gab.

»Was soll ich nur tun?« Simon flüsterte, als könne ihm jemand die Frage beantworten. Sein Großvater blieb stumm, und auch die drei Jungen, die ihn beobachteten, sagten nichts.

Plötzlich stutzte Simon. Sein Ring am Finger, leuchtete dort etwas? Er musterte den Stein in der silbernen Fassung. Im Licht, das durch das Deckenfenster zu ihnen hereinfiel, wirkte der Stein matt und unscheinbar wie immer. Als Simon jedoch seine Hand über die Fassung legte und den Ring im Schatten unter seiner Handfläche betrachtete, sah er, dass der Stein leicht glühte.

Simon sprang auf. Er hatte geglaubt, dass der Stein nur leuchtete, wenn ein Weltentor geöffnet war! Erneut bedeckte er den Ring mit seiner Hand. Er irrte sich nicht, dort war Licht zu sehen. Aber das hier war nicht das Leuchten, das er kannte. Der Stein schien so zu glimmen, als wäre ein Glühwürmchen in seinem Inneren eingesperrt.

Simon zeigte den anderen, was er entdeckt hatte. Filippo verstand nicht sofort, worauf er hinauswollte. »Ja, und?«

»Vielleicht zeigt der Ring so ein geschlossenes Weltentor an!«

Jetzt fiel bei Filippo der Groschen. »Du meinst, das Weltentor muss hier irgendwo sein?« Er sah sich um. »Aber wo?«

Simons Blick fiel auf das Dorf. Auch dort gab es Türen, auch dort konnte das Weltentor sein! Sie rannten zum Kral und durchstöberten jede der Lehmhütten, doch ohne Erfolg, in keiner der schmalen Türeinfassungen steckte ein silberner Dorn. Erst nach einer Weile fiel Simon der Ring wieder ein, und er schaute nach, ob der Stein in der Fassung noch leuchtete. Er war dunkel, das Glimmen war erloschen – hier im Dorf gab es kein Weltentor.

Sie verteilten sich in der Halle. Jeder suchte seinen Bereich ab, vielleicht hatten sie einen verborgenen Durchgang übersehen. Sie entdeckten keine Türen, die sie nicht schon untersucht hatten, und sie fanden auch keinen Silberdorn. Mehr noch: Das Glimmen in Simons Ring erlosch, sobald er sich mit dem Ring an der Hand von dem Platz unter dem Deckenfenster entfernte.

»Aber wie kann das sein?« Luc stand neben Simon an der Trage, auf der Simons Großvater lag. Mit großen Augen sah er sich um. »Hier gibt es keine Tür! Wo kann hier ein Weltentor sein?«

Doch der Stein in dem Ring glimmte, und er glimmte nur an dieser einen Stelle, sie konnten es sehen, wenn Simon seine Hand über den Stein legte.

»Und wenn du dich irrst?«, fragte Filippo zögernd. »Vielleicht bedeutet das Glühen was ganz anderes.«

Simon wollte diesen Gedanken nicht denken.

Da durchzuckte ihn eine Idee. Er drehte sich zu den anderen um. »Wo haben wir überall gesucht?«

Tomas verstand den Sinn der Frage nicht. »Na, überall!« Er wies in die Richtungen, in die sie gegangen waren.

»Das ist nicht überall.«

Tomas lachte. »Willst du in der Luft suchen?« Er zeigte hinauf zum Dachfenster.

»Dort nicht. Aber was ist unter uns?«

Die anderen sahen Simon verblüfft an. Dann drehten sie sich um und rannten los, um den Eingang zum Keller zu finden.

46

Sie suchten eine ganze Weile, bis sie den Zugang zum Untergeschoss des Museums fanden. Simon fürchtete schon, sich geirrt zu haben, als sie endlich im Seitentrakt des Museums einen Treppenschacht entdeckten, in dem die Treppe nicht nur nach oben, sondern auch hinab in die Tiefe führte. Gespannt beugten sie sich über das Geländer. Es war dunkel dort unten. Filippo rannte zurück zu ihren Taschen und holte eine Öllampe, die sie aus dem Gartenhaus mitgenommen hatten. Er entzündete den Docht, dann stiegen sie vorsichtig die Stufen hinab.

Die Flamme flackerte unruhig, als sie den Fuß der Treppe erreichten. Ein kühler Luftzug strich durch den Keller.

Tomas sah in die beiden Gänge, die von der Treppe fortführten. »Wo lang?«

Simon hatte keine Ahnung. Hilfe suchend blickte er auf seinen Ring, doch der Stein in der schlichten Fassung war dunkel.

»Vielleicht dorthin?« Simon wies in die Richtung, in der er den Kellerraum unterhalb der großen Haupthalle vermutete. Als niemand protestierte, machten sie sich auf den Weg.

Der Gang, dem sie folgten, führte schnurgerade in die Dunkelheit. Die Türen links und rechts waren verschlossen, Schilder auf den Türrahmen verrieten, was sich in den Räumen verbarg. Die meisten der Keller dienten als Lagerräume, hinter einer Tür lag der Heizungsraum, ein anderer war als Metallwerkstatt gekennzeichnet. In keinem der Türrahmen entdeckten sie einen silbernen Dorn. Simons Ring blieb dunkel.

Schließlich näherten sie sich dem Ende des Gangs. Erst dachte Simon, dass der Keller hier zu Ende sei, aber dann entdeckte er eine aus rohen Holzbrettern gezimmerte Tür, die den Durchgang versperrte. Wenn er sich nicht täuschte, waren sie jetzt dicht vor dem Hauptgebäude, in dem sich die große Halle befand.

Die Holztür war verschlossen, sie mussten sie aufbrechen, denn es gab keine Klinke und auch keinen Schlüssel. Tomas riss das erste der Bretter mit seinen bloßen Händen heraus und nutzte dann die Latte, um weitere Bretter zu lockern und herauszuhebeln. Bald war das Loch groß genug, und nacheinander kletterten sie durch die Lücke auf die andere Seite.

Hinter der Tür öffnete sich ein größerer Raum, von dem aus mehrere Gänge abgingen. Eine dicke Staubschicht überzog den Boden und das Gerümpel, das in den Ecken stand. Der Anblick des Kellers bestätigte Simons Vermutung: Statt rauer Betonwände waren hier die Mauern aus Backsteinen gefügt und die Decke überspannte ein Tonnengewölbe anstatt gerader, gegossener Decken – sie befanden sich im Hauptgebäude, im ältesten Teil des Museums.

»Mach mal die Lampe dunkler.«

Filippo, der die Öllampe über seinen Kopf gehalten hatte,

folgte Simons Bitte und drehte den Docht hinab. Die Flamme wurde kleiner, bis es im Kellerraum fast dunkel war. Simon hob seine Hand. Jetzt sahen es alle. Der Stein in seinem Ring leuchtete. Zwar nicht sehr stark, nur ein leichtes Glimmen, doch sie konnten es deutlich sehen.

»Kannst du erkennen, wo das Weltentor ist?«, fragte Filippo aufgeregt.

Statt einer Antwort drehte sich Simon langsam im Kreis und ließ dabei den Stein nicht aus den Augen. Auch die anderen beobachteten den Ring an Simons Finger genau. Und tatsächlich, an einer Stelle des Kreisbogens war das Glimmen etwas heller. »Wir müssen dort entlang.«

Langsam ging Simon in die Richtung, die ihm der Ring wies, die Hand ausgestreckt, den Blick auf den Stein gerichtet. Genau so, schoss es ihm durch den Kopf, musste sein Großvater einst durch sein Heimatdorf gegangen sein, bis er das Weltentor in Iras Haus gefunden hatte. Es war das Weltentor, durch das Simon sich mit Ashakida gerettet hatte. Jetzt suchte er ein Weltentor, um seinen Großvater zu retten.

Sie folgten einem der Gänge, vorbei an einer Reihe von Ofentüren, die in die Wand eingelassen waren. Der Boden vor den Klappen war dreckig, die Wände bedeckte Kohlenstaub. Ein Stück weiter entdeckten sie ein Treppenhaus, dessen Durchgang zum oberen Stockwerk zugemauert worden war. Mit jedem Schritt, den sie weitergingen, leuchtete der Stein des Ringes stärker. Schließlich blieb Simon stehen. Der Gang hatte sich zu einem Raum geöffnet, der Stein glimmte hier deutlich, doch sobald Simon den Raum auf der anderen Seite wieder verließ, wurde das Glühen schwächer. Hier irgendwo musste das Weltentor sein.

Doch in diesem Raum gab es keine Tür, so wie im gesamten Keller unter dem Hauptgebäude nicht. Die Gänge und Kellerräume waren durch offene Durchgänge verbunden. Es gab auch keine Türrahmen. Nirgendwo entdeckten sie einen silbernen Dorn.

Simon war ratlos. Was hatten sie übersehen?

»Seht mal her.« Lucs Stimme ließ sie herumfahren. Luc stand in der Mitte des Raumes und blickte auf den Boden. »Schaut euch das an.«

»Ja, und?« Filippo konnte nichts außer Staub entdecken.

Luc stampfte mit dem Fuß auf. Das Geräusch, das durch den Kellerraum hallte, klang dumpf und hohl.

Simon schnappte sich die Öllampe und hielt sie dicht über den Boden. Jetzt sahen sie, was Luc entdeckt hatte. Unter der Staubschicht befand sich eine Klappe aus Holz. Simon tastete den Rahmen der Tür ab, bis seine Finger eine Erhebung spürten. Er kratzte mit den Fingernägeln die Dreckschicht ab. Ein rundes Metallstück tauchte unter dem Schmutz auf. Mit dem Ärmel seines Shirts polierte Simon die Oberfläche, bis das Medaillon glänzte. Sie hatten den Dorn gefunden!

Alle betrachteten das Relief auf der Oberfläche, es zeigte einen blühenden Rosenbusch, wie Simon gesagt hatte.

»Und wo ist jetzt das Weltentor?« Filippo zog die Klappe auf und blickte in das Loch, das sich darunter öffnete. Ein runder Schacht führte hinab in die Tiefe, seine Wände waren mit Backsteinen ausgemauert. Tomas warf einen Stein hinein, und nach einer Weile war aus der Dunkelheit das Platschen von Wasser zu hören.

»Das ist ein Brunnen«, sagte Luc.

»Und da musst du hinein?« Filippo runzelte die Stirn.

Simon schüttelte den Kopf. »Das Tor öffnet sich, wenn ich mit dem Ring das Medaillon drehe.«

»Na, dann los!« Tomas sah ihn gespannt an. »Zeig uns, wie es geht.«

Simon zögerte. Er spürte, dass Tomas ihm immer noch nicht glaubte, und zu gerne hätte er ihm auf der Stelle bewiesen, dass er die Wahrheit sagte. Doch noch war nicht der richtige Zeitpunkt, den Schlüssel zum Weltentor zu verwenden. »Erst müssen wir meinen Großvater holen. Ich weiß nicht, wie lange das Tor offen bleibt, wenn ich es geöffnet habe.«

»Aha.« Tomas sah ihn misstrauisch an.

Filippo ließ die Klappe über dem Brunnen zufallen, krachend prallte sie auf die Öffnung. »Dann los, holen wir ihn.« Er wandte sich zum Gehen. Die anderen folgten ihm, zwei, drei Schritte. Dann blieben alle stehen und sahen sich erschrocken an.

Ein tiefes Brummen drang durch die Wände zu ihnen hinab.

47

»Was ist das?« Luc flüsterte, so erschrocken war er. Das Brummen wurde lauter. Jetzt zitterte der Boden.

Ohne ein Wort zu sagen, rannte Simon los, durch den Keller bis zur Treppe, die Stufen hinauf und dann zurück durch das Museum bis zur Ausgangstür. Er hatte eine Ahnung, was draußen geschah. Die anderen folgten ihm. Simon wartete, bis sie ihm nachgekommen waren, dann zog er vorsichtig die Tür einen Spaltbreit auf und spähte hinaus.

Der Platz vor dem Museum, vorhin noch menschenleer, war voller Fahrzeuge und Menschen. Es waren Soldaten aus der Stadt, in einer langen Reihe marschierten sie vor dem Museum vorbei in die Richtung, aus der Simon gemeinsam mit den anderen vor einer knappen Stunde gekommen war. Dicht daneben fuhren Lastwagen und Panzer, die Ketten der dröhnenden Ungetüme ließen den Boden erzittern.

Vorsichtig ließ Simon die Tür wieder ins Schloss gleiten.

Luc war blass geworden und auch Filippo war weiß um die Nase. Selbst Tomas sah besorgt aus. »Und jetzt?« Alle blickten Simon an.

»Ihr müsst weg von hier. So schnell es geht.« Simon war ganz ruhig, trotz der Anspannung, die alle erfasst hatte. »Die

Soldaten werden in die Höhle steigen, die der Stundenfluss in den Untergrund gespült hat. Wenn sie mich dort nicht finden, durchsuchen sie die Vorstadt, Haus für Haus, so wie das Dorf.«

Keiner sagte etwas. Jeder von ihnen hatte erlebt, wie die Soldaten ihr Dorf durchkämmt und danach angezündet hatten. Die Vorstellung, dass die Männer die gesamte Vorstadt in Flammen setzen könnten, war furchtbar.

»Und was ist mit dir?« Tomas sah auf.

Simon lächelte gequält. »Mach dir um mich und meinen Großvater keine Sorgen. Wir haben das Weltentor gefunden. Drhans Männer können mir nicht folgen, wenn das Tor wieder zu ist.«

Gemeinsam eilten sie zurück in die Halle, um Simons Großvater zu holen. Simon schnappte sich seinen Rucksack, dann rollten sie die Trage bis zur Treppe. Vorsichtig bugsierten sie das Gestell die Stufen hinab und schoben es durch den langen Kellergang, bis sie den Übergang zum alten Gebäudeteil erreichten. Filippo stellte die Öllampe ab, bevor sie die Trage durch die Öffnung in der Holztür hoben. Sie gingen weiter, betraten schließlich den Kellerraum mit der verschlossenen Brunnenklappe.

Simon zögerte. Er spürte die Blicke der anderen auf sich. Nun war er doch ein wenig nervös. Er strich mit seinen Fingern über den Ring, den er trug, und seine Fingerkuppen ertasteten die Erhebung im Stein. Es war ein Relief, wusste Simon, mit bloßem Auge war es nicht zu sehen. Es zeigte einen blühenden Rosenbusch.

»Musst du die Klappe nicht erst aufmachen?«

Simon schüttelte den Kopf.

Gespannt sahen die anderen zu, wie er in die Knie ging und den Ring auf den Metalldorn legte. Das unsichtbare Relief auf dem Stein glitt in die Gravur auf dem Medaillon. Simon spürte einen Widerstand, der Ring war mit dem Dorn fest verbunden. Langsam drehte er seine Hand, so als würde er ein Schloss aufschließen. Ein leises Knirschen war zu hören, der Dorn bewegte sich im Holz. Behutsam drehte Simon weiter, bis er einen Widerstand spürte. Es klackte, dann löste sich der Ring von dem Metall.

Alle warteten voller Spannung, was nun geschehen würde.

Der Stein an Simons Finger glühte hell auf. Dann begann der Türrahmen zu zittern, und ein Knarren ertönte, so als ob sich weit entfernt eine schwere Tür auftat. Ein Rauschen war zu hören, ein leises Säuseln, das schnell näher kam. Simon wusste, was nun geschehen würde, doch die anderen erschraken fürchterlich. Ein Windstoß schoss aus dem Weltentor, er zerrte an ihren Haaren und wirbelte den Staub und Dreck vom Boden des Kellers in die Luft. Alle kniffen die Augen zusammen und sie mussten husten.

Es dauerte nur ein paar Sekunden, dann schlief der Wind ein, und es wurde wieder still, bis auf das Dröhnen der Motoren, das leise von draußen zu ihnen herunterdrang. Langsam legte sich der Staub wieder.

Gespannt beugten sich alle vor. Dort, wo eben noch die Brunnenklappe gewesen war, konnten sie nun schemenhaft einen Gang erkennen, es war ein Tunnel, der endlos weit in die Tiefe führte. Doch gleichzeitig war noch immer die geschlossene Klappe zu sehen – es war, als hätte jemand zwei Bilder übereinandergelegt.

Mit offenem Mund starrte Filippo auf das Weltentor. Auch Luc und Tomas waren sprachlos. Bestürzt sah Tomas zu Simon, dann schaute er wieder in den Gang hinab, der sich vor ihnen geöffnet hatte.

»Das gibt's doch gar nicht!« Filippo hob seine Hand, um in das Innere des Gangs zu greifen. Verblüfft ertastete er das Holz der verschlossenen Bodenklappe unter seinen Fingern.

Nun hob auch Simon seine Hand, er hielt sie neben die von Filippo, doch anders als er konnte Simon seine Hand durch die Öffnung des Weltentores in den Gang halten.

Filippo riss die Augen auf.

Simon stand auf und trat an die Trage, auf der sein Großvater lag. Schweigend löste er die Gurte, mit denen sie ihn festgebunden hatten. Die anderen eilten ihm zu Hilfe. Sie rollten das Gestell dicht an das Weltentor. Dann gab es nichts mehr zu tun. Es war Zeit, Abschied zu nehmen.

Zögernd sah Simon die anderen an.

Filippo grinste schief. »Mann, das ist echt verrückt! Schade, dass ich das niemandem erzählen kann!« Er beachtete Simons zum Abschied ausgestreckte Hand nicht, sondern zog ihn an sich und umarmte ihn. »Pass ja auf dich auf!« Auch Luc umarmte ihn.

Simon wandte sich Tomas zu. Die beiden blickten sich an.

»Tut mir leid, dass ich dir nicht geglaubt habe.« Tomas grinste gequält.

Simon erwiderte das Grinsen. »Macht nichts. Ich hätte mir

auch nicht geglaubt …« Er wurde wieder ernst. »Was habt ihr jetzt vor?«

»Keine Ahnung. Raus aus der Stadt. Vielleicht gehen wir die Küste runter.«

»Aber dort lebt niemand. Und zu essen findet ihr dort auch nichts.«

Hilflos hob Tomas seine Hände. »Wo sollen wir sonst hin, wenn die Soldaten hier alles zerstören?«

Simon überlegte. »Vielleicht geht ihr in die Stadt. Dorthin, wo Drhan herrscht.«

Die anderen starrten ihn entgeistert an. »Das ist nicht dein Ernst.«

»Doch. Ihr könntet euch den Kindern und Jugendlichen anschließen, die in den Gängen unter der Erde leben.« Vielleicht, dachte Simon, ließ Drhan die Kinder unbehelligt. Vielleicht waren sie noch nicht wertlos für ihn geworden.

»Und wie sollen wir in die Stadt kommen?«

Simon erklärte ihnen, wie sie den Eingang zum U-Bahnhof finden würden. Er erzählte ihnen vom Stundenfluss und vom Zugang zu dem Notausgang, durch den sie in die Stadt gelangt waren. Möglicherweise hatten Drhans Männer den Eingang noch nicht verschlossen, weil die Soldaten ihre Aufmerksamkeit auf die Suche nach ihm konzentriert hatten. »Geht in die Stadt. Damit rechnen sie nicht. Vielleicht seid ihr dort am sichersten.« Sie müssten nur, schärfte Simon ihnen ein, unbedingt die Zeit im Auge behalten, wenn sie zwischen zwei Stundenflüssen den U-Bahn-Tunnel durchquerten, und rechtzeitig umkehren, falls der Notausgang versperrt war.

Simon dachte an Ira. Er hatte ihr nicht helfen können. Vielleicht würden die anderen sie finden.

Tomas nickte, und als wäre er in Simons Gefühle getaucht, sagte er: »Wir werden nach ihr suchen. Sei unbesorgt.«

Das Weltentor ächzte leise.

Simon horchte auf. »Ich muss mich beeilen.«

Gemeinsam mit den anderen klappte Simon das Untergestell der Trage auf einer Seite zusammen und bugsierte sie so an den Rand des Weltentores, dass sein Großvater schräg auf dem Gestell lag, die Füße dicht über dem Boden. Dann zog Simon den hageren Körper hoch. Er ächzte unter dem Gewicht, als er seinen Großvater über seine Schulter legte. Lange würde er ihn nicht halten können.

»Ich komme wieder, sobald ich kann.« Ein letztes Mal grinste er seinen Freunden zu. Er hatte Angst vor dem Sprung in das Ungewisse, er hatte Angst vor dem, was ihn auf der anderen Seite des Weltentores erwarten würde. Doch er ließ sich nichts anmerken: Er konnte gehen, seine Freunde mussten hierbleiben. So wie Ashakida und Ira. Simons Herz wurde schwer.

Erneut knarrte das Weltentor. Simon holte tief Luft. Dann, nach einem letzten Lächeln, sprang er durch die Öffnung, seinen Großvater fest umklammert. Gemeinsam stürzten sie in die Tiefe. Simon schrie auf.

Im gleichen Augenblick erfasste sie das Tor und riss sie mit sich.

Epilog

Es war still, als Simon seinen Bericht beendet hatte. Sein Großvater sagte kein Wort, er richtete sich auf und lauschte in die Stille. Erst jetzt fiel Simon auf, dass der Urwald ruhig geworden war. Das Kreischen und Zetern der Tiere, die sich im Dickicht des Unterholzes verbargen und die seine Worte mit ihrem Geschrei begleitet hatten, war verstummt. Nur das Geräusch der Wassertropfen störte das Schweigen, sie perlten von den Blättern der Pflanzen ab und fielen zu Boden.

Simon war erstaunt. »Was ist …«, setzte er an, doch sein Großvater unterbrach ihn mit einer warnenden Handbewegung, dann legte er einen Finger über die Lippen. Simon spürte, dass er angespannt war. Sie horchten gemeinsam.

Nach einer Weile, Simon dachte schon, es würde nichts mehr geschehen, raschelten die Blätter einer Sumpfpflanze, und ein Kopf schob sich über den Rand der Senke. Zwei rotbraune Augen blickten zu ihnen herab, umgeben von einem Kranz aus buschigen Haaren. Eine kecke Nase ragte aus dem Fellgesicht. Das Wesen fauchte, Zähne blitzten auf. Simon wich zurück. Das Pelztier fauchte erneut, jetzt lauter und bedrohlicher. Da entdeckte Simon, dass sich rund um die Mulde weitere pelzige Körper zwischen den Blättern hindurchschoben.

Sie waren umzingelt! Simon tastete nach der Hand seines Großvaters. »Schnell, steh auf!« Er versuchte, seinen Opa mit sich zu ziehen. Erst als der Alte nicht reagierte, blickte Simon zu ihm. Erstaunt bemerkte er, dass sein Großvater lächelte. Alle Anspannung war von ihm abgefallen.

»Keine Angst!« Sein Großvater zwinkerte, dann wandte er sich dem größten der Pelzwesen zu. Er streckte den Hals und gab ein paar schnalzende Laute von sich. Das Wesen – Simon erinnerte es an eine riesige Meerkatze – legte den Kopf schief und kam langsam näher. Erneut schnalzte und gluckste der Alte, und nun beantwortete das Pelztier die Laute mit einem Kreischen, in das seine Artgenossen am Rand der Senke mit einstimmten. In der gleichen Sekunde hob ein ohrenbetäubender Lärm an, alle Tiere im Urwald begannen gleichzeitig zu zetern und zu keckern.

»Was passiert hier?« Simon flüsterte, obwohl der Lärm jedes Wort übertönte. Er sah zu seinem Großvater. »Opa, wo sind wir hier?« Diesmal hatte er lauter gesprochen.

Das Gesicht des Alten wurde ernst. »Superbia. Du hast uns nach Superbia gebracht.«

»Ist das gut oder schlecht?«

Sein Großvater zögerte. »Zumindest hat Drhan diese Welt noch nicht in seiner Gewalt. Aber wir müssen schnell weg von hier.«

Bevor Simon nachfragen konnte, hatte sich sein Großvater schon wieder den Pelzwesen zugewandt. Der Rudelführer war zu ihnen herabgeklettert, er schlich gerade heran, um neugierig den Arm des Alten zu berühren. Simons Großvater ließ die Berührung zu. Er streckte seinen Hals und begann erneut zu schnalzen und zu glucksen. Die Laute schienen so etwas wie eine Sprache zu sein, denn der Rudelführer antwortete auf ähnliche Weise. Schließlich stieß das Pelztier einen hohen Ton aus und augenblicklich verschwanden die Wesen im Dickicht des Dschungels. Der Rudelführer kletterte an einer Liane aus der Mulde und folgte den anderen.

Simon sah ihnen kurz nach, bevor er sich seinem Großvater zuwandte. »Was war das? Hast du mit ihnen gesprochen? Was hast du ihnen gesagt?«

Sein Opa war auf den Boden zurückgesunken. Erschöpft wehrte er die Worte seines Enkels ab. »Jetzt nicht. Später.«

Simon wollte nicht warten: Es gab so viele Fragen, die er seinem Großvater stellen musste. Er hatte so lange gebraucht, ihn zu finden, dass ihm jeder weitere Moment des Wartens unerträglich erschien. Außerdem brauchten seine Freunde in Avaritia seine Hilfe, je eher, desto besser! Doch sein Großvater reagierte nicht mehr auf seine Fragen. Simon sah, wie erschöpft er war.

Begleitet vom Kreischen der zurückkehrenden Meerkatzen, dröhnten Motoren durch den Dschungel, es krachte im Unterholz über ihnen, dann brach ein Fahrzeug durch das Dickicht und stoppte am Rand der Senke. Eine Klappe an der Seite öffnete sich, zwei Männer verließen das Fahrzeug, zumindest vermutete Simon, dass es Männer waren, denn sie trugen silberne Anzüge sowie Helme mit verspiegelten Visieren.

»Wir holen Sie raus. Bleiben Sie, wo Sie sind.« Der erste der beiden Männer kletterte zu ihnen herab, er brachte eine Weste mit sich, die er dem Großvater umlegte und mit einem Griff aktivierte. Zischend strömte Luft in die Weste, ein Polster faltete sich auf und umhüllte den hageren Körper des Alten. Sofort befestigte der Zweite, der ebenfalls herabgeklettert war, ein Seil an der Weste, und Augenblicke später wurde der Großvater hinaufgezogen.

»Brauchst du Hilfe oder schaffst du es alleine hier hinaus?« Einer der Männer hatte sich Simon zugewandt. Seine Stimme kam aus einem kleinen Lautsprecher, der an seinem Hals befestigt war.

Simon schob die Hand beiseite, die ihm der Mann entgegengestreckt hatte. »Geht schon.« Und Simon kletterte aus der Vertiefung.

Die beiden Männer folgten ihm. Sie waren ärgerlich. »Wie kommt ihr hierher? Ohne Schutzanzug! Warum seid ihr hier draußen?«

Diesmal war es Simon, der nicht antwortete.

Er sah hinab in die Senke, in die ihn das Weltentor gebracht hatte. Hier endete der Weg von Avaritia nach Superbia. Doch von hier aus konnte er das Tor nicht öffnen.

Wo war der Weg zurück?

Simon ballte die Faust. Er war fest entschlossen, ein Weltentor zu finden! Er würde zurückkehren, zurück nach Avaritia, so bald er es konnte. Er würde Ira und Ashakida nicht im Stich lassen!

»Steig ein. Wir müssen weg von hier.«

Noch einmal blickte Simon zurück. Dann kletterte er in den Wagen.

ENDE des zweiten Teils.

MARKUS STROMIEDEL hat schon als Kind davon geträumt, irgendwann einmal eine Tür zu öffnen, hindurchzugehen und sich plötzlich in einer neuen fremden Welt wiederzufinden. Aber er musste erst die Schulzeit, seine Ausbildung zum Journalisten und sein Studium abwarten, bis ihm das gelang: Sein erstes Drehbuch entwarf er mit fast 30 Jahren. Seither schreibt Markus Stromiedel vor allem Krimis für das Fernsehen. Aus seiner Feder stammt zum Beispiel die Figur des Kieler Tatort-Kommissar Klaus Borowski. Seit einigen Jahren schreibt Markus Stromiedel auch als Buchautor erfolgreiche Thriller für Erwachsene. *Der Torwächter* ist seine erste Buchreihe für jüngere Leser – wieder ein Schritt in eine neue aufregende Welt. Wenn Markus Stromiedel nicht in fremden Welten unterwegs ist, lebt er mit seiner Familie in Bonn.

Mehr Informationen unter: www.markus-stromiedel.de